La colline des rêves

Arthur Machen

La colline des rêves

Traduit de l'anglais
par Bernadette Nodinot

Terrain vague

Titre original :
The Hill of Dreams

1

Il y avait une lueur dans le ciel, comme si les portes d'un grand four étaient ouvertes.

L'après-midi même, son regard n'avait contemplé que splendeurs ; il avait erré dans un royaume enchanté. Les vacances se terminaient et Lucian Taylor s'était mis en route, résolu à s'égarer, à découvrir des collines inconnues, des paysages qu'il n'avait jamais vus auparavant. L'atmosphère était paisible, sans un souffle d'air, anéantie après de fortes pluies et les nuages ressemblaient à du plomb fondu. Il n'y avait pas de vent sur la colline et, dans le creux du vallon, pas un frémissement de feuilles mortes, pas un froissement de branches dans les bois sombres de janvier.

A un mille environ du presbytère, il avait quitté la grand-route vers une percée prometteuse de mystère et d'aventure. C'était un sentier depuis longtemps oublié, à peine plus qu'un fossé, creusé de dix pieds par les pluies de l'hiver et qu'abritaient de grandes haies en broussailles se mêlant étroitement au-dessus de sa tête. De chaque côté coulaient des eaux boueuses, et çà et là un torrent dévalait les pentes, inondant le sentier. Celui-ci était si encaissé et si obscur que Lucian ne pouvait rien voir du paysage qu'il traversait tandis que le chemin continuait à s'enfoncer vers quelque improbable vallon.

Il marcha peut-être deux milles entre les hautes levées bordant le sentier avant d'arriver en bas ; pourtant, il avait l'impression exaltante d'avoir fait un long voyage qui l'avait mené du connu vers l'inconnu. Il était arrivé, semblait-il, au fond d'une cuvette au milieu des collines et de noires frondaisons le coupaient du monde. Devant et derrière lui, des trous invisibles sous les arbres, des ruisseaux gonflés d'eau dévalaient vers le torrent qui traversait le chemin. Dans le silence absolu de l'air appesanti, sous les nuages plombés et immobiles, le tumulte de l'eau bouillonnante et ruisselante paraissait singulier. Il resta un instant sur la passerelle mal assurée à regarder la course folle du bois mort, des branches cassées, des brins de paille qui, devant lui, couraient s'enfoncer sous le flot des écumes, mousses savonneuses ralenties par un arbre abattu.

Puis il monta de nouveau, s'élevant de plus en plus haut entre des blocs de calcaire jusqu'à ce que le bruit des eaux ne soit plus qu'un faible murmure de ruches en été. Il marcha quelque temps sur un terrain plat, vers une trouée dans le fossé où il s'appuya sur un échalier pour regarder autour de lui. Ainsi qu'il l'avait espéré, il se trouvait seul et loin de tout. Il avait erré au cœur d'un territoire occulte, au bout du monde. Du haut du sentier qui contournait la croupe de la colline, il plongea son regard dans de profondes vallées, dans des ravins et, au-delà, à travers les arbres, vers les lointains, collines sauvages et nues, terres sombres et boisées qui rejoignaient le ciel gris et paisible. Puis le sol, soudain, redescendit sous ses pas, raide, en direction de la vallée ; c'était un coteau d'herbe rase parsemée de fougères mortes, piqué çà et là d'épineux rabougris, tandis que plus bas on voyait de sombres bois de chênes ; tout était immobile, silencieux et solitaire, comme si personne jamais ne passait par là. L'herbe, les fougères, les ronces, les fourrés, tout était brun et gris sous le ciel de plomb. Et tandis que Lucian regardait, il demeura saisi comme s'il lisait une histoire merveilleuse qui aurait quelque peu dépassé sa compréhension. Ensuite, tel le héros d'un conte de fées, il continua à marcher, découvrant de temps à autre certains aspects du pays extraordinaire au cœur duquel il avait pénétré et s'apercevant que tout devenait plus gris et plus sombre à mesure que le jour baissait. Tandis qu'il avançait, il entendait le bruit des fermes dans le soir, le mugissement du bétail et l'aboiement des chiens de berger, bruits ténus, faibles, venus de loin. Il se faisait tard et comme l'ombre grandissait il pressa le pas et le sentier se remit à descendre jusqu'à un brusque tournant ; alors il se retrouva en terrain familier avec à la fois un grand soulagement et une légère déception. Il avait presque tourné en rond et connaissait bien ce bout du chemin. Il n'était guère à plus d'un mille de chez lui. Il descendit allégrement la colline. La lumière était faible, transmuant arbres et fossés en ensembles fantomatiques, tandis que les murs de la Maison Blanche tremblotaient sur le coteau comme s'ils venaient à sa rencontre. Soudain, un changement se produisit. D'abord, un léger souffle de vent traversa les haies, comme un chuchotement sec ; quelques feuilles encore accrochées à leurs branches commencèrent à bouger tandis que d'autres s'agitaient convulsivement ; et alors que le vent fraîchissait et changeait de direction, les branches desséchées se frottaient au-dessus de lui en grinçant les unes contre les autres, comme des ossements. Le vent qui augmentait semblait éclaircir l'air et le rendre plus lumineux. Il passa près de l'échalier qui conduisait par un sentier à la petite chaumière de la vieille Mrs Gibbon, si abandonnée, au milieu des champs, si éloignée du sentier même, et il vit la légère fumée bleue s'élever de sa cheminée, précise, au-dessus des pruniers décharnés, contre une bordure pâle qui grandissait à l'horizon. Tandis qu'il s'éloignait, tête baissée, les yeux au sol, quelque chose de blanc surgit des formes sombres de la haie et, dans cette étrangeté crépusculaire soudain touchée de lumière à l'ouest, une silhouette sembla dériver devant lui et disparut. Pendant un instant, il se demanda qui cela pouvait être, la lumière étant si incertaine et si vacillante, si peu semblable à la lumière du jour, puis il réalisa que ce n'était qu'Annie Morgan, la fille du vieux Morgan de la Maison Blanche. Elle avait trois ans de plus que lui et il lui déplaisait de voir que, bien qu'âgée seulement de quinze ans, elle avait grandi de façon troublante depuis les vacances d'été. Il était arrivé au fond de la vallée quand, levant les yeux, il vit d'étranges changements dans le ciel. La bordure claire s'était élargie en une vaste étendue lumineuse tandis qu'au-dessus les lourds nuages de plomb, poussés par le vent, se dispersaient et fuyaient. Il s'arrêta et regarda vers le grand tertre qui se détachait au flanc de la colline. C'était un phénomène naturel qui de tout temps devait avoir évoqué la silhouette d'un fort, mais sa forme abrupte avait été accentuée par les travaux des Romains car on voyait au sommet de hauts remblais qui étaient, selon le père de Lucian, le *vallum** du camp romain. De plus, un fossé profond avait été creusé au nord pour le séparer du flanc de la colline. Sur ce sommet, des chênes avaient poussé, arbres étrangement décharnés aux troncs noués et contorsionnés, aux branches implorantes ; en cet instant, ils se dressaient noirs contre le ciel illuminé. Puis, une fois encore, l'atmosphère changea, l'éclat de la lumière s'intensifia, une tache rouge sang apparut sur l'étang près de la barrière et tous les nuages furent éclaboussés de traînées ardentes comme des flammes. Par endroits, c'était comme si l'on ouvrait les portes d'une horrible

* Enceinte.

fournaise. Le vent soufflait avec véhémence, montant à l'assaut des bois dans un hurlement, tandis que, au bord de la route, un grand chêne frottait ses branches les unes contre les autres en un grincement sinistre. Alors que la couleur rouge gagnait le ciel, la terre entière s'éclairait ; les champs gris de l'hiver et les coteaux nus devenaient cramoisis tandis que les flaques d'eau étaient comme des citernes de cuivre fondu et que la route même scintillait. Il était frappé de stupeur, terrifié presque devant la magie écarlate du couchant. Le vieux fort romain était investi par l'incendie, des flammes venues du ciel se jetaient contre les murs et, tout en haut, on voyait un nuage noir qui flottait comme un panache de fumée tandis que les arbres se tordaient, hagards, se détachant, aussi noirs que la nuit, contre le brasier ardent.

Quand il revint chez lui, il entendit la voix de sa mère qui criait : « Voici Lucian, enfin ! Mary, Monsieur Lucian est là, vous pouvez préparer le thé ! » Il relata longuement son aventure et se sentit quelque peu vexé de voir que son père connaissait parfaitement cet itinéraire et savait le nom des bois déserts qu'il avait traversés avec effroi.

« Tu dois être passé par le Darren, je suppose – fut tout ce qu'il dit. En effet, j'ai remarqué le coucher du soleil. Nous allons avoir de la tempête. Je ne m'attends pas à avoir grand-monde demain à l'église ! » Il y avait des tartines beurrées pour le thé « parce que c'étaient les vacances ». Les rideaux rouges étaient tirés, un feu joyeux brûlait et les vieux meubles familiers, un peu fatigués, étaient plaisants parce que pleins de souvenirs. C'était beaucoup plus agréable que la salle de classe, froide et misérable, et il était bien préférable de lire le *Chambers' Journal* plutôt que d'étudier Euclide ; et bien mieux de parler avec son père et sa mère que de répondre à des réflexions telles que : « Dis donc Taylor, j'ai déchiré mon pantalon, combien tu prends pour le raccommoder ? »,

« Lucy chérie, viens vite recoudre ce bouton à ma chemise. »

Cette nuit-là, la tempête l'éveilla ; il tâtonnait dans ses couvertures et s'assit frissonnant, ne sachant où il se trouvait. Il s'était vu en rêve, à l'intérieur du fort romain, se livrant à quelque noire infamie, tandis que s'ouvraient les portes de la fournaise et que des jets de flammes venues du ciel se jetaient sur lui.

Lentement mais honorablement, Lucian avançait dans ses études, obtenant quelques prix de temps à autre et se passionnant de plus en plus pour des lectures inutiles et des connaissances douteuses. Il réussissait assez bien les exercices de versification, mais il préférait composer lui-même des vers latins du moyen-âge. Il aimait l'histoire, mais il aimait plus encore rêver à une terre livrée à l'abandon, à l'Angleterre désertée par les légions romaines, aux restes de routes pavées, fendues par le gel, la magie celtique planant encore sur les coteaux sauvages et dans les sombres abîmes de la forêt, aux marbres roses tachés par les pluies et les vieux murs devenus gris. Ses maîtres n'encourageaient pas ces pratiques. Le pur enthousiasme, pensaient-ils, devait être réservé au cricket ou au football. Les dilettantes pouvaient à la rigueur se livrer à des jeux de balles au mur ou lire Shakespeare sans encourir leur blâme, mais de jeunes Anglais robustes n'avaient rien à faire avec les périodes décadentes. Un jour, il fut accusé d'avoir recommandé Villon à un camarade de classe nommé Barnes. Pendant l'étude, celui-ci essaya d'extraire du texte des passages inconvenants et par suite de son ignorance du français fit un esclandre à sa table. L'affaire était d'importance, le directeur n'avait jamais entendu parler de Villon et le coupable, sans remords, livra le nom de son modèle en littérature. Il s'ensuivit pour Lucian des ennuis et l'immunité totale pour Barnes, pauvre illettré, qui décida de s'en tenir à l'étude de l'Ancien Testament, livre que le directeur connaissait bien. Quant à Lucian, il continuait à bûcher, apprenant correctement ses leçons et réussissant parfois de fort bonnes traductions de prose latine et grecque. Ses camarades de classe le tenaient pour complètement fou mais l'acceptaient, étant même très gentils avec lui, à leur façon brutale. Plus tard, il devait se rappeler des gestes de générosité et de bienveillance accomplis par de pauvres types tels que Barnes, que le vieux français et les vers abscons n'intéressaient en rien, et ces souvenirs l'attendrissaient toujours. Les voyageurs racontent de semblables histoires. Jetés sur des rivages barbares, parmi les sauvages, ils n'ont pas été sans rencontrer quelque hospitalité chaleureuse, quelque bonté.

Il attendait les vacances avec autant de jubilation que les autres. Barnes et son ami Duscot lui parlaient de leurs projets et des plaisirs qu'ils en escomptaient. Ils iraient chez eux retrouver des frères et des sœurs, ainsi que le cricket, beaucoup de cricket, et le football, beaucoup de football, et l'hiver il y aurait des soirées et des réjouissances de toutes sortes. Il répliquait, faisant part de ses intentions d'apprendre l'hébreu ou peut-être le provençal, de marcher jusqu'au sommet d'une montagne nue et désolée, de préférence un jour de pluie, en guise de distractions en plein air. D'où il s'ensuivait que Barnes confiait à Duscot son intime conviction que l'ami Taylor était complètement piqué. C'était une bien étrange vie que celle de l'école, bien différente de celle décrite dans *Tom Brown**. Un jour, il vit le directeur caresser la tête du jeune fils de l'évêque en l'appelant « mon petit » et en souriant d'une façon hideuse. Le jour même, dans la salle des cinquièmes, il raconta l'histoire de façon caricaturale et obtint un franc succès, mais il s'aliéna toute sympathie en proposant aussitôt un cours facultatif de logique sco-

* *Tom Brown's School Days*, de Thomas Hughes, 1857.

lastique. Un des barbares le jeta à terre tandis qu'un autre se laissait tomber sur lui, mais cela était fait sans malice. A la vérité, ils étaient peu nombreux dans l'école, ceux de la pire espèce, les sycophantes prétentieux, snobs achevés dès l'enfance, qui estimaient déjà que la vie était « chose sérieuse » et qui pourtant, au dire du directeur, étaient de « braves petits gaillards ». Parmi eux, certains s'habillaient pour dîner et parlaient de sauteries, à la rentrée de janvier. Mais cette espèce venimeuse était comparativement peu nombreuse, et plus tard devait réussir brillamment. Considérant ses années d'école, Lucian vantait les mérites du système et des années plus tard il parlait avec enthousiasme de la bière forte qu'on trouvait à la taverne située sur la route à quelque distance de la ville. Et il affirma toujours que le goût du tabac, acquis tôt dans sa vie, était l'élément capital des écoles privées d'Angleterre.

Trois ans après la découverte de l'étroit sentier et la vision du fort embrasé, les vacances d'août ramenèrent Lucian à la maison à une époque de fortes chaleurs. C'était l'une de ces années mémorables où l'île tout entière semblait sous l'emprise de quelque charme provençal ; les sauterelles grésillaient à grand bruit comme des cigales, les collines embaumaient le romarin et les murs blancs des vieilles fermes flambaient au soleil comme en Arles, en Avignon ou à Tarascon, si célèbre.

Le père de Lucian étant en retard à la gare, celui-ci acheta *Les Confessions d'un mangeur d'opium** qu'il vit à un étalage. Comme son père arrivait, Lucian remarqua que le vieux cabriolet avait une nouvelle couche de peinture et que le poney paraissait avancer en âge. « Lucian, j'avais peur d'être en retard, dit son père, pourtant j'ai fait aller notre vieille Polly bon train. Mais au moment où j'allais dire à George de l'atteler, le jeune Phillip Harris est venu chez nous dans tous ses états, disant que son

* Œuvre de Thomas De Quincey.

père était tombé “comme ça, tout d’un coup” au milieu du champ et qu’on ne pouvait pas arriver à lui faire dire quelque chose, et si je voulais bien avoir l’obligeance de venir le voir. En sorte que j’ai dû y aller, bien que je n’aie pu faire grand-chose pour le pauvre homme. Ils ont fait chercher le docteur Burrows et j’ai bien peur qu’il diagnostique un mauvais coup de soleil. Les vieux disent qu’ils ne se souviennent pas d’une pareille chaleur. »

Le poney trottait tranquillement le long de la route à péage, brûlante, comme pour se venger de la précipitation de l’aller. La poussière du calcaire blanchissait les haies et une brume de chaleur palpitait au-dessus des champs. Lucian montra *Les Confessions* à son père et commença à parler des magnifiques passages qu’il y avait trouvés. Mr Taylor connaissait bien l’ouvrage qu’il avait lu des années auparavant. A vrai dire, il était aussi difficile de le surprendre que ce personnage d’Alphonse Daudet qui avait une formule pour tous les hasards de l’existence et qui, apercevant l’académicien qu’on sortait noyé de la rivière, se contenta de dire « J’ai vu tout ça ». Mr Taylor le pasteur, ainsi que l’appelaient ses paroissiens, avait lu les bons livres, aimait les collines et les bois, et ne voyait plus rien qui pût être pour lui surprise plaisante ou exceptionnelle. Assurément, les bénéfices de la cure avaient perdu de leur valeur et ses moyens personnels étaient réduits à presque rien; aussi, dans de telles circonstances, un grand train de vie perd bien de ses charmes. Il aimait beaucoup Lucian et se sentait réconforté par son retour, mais le soir venu, sa tête reposant sur une main et le regard plein de reproches en face de son infortune, il redevenait un homme malheureux.

Quand le poney, de son pas tranquille, arriva à la porte d’entrée, personne ne cria : « Voici le maître, avec Monsieur Lucian, vous pouvez préparer le thé. » Sa mère était morte l’année passée et une cousine s’occupait de la maison. C’était une personne respectable, entre deux âges, qui s'appelait Deacon et manquait d'originalité. En conséquence, il y avait du mouton froid sur la table. Il y avait aussi du cake, cependant aucune farine cuite au four ne consentait à gonfler à la prière de Miss Deacon. Mais la table était mise dans le « salon » tant aimé dont la fenêtre était ouverte sur les collines et les vallées verdoyantes, et les vieux meubles étaient encore plaisants à voir, tandis que sur les étagères les vieux livres évoquaient quantité de souvenirs. On avait dû appuyer au mur un des fauteuils les plus vénérables car les roulettes se cassaient, mais Lucian le trouvait très confortable après les durs bancs de l'école. Quand le thé fut terminé, il sortit et se promena dans le jardin et dans les vergers, regarda pardessus l'échalier à travers les halliers, là où les digitales, les fougères, les genêts se mêlaient aux buissons de noisetiers, là où il connaissait de secrètes percées, des recoins inconnus, enfouis dans le tissu de verdure et qui étaient depuis longtemps l'abri de ses méditations solitaires. Tous les sentiers autour de la maison, tous les champs et toutes les haies lui étaient de tendres et chers souvenirs et il goûtait plus l'odeur de la reine des prés que l'exhalaison de la chaleur. Penché sur l'échalier, il s'attarda jusqu'à ce que les bois éloignés deviennent mauves et que les brumes pâles tourbillonnent dans la vallée.

Jour après jour, tout au long de ce mois d'août, matins et soirs s'enveloppaient de brume ; jour après jour, la terre frémissait sous la chaleur et l'atmosphère était singulière, inhabituelle. Tandis qu'il errait le long des sentiers, marchant nonchalamment à la lisière douce et fraîche des bosquets, il voyait, mais sentait aussi, que rien n'était comme d'habitude, car la lumière du soleil transfigurait les prairies et changeait complètement la configuration de la terre. Sous l'intense soleil provençal, les ormes et les hêtres semblaient des arbres exotiques, et à l'aube, quand la brume était épaisse, les collines prenaient des formes surnaturelles. L'unique événement de ces vacances fut la visite au fort romain, vers cette colline fantastique où il avait vu, trois ans auparavant, les flammes du couchant en convulsions sur les bastions abrupts et les chênes décharnés. Depuis ce samedi soir de janvier, il éprouvait comme un désir pour cette vallée solitaire. Il avait contemplé les verts remparts en été comme en hiver, il avait vu l'amoncellement des buttes émergeant à peine des rafales de pluie, il avait guetté ces hauteurs formidables flottant les soirs d'été sur les brumes d'un blanc glacé, il avait observé ces contreforts féeriques qui luisaient puis disparaissaient dans le demi-jour des crépuscules d'avril. Dans la haie du sentier, il y avait une barrière sur laquelle il s'appuyait autrefois pour regarder au sud vers la colline qui surgissait si soudainement les soirs d'été, faisant apparaître à son sommet les remparts arrondis et la couronne verte et dense du cercle des chênes. Plus haut, par le sentier qu'il avait emprunté ce samedi après-midi, on pouvait voir les murs blancs de la ferme de Morgan au nord, sur le coteau, et au sud l'échalier et la fumée sur le toit de la vieille Mrs Gibbon. Mais au creux du ravin que l'on apercevait de la barrière, il n'y avait pas trace humaine ; rien que ces vénérables remparts verdoyants où se tenaient, en cercle, les chênes montant la garde autour du bois.

Durant ce chaud mois d'août, l'enceinte du fort l'attira avec plus de fascination encore. Immobile, près de la barrière, « perdant son temps » aurait dit son professeur, il regardait cette vallée fermée sur ses secrets, et son imagination lui faisait voir comme un halo autour de la colline, une auréole qui dansait, telle une flamme. Un après-midi, tandis que de son poste près de la barrière il la regardait fixement, la masse abrupte lui parut plus que jamais enchanteresse. Le cercle vert des chênes se découpait contre le ciel, aussi paisible et lumineux qu'une gravure, et Lucian, malgré son respect des interdits, sauta par-dessus la barrière. Les fermiers et leurs gens étaient occupés à la moisson ; il ne put résister à la tentation. Il commença à longer furtivement le torrent sous l'abri des aulnes, là où l'herbe et les fleurs des terres humides poussent à profusion. Mais comme il approchait du fort qui se dressait maintenant au-dessus de lui de toute sa hauteur, il quitta le couvert des arbres et commença à monter avec ardeur. Il n'y avait pas un souffle de vent, les rayons du soleil inondaient la pente nue de la colline. On n'entendait que le grésillement strident des sauterelles. La pente devenait de plus en plus raide tandis que la vallée s'enfonçait. Il se retourna un instant pour regarder en bas le ruisseau qui serpentait au loin parmi les aulnes. Au-dessus de la vallée, on voyait de petites silhouettes sombres qui bougeaient dans les champs de blé et, de temps en temps, l'écho assourdi d'une chanson claire traversait l'atmosphère comme un message radio. Lucian était couvert de sueur, elle coulait sur son visage et il sentait des gouttes descendre le long de son corps. Au-dessus de lui se dressaient les verts remparts, orgueilleux, et le cercle obscur des chênes était promesse de fraîcheur. Il pressa le pas pour monter encore, puis se mit à ramper sur les genoux, le long du *vallum*, agrippant l'herbe rase et les racines surgies çà et là de la terre rouge. Enfin, au sommet, il s'étendit, reprenant souffle en de profondes inspirations.

A l'intérieur du fort, tout était fraîcheur, pénombre, dû au creusement des eaux. C'était comme si l'on était au fond d'une immense cuvette. Le mur paraissait plus haut dedans que dehors. Le bouquet de chênes s'arrondissait en une voûte vert sombre. Dans la fosse, des orties foisonnaient, luxuriantes ; elles ne ressemblaient pas aux espèces communes des chemins et Lucian, ayant touché une feuille par accident, sentit une piqûre le brûler comme du feu. Au-delà de la fondrière, il y avait un sous-bois fait d'épaisses broussailles, d'arbustes vieux et chétifs que les vents avaient desséchés et tordus en des choses difformes et repoussantes. Hêtres, chênes, coudriers, frênes et ifs étaient si contorsionnés, si réduits et déformés que tous semblaient, comme les orties, appartenir à une autre espèce. Titubant, fouetté brutalement par le rebond des branches entremêlées, il commença à se frayer un chemin à travers cette végétation menaçante. Une fois ou deux son pied heurta quelque chose de plus dur que du bois ; baissant les yeux, il vit de vieilles pierres blanchies par la lèpre des siècles et où l'on distinguait encore le travail de la taille. Plus loin, les racines des arbres décharnés étreignaient les restes d'un mur, haut d'un pied ; sur un tumulus de pierres écroulées se repaissaient des herbes foisonnantes et inconnues à l'odeur de mort. La terre était grasse et noire, le pied y faisait un bruit de succion mais ne laissait pas de trace. Dans les endroits les plus obscurs, là où l'ombre était la plus dense, poussait une abominable excroissance fongueuse corrompant l'air de sa pestilence et Lucian, sentant l'horrible chose s'écraser sous ses pieds, frissonna d'horreur. Soudain, un rayon de soleil filtra et, alors qu'il écartait vivement les dernières branches, il trébucha dans la clairière, à l'intérieur même du camp romain. C'était une pelouse d'herbe rase et odorante au milieu de halliers enchevêtrés, faite de bonne terre saine d'où ne sortait aucune végétation indigne, et au milieu de cette clairière on voyait la souche d'un if abattu et abandonné avec ses branches par le bûcheron. Lucian pensa qu'on avait voulu en faire un siège. Une branche tordue dans laquelle circulait encore un peu de sève servait de dossier et il s'y assit pour se reposer de sa pénible montée. C'était un siège moins confortable que les bancs de la classe, mais il était agréable de trouver là quelque chose qui ressemblât à une chaise. Il s'assit, encore essoufflé après la montée et la lutte à travers les fourrés humides semblables à une jungle, et il lui sembla qu'il avait de plus en plus chaud. La piqûre d'ortie lui brûlait la main et un picotement cuisant envahissait son corps tout entier. Brusquement, il se rendit compte qu'il était seul. Pas solitaire ; solitaire il l'avait souvent été au milieu des bois et dans les chemins creux. Mais en cet instant, c'était une impression tout à fait différente et bien singulière. Il pensait à la vallée sinueuse au-dessous de lui, aux champs près du torrent, verdoyants et paisibles, sans chemin ni sentier. Ainsi il avait escaladé la pente abrupte de la colline et, par les hauts remparts verdoyants, le cercle des chênes, les taillis inextricables, il était arrivé au cœur des lieux. Et au-delà, il savait qu'il y avait tous ces champs abandonnés, déserts comme des friches, jamais foulés, jamais visités. Seul il était, absolument. Assis sur le tronc, il avait de plus en plus chaud, jusqu'à ce qu'enfin il s'allongeât de toute sa longueur sur l'herbe tendre et qu'il sentît avec soulagement la houle brûlante passer au-dessus de lui.

Ensuite, il se mit à rêver, laissant vagabonder son imagination au cœur de délices à demi inventés, libérant les errances de son âme vierge. L'air chaud le frappait comme une houle dure et la piqûre d'ortie le cuisait d'une façon intolérable. Il était seul sur la colline enchanteresse, parmi les hauts sommets, à l'intérieur de la couronne de chênes, enfoncé au cœur de l'épais taillis. Avec lenteur et crainte, il commença à délacer ses bottines, maladroitement, en regardant de tous côtés vers les arbres tordus qui bordaient la pelouse. Pas une branche n'était droite, pas une indépendante ; toutes poussaient entremêlées et juste au-dessus du sol, là où les tiges pourries rejoignaient les racines protubérantes, il voyait, stupéfait, des formes imitant le corps humain, des visages et des membres enlacés. Les mousses vertes étaient des chevelures et les lichens d'épaisses tresses ; une racine tordue avait la forme d'un membre et dans les creux d'une écorce pourrie il voyait des masques d'hommes. Le regard fixe, fasciné par cette imposture de la forêt, il lui semblait ne plus voir ses mains, quand enfin, et soudainement, il se retrouva étendu au soleil, beau avec son teint bistre, ses cheveux bruns, ses yeux bruns, vision corporelle et lumineuse d'un faune égaré.

Alors, un feu ardent se mit à frémir dans toute sa chair, évocations mystérieuses, destinées secrètes qui passaient tremblantes dans son cerveau, désirs inconnus qui le provoquaient. Tandis qu'il fixait l'herbe et les buissons, la lumière du soleil lui sembla devenir réellement verte et le contraste entre la vive lueur qui inondait le gazon et l'ombre épaisse des taillis suscitait une étrange et tremblante lueur dans laquelle les grotesques postures des tiges et des racines commencèrent à changer. Le bois était vivant. Sous lui, l'herbe se soulevait et retombait comme l'haleine profonde de la mer. Il s'endormit et demeura immobile dans l'herbe, au milieu des broussailles.

Il comprit plus tard qu'il devait avoir dormi près d'une heure. Les ombres avaient changé lorsqu'il s'éveilla ; la conscience lui revint en un choc brutal et il s'assit, frappé de stupeur, regardant son corps nu. Il se rhabilla en hâte et laça ses bottines, se demandant quelle folie l'avait assailli. Tandis qu'il restait debout, indécis, hésitant, le cerveau comme un tourbillon de pensées troubles, son corps frissonnait et ses mains tremblaient. Rapide comme l'éclair, la mémoire revint soudain en lui et une onde de chaleur empourpra ses joues, embrasa tout son corps d'un trouble profond. Au moment où il s'éveillait, une légère brise avait passé au creux de l'épais taillis et il se fit une lueur, peut-être un rayon de soleil perçant le sous-bois, tandis que les branches bougeaient, un instant, dans un murmure.

Alors il tendit les mains, supplia la visiteuse de revenir, implorant les yeux noirs qui avaient brillé au-dessus de lui et les lèvres rouges qui l'avaient baisé. Puis une terrible panique lui saisit l'âme et il partit comme un fou, galopant à travers bois. Il escalada le *vallum* et, accroupi, regarda autour de lui, craignant qu'on ne le vît. Seules les ombres avaient changé et un air plus frais montait du torrent ; les champs étaient silencieux et paisibles ; au loin, les silhouettes sombres se déplaçaient dans les prés et l'écho affaibli des voix claires arrivait lointain et ténu, porté par la brise du soir. Au-delà du ruisseau, dans le creux de la colline, à l'opposé du fort, la colonne bleue d'un feu de bois s'échappait en spirale de la cheminée de la vieille Mrs Gibbon. En courant il se mit à descendre les escarpements de la colline et ne s'arrêta que lorsqu'il eut franchi la barrière et retrouvé le sentier. Tandis qu'il regardait derrière lui au sud vers la vallée et qu'il voyait l'abrupte montée, les énormes remparts verdoyants et la couronne sombre des arbres, il lui sembla que le soleil jouait autour du fort dans une auréole de feu.

« Juste ciel ! Où étais-tu donc, depuis si longtemps ? » dit sa cousine quand il rentra à la maison. « Mais tu n'as pas l'air d'aller bien. C'est pure folie que de marcher par une chaleur pareille. Je m'étonne que tu n'aies pas une insolation. Le thé doit être presque froid. Je ne pouvais pas faire attendre ton père, tu comprends. »

Il marmonna qu'il était assez fatigué et s'assit pour boire son thé. Celui-ci n'était pas froid car le couvre-théière avait été mis, mais il était noir et très amer, prétendait sa cousine. En réalité, le breuvage était insipide, mais il lui fit du bien, et la pensée qu'il n'avait fait que dormir et rêver des rêves étranges et cauchemardesques lui apporta un grand soulagement. Résolument, il se débarrassa de ses idées folles et pensa que l'isolement du camp romain, l'éclat brûlant du soleil et peut-être la piqûre d'ortie qui le cuisait encore de façon abominable étaient seuls à l'origine de ce fatras d'évocations absurdes. Il se souvint que lorsqu'il avait été piqué, il avait saisi une ortie dans les plis épais de son mouchoir, et en arrachant une bonne longueur, il l'avait mise dans sa poche pour la montrer à son père. Lorsqu'il rentra du petit tour de jardin qu'il faisait le soir, Mr Taylor montra quelque intérêt à la vue du spécimen.

« Lucian, comment as-tu réussi à trouver cela ? dit-il. Tu n'es pas allé à Caermaen, n'est-ce pas ?

– Non, je l'ai trouvée au fort romain, dans les prés communaux.

– Ah ! le sentier double. Tu as dû prendre un chemin interdit, alors. Sais-tu ce que c'est ?

– Non. J'ai trouvé qu'elle ne ressemblait pas aux orties communes.

– En effet. C'est une ortie romaine, *urtica pilulifera*, une plante rare. Burrows dit qu'on la trouve à Caermaen mais je n'ai jamais réussi à en voir une. Je vais l'ajouter à la *flora* de la paroisse. »

Mr Taylor avait commencé une *flora* accompagnée d'un *hortus siccus*, mais tous deux étaient en haut d'une étagère, poussiéreux et inachevés. Il mit le spécimen sur son bureau dans l'intention de le coller dans l'herbier, mais un jour ou deux plus tard, en époussetant, la domestique le jeta, complètement desséché.

Cette nuit-là, Lucian s'agita et cria dans son sommeil et, au matin, son réveil fut en quelque sorte la répétition de son réveil dans le fort. Mais la sensation n'était pas aussi violente et dans une chambre familière tout cela paraissait délire et fantasmagorie. Il devait aller à Caermaen dans l'après-midi, car Mrs Dixon, l'épouse du vicaire, avait « requis » sa présence pour le thé. Mr Dixon, quoique petit, gras, rasé de près et rouge de teint, était un homme prudent, doué de sentiments modérés en toute choses. Il « déplorait » toutes les opinions extrêmes et professait que les principaux besoins de notre Eglise bien-aimée sont la conciliation, la modération et surtout l'« amolgamation » car ainsi prononçait-il le mot. Mrs Taylor était grande, imposante, superbe, bien faite pour l'épiscopat, avec des dons qui auraient excellé au Palais. Ils avaient des filles qui étudiaient la littérature allemande et croyaient que Miss Frances Ridley Havergal* écrivait de la poésie, mais Lucian n'avait pas peur d'elles.

* Auteur d'hymnes et de poèmes religieux du XIXe siècle.

Par contre, il redoutait les garçons. Tout le monde disait pourtant que c'était de si charmants jeunes hommes, si bien élevés, avec de si bonnes manières et assurés de faire leur chemin dans le monde. Quand l'aimable invitation lui était parvenue, Lucian avait dit « Ah, zut ! » sur un ton de colère, mais il ne pouvait s'y soustraire. Miss Deacon fit de son mieux pour qu'il soit élégant ; ses cravates étaient toutes si affreuses qu'elle dut remédier à la chose par un étroit ruban bleu ciel et elle le brossa si fort et si longtemps qu'il comprit pourquoi un cheval mord parfois le valet ou lui donne des coups de pied. Il se mit en route entre deux et trois heures dans un état d'esprit morose. Et il découvrit que la réalité était encore pire que ce qu'il craignait. Les garçons étaient dans le champ et la première remarque qu'il entendit quand il s'approcha fut : « Hello, Lucian, combien tu vends ta cravate ? » « Belle cravate », fit remarquer un autre, un inconnu. « Tu l'as chipée à ton p'tit chat, dis donc ! »

Ensuite, ils improvisèrent une partie de cricket ; il était le premier à prendre la crosse. Il fut sorti à la deuxième balle, prétendirent-ils tous, et il dut couvrir les zones extérieures pendant tout le reste de l'après-midi. Oubliant toutes les lois de l'hospitalité, Arthur Dixon, qui avait à peu près son âge, lui dit qu'il n'était qu'un pauvre crétin lorsqu'il manqua une balle assez difficile. Il en manqua plusieurs, d'ailleurs ; il lui sembla qu'il ne faisait que s'essouffler après des balles que n'importe quel abruti, un nouveau-né même, déclara Arthur Dixon, aurait bloquées. La partie s'arrêta enfin, uniquement par la maladresse de Lucian, déclarèrent-ils tous. Edward Dixon, qui avait treize ans, un visage bouffi et les yeux saillants, voulait se battre avec lui car il avait gâché la partie et les autres convinrent, sur un ton venimeux, qu'il avait la frousse de se battre. L'inconnu, qui s'appelait De Carti et devait être un parent éloigné de lord De Carti de M'Carthytown, dit carrément que, à sa place, ses camarades ne supporteraient pas cinq minutes pareille humiliation. L'après-midi se passa de façon vraiment plaisante jusqu'à l'heure de se rendre au presbytère pour déguster un thé insipide, des gâteaux faits aux cuisines et des prunes encore vertes. Enfin il s'échappa. Tandis qu'il franchissait le portail, il entendit la dernière remarque de De Carti.

« Chez nous on sait s'habiller. Son paternel doit être salement fauché pour le laisser sortir comme ça. R'gardez ses pantalons tout élimés au talon. Est-ce que le vieux Taylor est un gentleman ? »

Cela avait été en effet un après-midi de gentleman, mais un certain apaisement se fit en lui quand le presbytère fut loin et que, sur la petite ville, autrefois resplendissante capitale des Silures, les fumées du soir flottèrent, telles une brume, sur les toits irréguliers, se mêlant aux vapeurs de la rivière. Du haut de la route, il regarda les maisons serrées les unes contre les autres, vit les lumières s'allumer brusquement dans les maisons sur le coteau éloigné et contempla sa chère vallée s'effaçant dans le crépuscule jusqu'à ce que tombe la nuit et que seule reste visible la crête sombre de la forêt. Le retour fut plaisant le long du sentier sombre et odorant. Au loin on apercevait les formes indistinctes de la campagne. Le mystère de la nuit s'étendait aux bois et aux prairies. Un vent chaud apportait par bouffées l'odeur de la reine des prés, à côté du torrent, et parfois une abeille ou quelque insecte tournoyait dans l'air en route vers sa demeure et son bourdonnement était comme le son grave venu de loin d'un grand orgue ; de l'orée du bois venait le « hou-ou, hou-ou » des hiboux, étrange cri barbare se mêlant au chant grave de l'engoulevent dans les bosquets. A travers le voile de la brume s'éleva la lune ; suspendue entre ciel et terre, elle était comme une lanterne fière et dorée, tandis que, nichés dans les haies sombres, apparaissaient les petits feux verts des lucioles. Montant doucement le long du sentier, il s'imprégnait de ce spectacle sacré, jugeant ce paysage nocturne comparable dans sa beauté mystique à une cathédrale faiblement éclairée. Il avait totalement oublié les « solides jeunes gens » et leurs jeux, et désirait seulement, tandis que sous la lune la terre commençait à luire de tous ses reflets, savoir de quels mots, de quelles couleurs rendre compte de la beauté qui l'entourait.

« Bonne soirée, Lucian ? » lui demanda son père lorsqu'il arriva.

« Oui, j'ai fait une belle promenade au retour. Oh ! l'après-midi nous avons joué au cricket. Cela ne m'amuse pas tellement. Il y avait un garçon qui s'appelle De Carti ; il est chez les Dixon. Quand on est rentrés pour le thé, Mrs Dixon m'a dit tout bas : "C'est un cousin au second degré de lord De Carti" et elle avait l'air aussi solennel que dans une église. »

Le pasteur eut un sourire amer et alluma sa vieille pipe.

« L'arrière-grand-père du baron De Carti était procureur à Dublin, observa-t-il. Son nom était Jérémie M'Carthy. Ses concitoyens, prévenus contre lui, l'appelaient "l'Econome infidèle" et aussi "le Procureur maudit" ; de même, je crois que "Au diable M'Carthy" était un cri célèbre au temps de l'Union. »

Mr Taylor était un homme d'une vaste et anarchique érudition, doublée d'une mémoire à toute épreuve. Il s'était souvent demandé pourquoi il ne s'était pas élevé au sein de l'Eglise. Mais il avait un jour raconté à Mr Dixon une anecdote surprenante et drolatique* concernant la scolarité de l'évêque et il ne comprit jamais pourquoi le prélat n'avait pas donné son assentiment d'un signe de tête quand le nom de Taylor fut proposé lors de sa visite pastorale. Certains disaient que des cierges allumés en étaient la cause, mais cela était impossible puisque l'honorable révérend Smallwood Stafford, le fils de lord

* En français dans le texte.

Beamy, qui avait charge d'âmes à la cathédrale, et bien connu pour brûler quantité de cierges, était au mieux avec l'évêque. D'ailleurs, celui-ci allait souvent à Coplesey (prononcer Copsey) Hall, la demeure de lord Beamy, dans l'Ouest.

C'est avec intention que Lucian avait mentionné le nom de De Carti et peut-être même avait quelque peu exagéré l'attitude respectueuse de Mrs Dixon. Il savait que de telles anecdotes réjouissaient son père, qui ne pouvait jamais juger de ces choses d'un point de vue rationnel et qui parfois, ainsi que le disaient les gens, faisait les remarques les plus incongrues pour un ecclésiastique. La façon irrévérencieuse de traiter des choses sérieuses était l'un des liens les plus forts unissant le père et le fils, mais il tendait à accroître leur isolement. Les gens disaient qu'ils auraient souvent aimé inviter Mr Taylor à des garden-parties, à des thés ou autres modestes distractions, si seulement il n'avait pas été un homme aussi entier et aussi bizarre. L'année passée justement, Mr Taylor était allé à une garden-party au château de Caermaen et s'était tellement moqué du récent sermon de l'évêque au sujet des missions chez les Portugais que les Gervais et les Dixon, et tous ceux qui l'entendirent, furent très choqués et consternés. Et comme Mrs Meyrick de Lanyravon le faisait observer, sa redingote était verdie par l'usure. Le résultat était que les Gervais n'avaient plus envie d'inviter Mr Taylor. Quant au fils, personne ne voulait de lui. Comme elle le disait à son mari, Mrs Dixon l'invitait par pure charité.

« Je crains qu'il n'ait pas souvent un bon repas à la maison, lui fit-elle remarquer, aussi je pensais qu'il aimerait un vrai bon thé, pour une fois. Mais c'est un garçon tellement déplaisant ; il n'a voulu qu'un morceau de ce bon gâteau sans complication et je n'ai pas réussi à lui faire manger plus de deux prunes. Elles étaient bien mûres pourtant... Les garçons aiment les fruits en général ! »

Ainsi, Lucian se vit réduit à passer presque toutes ses vacances en sa propre compagnie et à s'accommoder au mieux des pêches qui mûrissaient dans le jardin du presbytère sur le mur exposé au sud. Là, il y avait un certain endroit où la chaleur de ce mois d'août torride semblait se concentrer, se réfléchissant d'un mur à l'autre, et il aimait s'y attarder le matin quand les brumes étaient encore épaisses au creux des vallons, rêvassant, méditant, allant et revenant des coings aux nèfles le long des murs de briques patinées qui s'affaissaient. Il était inondé par une sorte d'émerveillement et de crainte mêlés à d'étranges bouffées d'exaltation. Il souhaitait toujours plus de solitude afin de méditer sur cet après-midi prodigieux vécu à l'intérieur du fort. En dépit de lui-même, l'impression s'en effaçait ; il ne pouvait plus comprendre ce sentiment de terreur folle qui l'avait précipité à travers les taillis jusqu'au bas du coteau abrupt. Pourtant, il avait éprouvé violemment dans sa chair honte et répugnance. Il lui revenait que, pendant les quelques secondes qui avaient suivi son réveil, la vue de son propre corps l'avait fait frémir et se crisper comme s'il avait enduré l'avilissement le plus total. Se dressait en face de lui une vision à deux visages : un faune allongé au soleil, offrant sa chair tourmentée et frémissante, et en même temps l'apparence d'un enfant honteux et misérable, debout, le corps frissonnant, les mains tremblantes et incertaines. Tout était confus, comme un cortège d'images floues, tantôt de bonheur et d'extase, tantôt de terreur et de honte, flottant dans une lumière fantomatique d'une absolue irréalité. Il n'osait plus s'approcher du fort. Il s'attardait sur la route de Caermaen qui le contournait à un mille de là et était séparée des hauts remparts par les landes sauvages et l'orée des bois. Un jour qu'il s'interrogeait, anxieux, regardant par-dessus une barrière, il entendit un pas lourd derrière lui et, se retournant vivement, il vit que c'était le vieux Morgan de la Maison Blanche.

« Bonsoir, monsieur Lucian », commença-t-il. « Monsieur Taylor va bien, j'espère ? Je vais jusqu'à la maison un instant ; les hommes dans les champs veulent encore du cidre. Vous voudriez venir en boire une goutte, Monsieur Lucian ? C'en est du très bon, Monsieur, pour sûr. »

Lucian ne voulait pas de cidre, mais il pensa que cela ferait plaisir au vieux Morgan s'il acceptait, alors il dit qu'il aimerait beaucoup goûter à ce cidre. Morgan était un vieil homme robuste et trapu, de famille ancienne, un pratiquant austère qui déjeunait chaque matin de bouillon de viande et de fromage de Caerphilly, à la façon des anciens ; un vieux vin corsé bien chaud les soirs d'hiver et du gin au moment des fêtes. La ferme avait, depuis toujours, été propriété de sa famille et lorsque Lucian, derrière le maître des lieux, entra par la porte de chêne sous le large portail dans la longue cuisine sombre, il eut l'impression qu'y flottait encore le XVIIe siècle. Enfoncée profond dans le mur arrondi, une fenêtre à meneaux donnait seule de la lumière au travers d'épais carreaux de verre ornés de cercles et de spirales ; de sorte que le rosier qui l'entourait, le jardin ou les champs au-delà apparaissaient déformés. Deux lourdes poutres de chêne peintes à la chaux traversaient le plafond. La lueur d'un feu brillait dans l'âtre immense et une volute bleue s'envolait vers la caverne de la cheminée. C'était là l'authentique coin du feu de nos ancêtres. De chaque côté il y avait des sièges où l'on pouvait s'asseoir confortablement à l'abri durant les nuits de décembre, heureux et bien au chaud devant les flammes ardentes, à l'écoute des fureurs de la tempête, du crachotement et du chuintement de la flamme lorsque tombaient des flocons de neige. Au fond de l'âtre se trouvaient de grands carreaux noircis avec des initiales en relief et une date, I.M. 1684.

« Asseyez-vous, Monsieur Lucian, asseyez-vous, Monsieur », dit Morgan.

« Annie », cria-t-il par l'une des nombreuses portes.

« Voilà Monsieur Lucian qui aimerait un peu de cidre. Va chercher une carafe, vite. »

« Très bien, père. » La voix venait de la laiterie et bientôt une jeune fille entra, essuyant la carafe qu'elle tenait. D'une façon encore enfantine, Lucian avait bien souvent été troublé par Annie Morgan. De son banc, il la voyait le dimanche à l'église et son teint d'une curieuse pâleur, ses lèvres qui paraissaient avoir été teintées d'un pigment brillant, ses cheveux noirs et l'éclat tremblé des yeux noirs suscitaient en lui d'étranges rêveries sur lesquelles il ne s'était guère attardé. En trois ans, Annie était devenue une femme, tandis qu'il était encore un jeune garçon. Elle s'avança dans la cuisine, fit la révérence en souriant.

« Bonjour, Monsieur Lucian. Comment va Monsieur Taylor, Monsieur ?

– Très bien, merci. J'espère que vous allez bien aussi.

– Merci, Monsieur, je vais très bien. Comme votre voix est belle à l'église, Monsieur Lucian, ça on peut le dire. Je le disais à père dimanche dernier. »

Lucian sourit, mal à l'aise, tandis que la jeune fille posait la carafe sur la table ronde et prenait un verre dans le vaisselier. Elle se pencha près de lui tandis qu'elle versait le cidre onctueux, vert, à la bonne odeur de verger. Sa main frôla un instant son épaule et elle dit « Je vous demande pardon, Monsieur » d'une façon charmante. Il leva les yeux avec ardeur vers son visage ; ses yeux noirs, de forme légèrement ovale, brillaient, et ses lèvres souriaient. Elle portait une robe simple en tissu noir au décolleté ouvert. Son teint était très beau. Un instant, dans son esprit, flotta, éthérée, une vague chimère. Puis Annie fit la révérence en lui tendant le verre et répondit à ses remerciements : « C'est un grand plaisir, Monsieur. »

La boisson était vraiment bonne, pas fade ni douceâtre, mais franche, goûteuse, généreuse, avec une jolie flamme jaune qui, devant la fenêtre, dansait sur le gazon.

C'était comme une coulée de soleil se glissant dans un verger ombreux. Il but le verre d'un trait avec bonheur et il en prit à nouveau tout en le louant chaleureusement. Mr Morgan était touché.

« Je vois que vous savez ce qui est bon, Monsieur. Oui, en ce moment c'est de la bonne marchandise et pourtant c'est ma fabrication. Mon grand-père, c'est lui qui a planté les arbres pendant la guerre et il était très bon juge pour la pomme dans sa jeunesse, et célèbre par ses greffes, ça je peux le dire. Jamais vous n'auriez vu une enflure sur les arbres qu'il greffait, absolument pas une. Maintenant il y a James Morris à Penyrhaul ; c'en est un fameux lui aussi et pourtant sa variété de Redstreaks qu'il m'a greffée il y a cinq ans, elle est déjà tout enflée au-dessus du greffon. Maintenant, Monsieur Lucian, vous voudriez goûter mes pommes de reinette ? J'crois bien qu'il en reste dans le grenier. »

Lucian dit qu'il aimerait beaucoup une pomme et le fermier sortit par une autre porte tandis qu'Annie restait dans la cuisine à bavarder. Elle lui dit que Mrs Trevor, sa sœur, qui était mariée, allait venir bientôt passer quelques jours avec eux.

« Elle a un si beau bébé, dit Annie, et si éveillé déjà, bien qu'il n'ait que neuf mois. Mary aimerait vous voir, Monsieur, si vous aviez la gentillesse d'entrer nous voir, enfin si cela ne vous dérange pas, surtout, Monsieur Lucian. Je pense que vous devenez bien savant maintenant ?

– Oui, je ne réussis pas trop mal, merci, dit le jeune garçon. J'étais le premier de la classe au trimestre dernier.

– C'est vrai ? Ça, par exemple. Vous entendez, père, quel bon élève est Monsieur Lucian.

– Ce s'ra un fin lettré, pour sûr. Vous ressemblez à votre père, Monsieur. C'est vrai que je dis toujours que personne n'a autant de facilité pour parler en chaire. »

Lucian ne trouva pas la pomme aussi bonne que le cidre, mais il la mangea avec toutes les apparences de la satisfaction et il en mit une dans sa poche en les remerciant. Il remercia de nouveau le fermier en se levant pour partir; Annie fit la révérence en souriant, lui disant bonsoir et à bientôt avec douceur.

Comme il sortait, Lucian l'entendit dire à son père quel jeune homme bien élevé il devenait, en vérité. Et en chemin il se disait qu'Annie était bien jolie et il se demandait s'il aurait le courage de l'embrasser s'ils se rencontraient un soir, dans un chemin creux. Pourtant, il était persuadé qu'elle se contenterait de rire en disant : « Oh, Monsieur Lucian ! »

Durant les mois qui suivirent, des souvenirs lui revenaient parfois, dans l'indifférence ou l'ardeur, mais la course du temps peu à peu s'étirait et rendait ces évocations, de délices ou de terreurs, de plus en plus vagues, jusqu'à ce qu'elles s'engloutissent enfin au cœur de ce pays enchanté vers lequel se retourne l'adolescent avec stupeur, ne sachant plus pourquoi telle était symbole de terreur, telle de joie. A la fin de chaque trimestre il revenait chez lui et trouvait son père un peu plus abattu, un peu plus difficile à égayer, même un instant. Le papier peint et les meubles devenaient de plus en plus sales et en piteux état. Les deux chats, animaux chéris depuis toujours et dont il avait souvenir depuis sa plus tendre enfance, moururent, misérables, l'un après l'autre. La vieille Polly, le poney, finit par s'écrouler dans l'écurie, usée par l'âge, et dut être abattue sur place. Alors, le vieux coupé n'alla plus le long des chemins de longue mémoire. La pelouse était envahie par des herbes hautes et les arbres fruitiers en espaliers avaient trop poussé le long des murs. Pour finir, alors que Lucian avait dix-sept ans, son père dut le retirer du collège. Il ne pouvait plus en payer les frais. Ce fut pour le pauvre pasteur le triste aboutissement de bien des espoirs qu'il avait mis en son fils, des rêves de réussite, d'honneurs, de deux mentions très bien, de bourse universitaire. Assis tous deux, accablés, dans la pièce délabrée, de chaque côté d'un feu maussade, ils évoquaient les jours en allé, les projets non aboutis, et devinaient dans les années qui s'avançaient vers eux un futur assombri. A un certain moment, la possibilité qu'un parent éloigné vienne en aide à Lucian se présenta et il sembla tout à fait établi qu'il partirait pour Londres avec des projets précis. Mr Taylor annonça la bonne nouvelle à ses relations, sa redingote étant désormais trop verdie par l'usure pour qu'il prétendît avoir des amis. Lucian lui-même parla de ses projets au docteur Burrows, à Mr Dixon et à une ou deux autres personnes. Puis l'arrangement échoua complètement et le pasteur et son fils eurent à supporter la compassion. Bien entendu, les gens se crurent obligés de dire qu'ils étaient désolés, mais en vérité la nouvelle fut accueillie avec le sentiment de satisfaction que procure le spectacle d'une pierre qui roule sur une pente raide et qui après un dernier ricochet disparaît dans l'étang. Mrs Dixon apprit la plaisante nouvelle de Mrs Colley qui vint la voir pour parler de la réunion des Mères de la Société de Tempérance. A l'époque, Mrs Dixon allaitait la petite Aethelwig ou un nom de ce genre et se disait grandement frappée par le juste discernement qui gouvernait le monde. Vraiment, la déconvenue du malheureux Lucian sembla nettement accroître la foi qu'elle avait dans l'Ordre Divin, comme si cela avait été l'un des exemples de *L'Analogie** de Butler.

Le soir même, elle dit à son mari : « Les opinions de Mr Taylor ne seraient-elles pas outrancières ?

– J'ai bien peur qu'elles le soient, répondit-il. J'ai été très peiné de voir la façon dont il parlait à la dernière conférence diocésaine. Notre cher évêque avait fait une communication sur la confession auriculaire. Il était bien forcé d'agir ainsi après ce qui est arrivé et je dois dire que

* *Analogy of Religion* de Joseph Butler.

je ne me suis jamais senti aussi fier de notre chère Eglise. »

Mr Dixon raconta l'homérique histoire de la conférence, énumérant les exploits de ses défenseurs, « déplorant » ceci, applaudissant à cela. Il apparaissait que Mr Taylor avait eu l'audace de citer certaines autorités religieuses que l'évêque ne pouvait bien sûr pas rejeter quoiqu'elles fussent en opposition absolue avec les « rassurantes » déclarations épiscopales.

Bien entendu, Mrs Dixon était chagrinée. C'était si « triste » de penser qu'un homme d'Eglise se comportât de façon si scandaleuse.

« Vous savez, mon ami, continua-t-elle, j'ai pensé à ce pauvre petit Taylor et à cette déception. Eh bien ! après ce que vous venez de me dire, je suis persuadée que c'est comme un châtiment pour eux deux. Est-ce que Mr Taylor aurait oublié les vœux prononcés à son ordination ? Ne pensez-vous pas, mon ami, que j'ai raison et qu'il a été puni : La faute des pères... ? »

D'une certaine façon, Lucian devinait cette atmosphère d'insinuations et de menaces et il s'écartait de plus en plus de la petite société rurale. Alors, quand il n'était pas en train de rêvasser dans les champs et les bois bien-aimés d'heureuse souvenance, il s'enfermait en haut avec des livres, lisant tout ce qu'il trouvait sur les rayonnages, amassant une somme de connaissances incohérentes et dépassées. Il passa de longues heures en compagnie de la société du XVIIe siècle, s'attardant avec Pepys dans les rues joyeuses et ensoleillées, envoûté par les orgies de la Restauration, errant avec Isaac Walton et les grands théologiens catholiques au long de rivières paisibles, pris sous le charme du portrait de Herbert, le tendre ascète, terrifié par le souffle mystique de Crashaw. Les poètes cavaliers chantaient alors leurs chansons courtoises et Herrick fit de Dean Prior une terre magique par la divine incantation d'un vers. Et dans les vieux proverbes et les dictons du terroir il retrouvait la bonne et belle vie anglaise d'une époque remplie de délicatesse, de dignité et de chaude gaieté. Il s'enfonçait toujours plus dans ses livres et avait fait de l'obsolescence son domaine préféré. Dans son dégoût des stupides questions habituelles : « Cela rapporte-t-il de l'argent ? », « A quoi cela sert-il ? » et ainsi de suite, il ne voulait lire que le bizarre et l'inutile. Le faste étrange et le symbolisme de la Kabbale, ses allusions à d'autres faits terribles, les mystères de la Rose-Croix de Fludd, les énigmes de Vaughan, rêves d'alchimistes, tout cela lui était délices. Tels étaient ses amis, avec les collines couvertes de bois, les torrents, les mares écartées. Par la vertu magique de sa province reculée, ses livres, la pensée de ses livres, les émois de son imagination, tout se fondait en une seule vision. Il se tenait à l'écart des murs de la forteresse et se contentait de voir, près de la barrière du sentier, l'entassement des tertres, la hauteur sauvage des remparts féeriques, et d'abandonner tout ce qui était au cœur de la couronne des chênes aux mystères de ses fantasmes de jeunesse. Il affectait de se moquer de lui-même et des rêveries de ce brûlant après-midi d'août où le sommeil l'avait pris au cœur du bosquet, mais tout au fond de lui-même quelque chose n'avait jamais disparu, quelque chose qui luisait comme la lueur rouge d'un feu de bohémiens aperçue tout au loin dans les collines et les brumes de la nuit, lueur que l'on voit briller en de sauvages lieux. Parfois, alors qu'il était plongé dans ses livres, une onde de bonheur jaillissait et lui faisait entrevoir, en un embrasement infini, tous les abîmes de sa véritable nature. Et, au cœur de cette exaltation qui le réjouissait, il se reprenait, un peu effrayé. Dans son isolement mélancolique et studieux, il était devenu comme un ascète, et la vision de semblables extases l'effrayait. Il commença à écrire un peu. Au début, de façon médiocre, pour voir ; puis avec plus de confiance. Il montra quelques-uns de ses vers à son père, qui lui dit avec un soupir que lui-même avait espéré écrire... autrefois, à Oxford, ajouta-t-il.

« C'est gentiment tourné, dit le pasteur, mais j'ai peur que tu ne trouves personne pour les imprimer, mon garçon. »

Pourtant il s'obstinait dans ses essais ; lisant tout, imitant ce qui frappait son imagination, s'essayant à rendre la métrique classique dans la poésie anglaise, se faisant la main sur une pantomime, une comédie de la Restauration, dressant des plans absurdes pour des livres qui ne dépassaient pas une dizaine de lignes sur une feuille de papier ; assailli de splendeurs imaginaires qui refusaient de se soumettre à l'écrit. Mais le bonheur de la création, même infructueuse, n'était pas tout à fait inutile, car il mettait son cœur à rude épreuve en le cuirassant. Les mois passaient, monotones et parfois flétris par le chagrin. Il écrivait, faisait des plans et emplissait la corbeille à papier de ses efforts inaboutis. De temps à autre, il envoyait des vers ou des articles en prose à des revues, dans une ignorance pathétique de la profession. Sans bien la comprendre, il devinait l'immense difficulté de la carrière littéraire. Mais le combat était, par bonheur, au cœur d'un brouillard, et la horde ennemie, en rangs impitoyables, était en quelque sorte dissimulée. Assez d'obstacles cependant le terrifiaient. Après avoir suivi le cheminement tortueux des petits torrents inconnus, après la paix crépusculaire des bosquets, le spectacle des collines et le souffle puissant du vent passant d'un vallon à l'autre, il rentrait chez lui, habité par des pensées, des émotions, des rêveries surnaturelles qu'il brûlait de transcrire par l'écriture. Et toujours le résultat de ses efforts paraissait affecté et ridicule. Phrases ampoulées, style guindé et chagrin, obscurité et maladresse ankylosaient sa plume. Il lui semblait impossible de percer le grand secret du langage. Les étoiles brillaient dans les ténèbres et disparaissaient dans la clarté. Les périodes de désespoir étaient souvent longues et pesantes, les victoires des vétilles bien rares. Soir après soir, il s'asseyait pour écrire après que son père avait éteint sa dernière pipe, remplissant une page avec peine au bout d'une heure, et, souvent contraint de jeter le tout avec désespoir, il se mettait au lit sans joie, conscient, après s'être donné tout ce mal, de n'avoir rien fait. Et il y avait des moments où la vue de la campagne familière l'alarmait, tandis que le dôme des sommets lointains et l'obscurité des forêts lui paraissaient le symbole de quelque terrible secret dans la vie intime de l'étranger qu'il était. Tantôt lorsqu'il était plongé dans ses livres et ses papiers, tantôt au cours d'une promenade solitaire, tantôt encore au milieu du bavardage lassant de la « société » de Caermaen, il tressaillait avec l'impression soudaine et horrible de choses cachées, et alors courait en lui une lueur frémissante qui ramenait à sa mémoire le sous-bois épais et l'ancienne apparition des rameaux dénudés et noirs enveloppés de flammes. A la vérité, bien qu'il évitât le sentier solitaire et la vue du sommet vertigineux avec sa couronne de chênes et ses tertres arrondis, leur image devenait comme le symbole de plus en plus évident de certains signes, de certaines évocations. Il semblait que sa chair ardente et rebelle avait trouvé son édifice sacré dans ces murs d'autrefois et il désirait de toute son âme s'en échapper, devenir libre dans l'immensité de Londres et se sentir en sécurité dans le murmure des rues du temps présent.

2

Lucian devenait très inquiet au sujet de son manuscrit. A vingt-trois ans, il avait acquis assez d'expérience pour savoir que les éditeurs n'aiment pas à être pressés. Mais son livre était sur le bureau de MM. Beit depuis plus de trois mois. Pendant six semaines il n'avait osé espérer une réponse, mais ensuite sa vie était devenue un enfer. Tous les matins, à l'heure du courrier, le malheureux avait la gorge serrée par l'anxiété à la pensée que la sentence était arrivée, et le restant de la journée des accès tour à tour d'espoir et de désespoir le mettaient à la torture. Parfois il était presque sûr du succès. Relisant mentalement ces pages ardentes et douloureuses, il s'extasiait sur des passages bien qu'il se reprochât son inexpérience. Il craignait d'avoir écrit un livre qui dénotait la maladresse d'un débutant et dont il était impensable d'envisager la publication. Alors il comparait ce qu'il se rappelait à des articles ou des livres dont les critiques faisaient l'éloge dans des revues notoires et se disait qu'après tout il y avait peut-être de bonnes choses. Par exemple, il ne pouvait s'empêcher d'aimer le premier chapitre. Peut-être la lettre arriverait-elle le lendemain. Ainsi le temps passait semaine après semaine dans un tourment rendu plus atroce par ces lueurs d'espoir. C'était comme s'il était étendu sur un lit de torture et que tantôt les bourreaux atténuaient sa douleur par de douces paroles et tantôt le martyrisaient à l'aide de tenailles brûlantes. A la fin, ne pouvant plus supporter l'attente, il écrivit à MM. Beit, s'enquérant avec humilité si le manuscrit était bien arrivé. La maison répondit d'une manière très courtoise, avec tous ses regrets, mais son lecteur avait eu un rhume de cerveau et n'avait donc pas eu la possibilité d'envoyer son rapport. Une réponse décisive était promise pour la semaine suivante et la lettre se terminait par des excuses pour ce retard et l'espoir que cela ne l'avait pas dérangé. Naturellement, la « réponse décisive » ne vint pas à la fin de la semaine et le livre fut retourné au bout de trois semaines avec une circulaire remerciant l'auteur d'avoir eu l'amabilité de soumettre son manuscrit et regrettant que la maison d'édition ne voie pas l'intérêt de le faire paraître. Il se sentit soulagé. L'épreuve qu'il avait redoutée et conjurée depuis si longtemps était enfin terminée et il ne se sentirait plus malade chaque matin à l'heure du courrier. Il emporta son paquet dans le coin ensoleillé du jardin, là où le vieux banc de bois était à l'abri des vents mordants de mars. A la circulaire, MM. Beit avaient joint un court inventaire, une petite brochure avec l'en-tête : Les dernières publications de M. Beit et Compagnie. Il s'installa confortablement sur le siège, alluma sa pipe et commença à lire : *Un méchant qu'il faut vaincre*, un roman de la vie sportive, par l'honorable Mrs Scudamore Runnymede, auteur de *Taïaut*, *La Meute de Mudshire*, *Les Ecuries de Sportleigh*, etc., etc., 3 volumes. Dans toutes les librairies. Le journal *La Presse*, semblait-il, le déclarait un livre charmant. Mrs Runnymede a de l'esprit, de l'humour, suffisamment pour alimenter une demi-douzaine de romans sur le sport. « Conté avec l'éclat et la vivacité d'une experte en l'art du roman », disait *The Review*, tandis que Miranda, de *Smart Society*, « débordait positivement d'enthousiasme ». « Vous devez me pardonner, Aminta, écrivait cette jeune personne, si je n'ai pas envoyé la description que j'ai promise des nouvelles créations de Mme Lulu et d'autres du même genre. Je dois dévoiler une histoire. Tom est rentré hier et s'est mis à délirer au sujet du dernier roman de l'honorable Mrs Scudamore Runnymede, *Un méchant qu'il faut vaincre*. Il dit que tous les gens bien en parlent et qu'il paraît que la police doit contenir la foule chez Mudie. Vous savez que je lis tout ce que Mrs Runnymede écrit, aussi j'ai envoyé Miggs aussitôt pour solliciter, emprunter ou même voler un exemplaire et j'avoue que j'ai veillé une partie de la nuit avant de le lâcher. Donc, essayez de l'avoir, vous le trouverez si terriblement chic*. » Presque tous les romanciers du catalogue de MM. Beit étaient des femmes, leurs œuvres faisant trois volumes et toutes plaisant à *La Presse*, *The Review* et Miranda de *Smart Society*. L'un de ces livres, *Millicent's Marriage*, de Sarah Pollington Sanders, fut déclaré digne d'être sur une table d'école, sur les étagères de la classe de dessin ou sous l'oreiller des mieux éduquées de nos filles. « Cela, continuait la critique, est un beau compliment à une époque où nous avons les oreilles rebattues par les vantardises de prétendus artistes. Nous devrions avertir les jeunes hommes qui débitent sans fin des balivernes au sujet du style, de la littérature, de l'harmonie des formes dans la prose, que nous sommes certains que le public lisant l'anglais n'a rien à voir avec eux. Des plaisirs innocents, la vie domestique s'écoulant doucement, la peinture fidèle de la vie saine et virile des chasseurs, l'évocation de douces et saines jeunes filles sont ainsi dépeints par Miss Sanders. Voilà les sujets qui seront toujours les bienvenus dans nos foyers, lesquels resteront fermés et in-

* En français dans le texte.

terdits aux artistes dépravés et aux stylistes scrofuleux. »

Il tournait les pages de la brochure et se réjouissait fort ; il découvrait un enthousiasme honnête, la détermination à défendre le bien et le vrai, qui rafraîchissaient et enthousiasmaient le cœur. Un visage joyeux, portant lunettes et favoris probablement, un gilet coûteux et une âme tendre, semblaient illustrer les mots qu'avaient cités M. Beit. Et l'allitération de la dernière phrase n'était pas mauvaise ; à y bien regarder, il y avait du style. Lui, le champion de la timidité rougissante, de l'œil larmoyant, allait montrer qu'il pouvait empoigner les armes de l'ennemi s'il voulait s'en donner la peine. Lucian se rejeta en arrière et éclata d'un rire obscène jusqu'à ce que le matou qui avait remplacé les deux malheureux disparus le regardât avec reproche de son coin ensoleillé, avec l'apparence du critique, ingénu, rond et portant favoris. Ensuite, Lucian reprit son paquet et sortit une demi-douzaine de pages du manuscrit et commença à lire, quelque peu découragé ; il était bien vrai, pensait-il, que c'était médiocre et peu digne d'être publié. La rédaction du livre lui avait pris un an et demi. C'était une pieuse tentative de traduction en prose anglaise de la forme et du mystère des collines arrondies, de la magie de vallons dérobés, du bruit du torrent enflé d'une eau d'un brun rouge et courant à travers les bois dénudés. Songeries au long des jours, labeur durant les nuits avaient nourri les pages ardentes ; il avait peiné dur pour réussir au mieux, écrivant, corrigeant, rythmant ses phrases, recommençant sans fin, ne ménageant ni patience ni effort pour que cela fût vraiment bien, assez bien pour être imprimé et vendu aux lecteurs exigeants. Il parcourut le manuscrit qu'il avait entre les mains et, étonné, ne put s'empêcher de penser que dans une certaine mesure c'était du bon travail. Au bout de trois mois, sa prose lui paraissait originale et comme inconnue de lui, rédigée par un autre, et malgré lui il découvrait des choses charmantes, des impressions qui n'étaient pas banales. Il savait que tout cela était faible en regard de ce qui était en lui ; il avait vu une ville enchanteresse, terrible, glorieuse, dont les remparts tels les cités du Saint-Graal étaient dévorés par les flammes ; et il avait façonné son œuvre à partir du premier matériau venu ; et pourtant, en dépit de l'abîme qui séparait l'idée de sa réalisation, il savait, tandis qu'il lisait, que la chose accomplie était loin d'être une défaite. Soigneusement, il remit les feuilles en ordre et regarda de nouveau le bulletin de M. Beit. Il n'avait pas remarqué que *Un méchant qu'il faut vaincre* en était à sa troisième édition, en trois volumes. Dans tous les cas, c'était une bonne chose de savoir dans quelle direction aller s'il voulait réussir. S'il travaillait dur, pensait-il, il pourrait un jour espérer l'approbation de la prude et farouche Miranda de *Smart Society* ; il serait possible que la pudique demoiselle, toute à son admiration, interrompît son travail de publicité désintéressée, ses philanthropiques conseils : « Allez chez Jumper et demandez bien Mr. C. Jumper, qui vous montrera le ravissant papier bleu avec des motifs jaunes à dix shillings la feuille. » Il posa la brochure et, pour ne pas pleurer, il se moqua de nouveau de ces livres et de ces critiques. Ainsi c'était cela la fiction anglaise, cela la critique anglaise ; et la bouffonnerie n'était après tout qu'une tragédie mal interprétée.

Le manuscrit repoussé fut mis de côté et son père cita la maxime d'Horace sur l'intérêt qu'il y a à garder une œuvre littéraire quelque temps dans le tiroir. Il n'y avait pas là de quoi maugréer, quoique Lucian inclinât à penser que le catarrhe du lecteur avait duré de manière quelque peu excessive. Mais cela était un détail. Il ne se complaisait pas dans l'attitude du modeste voyageur de commerce qui attend que l'on manifeste à son égard une politesse élémentaire bien naturelle et non accordée comme une faveur. Oubliant tout à fait son premier livre, il décida d'en faire un meilleur s'il le pouvait. Emporté par sa résolution et la détermination où il était de ne pas être arrêté par un refus, il commença à retourner dans sa tête quelque nouveau sujet. Au début, il sembla avoir trouvé un sujet prometteur. Il se mit à faire le plan des chapitres, à noter des idées pour l'étrange histoire qu'il avait en tête, disposant les scènes, répertoriant les effets à produire avec l'enthousiasme d'un véritable artiste. Mais après la première ébauche, l'aspect de l'ouvrage changea ; l'une après l'autre, les feuilles furent mises de côté, les belles phrases qu'il avait imaginées refusaient d'être couchées sur le papier et le décourageaient, ses pantins étaient raides et immobiles, sans vie. Alors revinrent les chagrins d'antan, le désespoir de l'artisan qui lutte en vain mais persévère. L'intrigue qui paraissait nourrie d'amoureuse flamme se transformait sous ses doigts en une masse dure et glacée. Il laissa tomber sa plume et se demanda comment il avait pu rêver d'écrire des livres. De nouveau, la pensée lui vint qu'il pourrait faire quelque chose s'il pouvait seulement partir et se joindre à la triste procession allant, loin de l'ombre terrifiante des collines, à Londres, au long des rues murmurantes. Mais cela était impossible. On s'adressa au parent qui avait un jour promis son aide, mais il répondit qu'il regrettait de voir que Lucian était devenu un « bon à rien » perdant son temps à écrivailler au lieu de chercher à gagner sa vie. Lucian se sentit quelque peu blessé par cette lettre, mais le pasteur, comme d'habitude, se contenta de sourire tristement. Il se souvenait qu'il avait, quelques années auparavant, au temps de sa prospérité, signé un chèque et que ce chèque était libellé à l'ordre du cousin moralisateur, qui était à l'époque dans le besoin et d'une nature plus reconnaissante.

Le pauvre manuscrit refusé était presque sorti de sa mémoire. Il y revint de façon singulière. Trois mois environ après le renvoi de son livre, il était en train de parcourir *The Reader*, prenant plaisir à lire les textes des éminents critiques littéraires, lorsque son regard fut attiré par un passage cité dans l'un des articles. Le sens et le style réveillaient tous deux sa mémoire et il reconnut des intonations très chères. Il lut le compte rendu en entier. Celui-ci était très favorable et déclarait que l'ouvrage présentait une très nette amélioration par rapport au précédent travail de Mr Ritson. Le critique ajoutait : « Sans aucun doute, l'auteur a mis ici au jour un filon de métal pur et nous prédisons qu'il ira loin. » Lucian n'avait pas encore atteint l'état d'esprit de son père, il était incapable de sourire à la façon de l'irrévérencieux pasteur. Le passage choisi pour un tel compliment était emprunté presque mot pour mot au manuscrit oublié maintenant dans sa chambre et qui n'avait pas atteint le niveau requis par MM. Beit et Cie, fort curieusement les éditeurs du livre dont il était question chez le critique. Il avait quelques shillings en sa possession et écrivit tout de suite à un libraire de Londres pour commander un exemplaire de *The Chorus in Green*, titre que l'auteur avait bizarrement choisi pour le livre. Il écrivit le 21 juin et pensa qu'il pouvait espérer recevoir le livre qui l'intéressait pour le 24, mais le facteur, fidèle à lui-même, ne lui apporta rien, et dans l'après-midi il résolut de descendre à Caermaen au cas où il serait arrivé à la seconde distribution ; il aurait pu également être égaré à la poste ; ils oubliaient parfois des colis, surtout quand le sac était plein et le temps chaud... Ce 24 juin était une journée lourde et orageuse ; un voile de nuages gris obscurcissait le ciel et une brume vaporeuse, montant des vallons, planait au-dessus du sol. Mais à cinq heures, quand il se mit en route, les nuages commencèrent à se disperser et le soleil déversa soudain ses rayons à travers l'atmosphère brumeuse, traçant des voies lumineuses et des îlots éclatants dans l'obscurité. Et c'est par une soirée douce et claire qu'en empruntant des chemins de traverse pour éviter les barbares (ainsi qu'il appelait insolemment les respectables habitants de la ville), il atteignit le bureau de poste, qui était également un magasin.

« Oui, Mr Taylor, il y a quelque chose pour vous, Monsieur, dit l'employé. William, le facteur, a oublié de vous le monter ce matin. » Et il lui tendit le paquet. Lucian le mit sous son bras et partit tranquillement au long des détours des sentiers raboteux jusque dans la campagne. Il franchit le premier échalier sur la route et s'asseyant au creux d'un fossé, coupa les ficelles et ouvrit le paquet. *The Chorus in Green* était présenté d'attrayante manière, ainsi que disent les critiques : toile vert bronze, lettres dorées, de grandes marges et des caractère gras. Il coupa les pages à la hâte et commença à lire. Il s'aperçut rapidement qu'il avait accusé à tort Mr Ritson – le cher littérateur n'avait pas plagié son livre en entier, comme il l'avait pensé. Le charmant petit livre avait environ deux cents pages et quatre-vingt-dix étaient de la main de Lucian, interpolées dans une intrigue un peu différente avec une adresse consommée. Le texte de Mr Ritson était souvent très bien ; gâté ici et là pour le goût de certains par la « méthode du catalogue », une façon quelque peu matérialiste de faire l'inventaire des sacro-saintes choses de la campagne. Et pour cette raison même, il contrastait avec les allusions, les rêveries et le ton tragique de Lucian. Ici et là, Mr Ritson avait apporté quelques changements dans le style des passages qu'il avait empruntés et la plupart de ces changements étaient, ainsi que Lucian dut se l'avouer, des améliorations, quoiqu'il eût aimé discuter avec son collaborateur et correcteur au sujet de deux ou trois détails. Il alluma sa pipe et s'appuya confortablement contre la haie, réfléchissant à tout cela. Il évalua calmement l'expérience qu'il avait du genre humain, ses rapports avec la « société » du monde campagnard, l'affaire de *The Chorus in Green* ainsi que des petits faits qui l'avaient frappé tandis qu'il marchait dans les rues de Caermaen au début de la soirée. A la poste, tandis qu'il se renseignait au sujet de son paquet, il avait écouté deux femmes âgées maugréer dans la rue. Autant qu'il pouvait comprendre, il semblait que toutes deux étaient déçues pour des raisons semblables. Chacune d'elles avait fait une demande de secours au presbytère ; c'était probablement de malheureuses incapables, qui toute leur vie avaient bu de la bière en guise de souper et avaient négligé la nécessité d'économiser et de « mettre de côté pour ses vieux jours ». L'une était une catholique romaine endurcie, bien difficile à convertir ; on lui avait conseillé de demander l'aumône aux curés « qui se glissent partout dans tous les coins ». L'autre pécheresse était une dissidente, et « Mr Dixon a suffisamment à faire pour aider ceux de l'église anglicane ». Aidée de Henrietta, Mrs Dixon était, semble-t-il, la grande bienfaitrice, celle qui dispensait les dons. Comme elle le disait à Mrs Colley, ils finiraient par nourrir tous les mendiants du comté, et ils ne pouvaient vraiment pas se le permettre. Une grande famille entraîne des dépenses et les filles doivent avoir de nouvelles robes. « Mr Dixon me dit toujours, ainsi qu'aux filles, que nous ne devons pas démoraliser les gens par une charité sans discrimination. » Lucian avait entendu ces sages conseils et y pensait tandis qu'il écoutait les plaintes amères des deux vieilles, maigres et affamées. Dans la petite rue écartée qu'il emprunta en quittant la ville, il vit un grand gaillard donnant des coups de pied à un chat malade ; la pauvre bête eut juste assez de force pour se glisser sous la porte d'un hangar. Probablement pour y mourir dans la souffrance. Il n'éprouva pas beaucoup de satisfaction à corriger le garnement, mais il le fit avec ardeur. Un peu plus loin, au coin où se trouvait autrefois la barrière de péage, il y avait une grande affiche, annonçant une réunion dans la salle de classe au bénéfice des missions chez les Portugais. « Sous le patronage de monseigneur l'évêque du diocèse » – l'en-tête faisait grande impression ; le révérend Merivale Dixon, vicaire de Caermaen, devait présider, entouré de Stanley Gervase, Esquire, J.P. et des membres du clergé et de la bonne société des environs. Senhor Diabo, « autrefois prêtre catholique romain et maintenant évangéliste à Lisbonne », prendrait la parole. « Des fonds sont demandés de toute urgence pour continuer cette belle œuvre », concluait la notice.

Allongé bien à l'ombre de la haie, Lucian se demandait si on ne pourrait écrire quelque chose pour la défense des terribles Yahoos ; on pourrait faire valoir qu'ils étaient sous bien des aspects une race proche de la nature, sans complications, dont les défauts n'étaient dus qu'à leur condition d'esclave, tandis que leurs vertus étaient bien à eux. Il se disait qu'on pouvait les comparer à leur avantage à des civilisations plus complexes. Chez eux, il n'y avait rien de comparable au système Beit en matière d'édition ; la grande nation des Yahoos ne nourrirait ni n'encouragerait un méprisable Houyhnhnm rejeté de la communauté chevaline pour cause de malhonnêteté, et le spirituel Doyen, malgré son goût pour la précision, ne parlait même pas de « prudents » Yahoos. A la réflexion, toutefois, il ne se sentait pas très sûr de sa défense. Il se souvenait que les brutes qui commandaient avaient des favoris qui étaient employés à des besognes domestiques auprès de leurs maîtres et que son apologie ne tiendrait pas sur ce point. En pensant à ces comparaisons, il souriait étrangement en lui-même, mais son cœur brûlait d'une sourde fureur. Négligeant ses tristes souvenirs, il se souvenait de tout le mépris, de tout le dédain dont il avait souffert. Elève, il avait entendu les professeurs l'accuser de vouloir acquérir autre chose que les banales connaissances scolaires. Jeune homme, il avait subi l'insolence des scélérats qui l'entouraient, leurs ricanements dissonants à propos de sa misère et qui écorchaient ses oreilles. Tandis qu'il allait, un jour, dans ses vêtements déchirés, le regard sur la poussière du chemin, il avait vu le sourire cruel et sans pitié d'une misérable idiote que son intelligence et ses façons reléguaient au niveau de la porcherie. Lui et son père semblaient cheminer sous les railleries et le mépris ; du mépris de la part de tels animaux ! Cette saleté putride, en forme d'hommes, créée seulement pour aduler et flagorner, ne jugeant aucune bassesse trop basse en l'honneur de ceux qui détenaient autorité et pouvoir, et ne faisaient preuve d'aucun raffinement dans l'expression et la cruauté de leur mépris envers les pauvres, les humbles et les opprimés. Et c'était cette meute obscène et hideuse qui le désignait du doigt. Et ces hommes et ces femmes parlaient de choses sacrées et s'agenouillaient devant le solennel autel de Dieu, devant l'autel flamboyant et terrible, entourés ainsi qu'ils le prétendaient par les anges, les archanges et toute l'assemblée des cieux ; et dans leur église même, ils avaient un côté pour les riches et un autre pour les pauvres. Et l'espèce n'était pas propre à Caermaen. Les riches hommes d'affaires de Londres et l'auteur à succès s'amusaient probablement aux dépens de la pauvre créature besogneuse qu'ils avaient injuriée et blessée ; de même que le grand gaillard avait éclaté d'un grand rire quand le malheureux chat malade avait miaulé, à l'agonie, traînant lourdement son corps alors qu'il s'éloignait en rampant pour aller mourir. Lucian considérait sa vie à lui, ses aspirations, et il savait qu'en dépit de ses extravagances et de ses échecs, il n'avait pas à sa connaissance mal agi, il n'avait jamais délibérément participé à aucune oppression ni ne l'avait approuvée, et il se disait que lorsqu'il reposerait, mort, sous la terre, rongé par les vers grouillants, il serait en meilleure compagnie que maintenant, vivant parmi les créatures humaines. Et il aurait fallu qu'il appelât « frère » cette bête immonde, toute de crasse et de puanteur ! « J'aimerais mieux appeler les démons mes frères, disait-il de tout son cœur, j'aimerais beaucoup mieux aller en enfer. » Ses yeux étaient injectés de sang, et quand il leva la tête, le ciel était sanglant et la terre était en feu.

Le soleil descendait sur la montagne lorsqu'il se remit en route. Le docteur Burrows rentrant chez lui en voiture, le rencontra un peu plus loin sur la route et lui dit bonsoir avec amitié.

« Le chemin est long par la route, n'est-ce pas ? dit le docteur. Puisque vous êtes là, pourquoi n'essayez-vous pas le raccourci par les champs ? Vous allez le trouver facilement ; le second échalier à gauche et après tout droit. » Il remercia le Dr Burrows, disant qu'il allait essayer le raccourci, et Burrows fila vers sa demeure. C'était un célibataire honnête et bourru qui avait souvent pitié du garçon et aurait souhaité l'aider. Tandis qu'il continuait son chemin, il songea soudain que Lucian avait une expression désespérée et il regretta de ne pas lui avoir dit de sauter dans la voiture et de venir dîner. Une solide tranche de bœuf avec une bière forte, un whisky et du soda ensuite, une bonne pipe et quelques histoires rabelaisiennes qu'il connaissait depuis longtemps auraient, il en était certain, fait le plus grand bien au pauvre garçon. Se tournant à moitié sur son siège, il regarda pour voir si Lucian était encore visible, mais il avait déjà disparu et le docteur continua son chemin, frissonnant un peu ; la brume commençait à monter des berges humides de la rivière.

Lucian allait lentement le long de la route, guettant l'échalier dont le docteur avait parlé. Ce serait presque une aventure, pensait-il, d'emprunter un chemin inconnu de lui ; il savait dans quelle direction était sa maison et s'imaginait passer sans difficulté d'une barrière à l'autre. Le sentier abrupt le conduisit en haut d'un champ désolé d'où il pouvait découvrir la ville et la vallée qui serpentait vers le nord. La rivière était haute et l'eau jaunâtre, reflétant le couchant, miroitait, tel un cuivre sombre, dans ses mares profondes. Et ces mares en fusion, les prairies à fleur d'eau frangées de joncs frémissants, la sombre étendue de la forêt en haut de la colline, tout était clair, distinct, et pourtant la lumière semblait les avoir recouvertes d'une nouvelle parure, et même les voix, dans les rues de Caermaen, résonnaient étrangement en s'élevant, assourdies par la brume. Là, au-dessous de lui, s'étendait la masse confuse de Caermaen, le désordre de ses toits irréguliers bordant les rues sordides et tortueuses, avec çà et là un pignon pointu s'élevant au-dessus de ses voisins plus modestes. Plus loin, il reconnut les pierres entassées qui délimitaient le cercle de l'amphithéâtre et la sombre bordure des arbres qui poussaient là où le mur romain avait blanchi et s'était fait vieux au long de mille huit cents années de gelées et de pluies. Etranges et grêles, mêlées toutes ensemble, les voix montaient vers lui, sur la colline ; c'était comme si une race barbare habitait la cité en ruine et parlait en une langue secrète de choses inconnues et terribles. Le soleil avait baissé dans le ciel et se tenait frémissant au-dessus du grand dôme sombre de la montagne, telle une offrande immolée ; puis, soudain, il disparut. Dans les derniers reflets du couchant, les nuages se mirent à bouger, devenant écarlates, et, reflétés dans les mares de la rivière qui ondulait comme un serpent, brillèrent de façon si étrange que les eaux calmes parurent s'émouvoir ; leur mouvement vif et changeant semblait accélérer le courant comme s'il bouillonnait et faisait monter à la surface des caillots de sang. Mais déjà la nuit envahissait la ville. Vite, vite, l'ombre de la forêt s'avançait et de tous côtés des amoncellements tourbillonnants de brume se formaient, comme si des spectres se préparaient à assiéger la cité et la race barbare vivant dans ses rues. Soudain, dans le silence, éclata la sonnerie claire et stridente de la diane appelant, rappelant, appelant encore et encore, pour finir en une longue note aiguë qui résonna dans les collines. Il s'agissait peut-être d'un garçon s'entraînant sur son bugle, pour l'orchestre de son école, mais pour Lucian c'était magique. Pour lui, c'était le son de la trompette romaine, *tuba mirum spargens sonum*, emplissant de ses ordres la vallée entière, se répercutant jusqu'au fin fond de la forêt lointaine, résonnant dans les anciens cimetières hors les murs. Son imagination lui montrait les portes en terre des tombes qui s'ouvraient toutes grandes et les légions en rangs serrés qui se précipitaient vers les aigles. Centurie après centurie, elles défilaient, s'élevant, ruisselantes, de la rivière, s'élevant au-dessus de l'eau et leur armure brillait dans le verger tranquille, et, tandis qu'elles se groupaient par grades et par compagnies hors du cimetière et que sonnait la trompette, le fort de la colline, au-dessus de la ville, dégorgea ses morts. Par centaines, par milliers l'armée fantomatique se dressa autour de l'enseigne, dans la brume frissonnante, prête à se mettre en route contre les murs décrépits qu'elle avait construits tant d'années auparavant.

Il se retourna brusquement ; tout devenait sombre et il eut peur de perdre son chemin. D'abord, le sentier le conduisit jusqu'à la lisière d'un bois ; il y eut des bruissements et des murmures dans les arbres comme s'ils complotaient tous ensemble avec malignité. Une haie élevée l'empêchait de voir la vallée dans les ténèbres et il allait machinalement, en trébuchant, sans grand souci des détours de la sente, et quand il sortit de l'obscurité du bois vers la rase campagne, il s'arrêta un instant, troublé et incertain. Un mystérieux paysage crépusculaire et inconnu s'étendait devant lui, tout près se trouvaient des arbres aux formes incertaines et à ses pieds une descente, tandis que les collines et les bois éloignés étaient plus sombres encore et que régnait un silence absolu. Il regarda autour de lui avec attention, observant la terre obscurcie, essayant de découvrir des endroits familiers, quelque colline ou quelque bois bien connus. Soudain, la nuit s'éclaira non loin de lui ; la lueur d'un four illumina la montagne, et pendant un instant l'étroit domaine de la colline abrupte et de l'orée du bois brilla d'une lumière pâle et il pensa voir devant lui son chemin tracé dans l'herbe. La grande flamme diminua jusqu'à devenir une lueur rouge qui le conduisit en bas d'une pente escarpée, ses pieds butant contre les irrégularités du sol, s'affaissant dans quelque trou imprévu. Des buissons de ronces sortaient de longs rameaux piquants dans lesquels il se trouva pris, puis, plus bas, il fut retardé par une fondrière d'où s'échappaient des bulles d'air. Il était redescendu au cœur d'une sombre vallée qu'une végétation dense cernait de toute part. On n'entendait que les bruits mystérieux de la forêt, étranges murmures vagues, indicibles, désolés. Il continuait à avancer dans ce qu'il espérait être la bonne direction, trébuchant d'un échalier à une barrière, plongeant son regard dans la brume et la nuit, cherchant sans cesse, mais en vain, quelque repère familier. Bientôt, un autre bruit se fit entendre dans l'atmosphère lugubre ; c'était le murmure de l'eau qui dévalait sur les cailloux, clapotant contre de vieilles racines informes et courant librement dans le lit profond. Il entra dans le lit glacé du torrent et s'imagina entendre sous son bruissement deux voix qui se parlaient, comme avec des mots sans cesse répétés, comme un débat sans fin. Avec un sentiment de terreur pesant sur lui, il écoutait les bruits de l'eau et la folle pensée le saisit qu'il ne se trompait pas et que deux inconnus se tenaient là, dans la nuit, estimant ses chances de survie, décidant de son destin. Sautant par-dessus les années, l'heure passée autrefois dans l'épais hallier revint à sa mémoire. Il avait péché contre la terre, et la terre vibrait et criait vengeance. Il resta immobile un instant, tremblant d'effroi, et enfin repartit à l'aveuglette, délaissant le sentier, soucieux seulement d'échapper aux pièges de ce ravin frissonnant dans l'ombre. Tandis qu'il se précipitait à travers les haies, des épines pointues lui écorchaient le visage et les mains ; il tomba dans des orties et se blessa en se frayant un chemin dans des épineux. La tête contre l'épaule, il courait droit devant lui, dans un bois plein de rafales, au sol nu ; des troncs pourrissants gisaient à terre, vestiges d'arbres qui autrefois s'étaient écrasés et brisés dans un bruit de tonnerre, et de ces débris montait un rayonnement pâle et fragile, habitant l'espace de la forêt sonore, comme une lumière de songe. Il ne savait plus où il allait; il avait l'impression d'avoir fui depuis des heures, grimpant, descendant et pourtant n'avançant pas; c'était comme si, immobile, il voyait les ombres du paysage passer devant lui, comme en rêve. Enfin, une haie haute et clairsemée se dressa, et tandis qu'il passait au travers il glissa et tomba la tête la première le long d'un fossé abrupt jusqu'au sentier. Il resta immobile un instant, à demi étourdi, puis, se redressant difficilement, il plongea son regard dans la nuit, désorienté, ne sachant que faire. Devant lui, tout était d'un noir d'encre, mais en se tournant il vit une lueur au loin, comme si une bougie éclairait la fenêtre d'une ferme. Les jambes tremblantes, il se mit à marcher vers la lumière, quand soudain quelque chose de clair sortit de l'obscurité devant lui, semblant flotter et dériver dans l'air. Il descendait la colline, se hâtant, droit devant lui et il apercevait les planches d'un échalier se dessinant contre le ciel, tandis que la silhouette continuait à avancer comme en glissant. Soudain, tandis que la route s'inclinait vers la vallée, la borne qu'il avait tant cherchée apparut. A sa droite surgit dans l'obscurité, et plus obscur encore, le sommet du fort romain, tandis que le ruissellement lumineux de la lune en sa majestueuse plénitude flamboyait à travers les troncs des chênes magiques et dessinait un halo brillant autour de la colline. Il était maintenant tout près de la blanche apparition et il vit que ce n'était qu'une femme descendant rapidement le chemin; l'impression de flottement venait de l'atmosphère enténébrée et de l'éclat de la lune. Près de la barrière, là où il avait passé tant d'heures à contempler le fort, ils se trouvèrent marchant l'un près de l'autre et il vit que c'était Annie Morgan.

« Bonsoir, Monsieur Lucian, dit la jeune fille, il fait bien nuit, n'est-ce pas, Monsieur.

– Bonsoir Annie – répondit-il, l'appelant par son prénom pour la première fois et voyant qu'elle souriait de plaisir –, vous êtes dehors bien tard, il me semble.

– Oui, Monsieur, mais j'ai été porter un peu à souper à la vieille Mrs Gibbon. Elle n'était pas bien ces jours-ci et elle n'a personne pour l'aider. »

Ainsi, il existait vraiment des gens qui s'aidaient les uns les autres ; la bonté, la pitié n'étaient pas seulement des mythes, des inventions de la « société » vaines et illusoires, inutilité et néant. Cette pensée fut un choc pour Lucian ; ce chemin de croix, ces délires, la marche forcenée dans la nuit, l'épuisement physique où il se trouvait l'avaient brisé, corps et âme. Il était un « dégénéré », un décadent, et les méchants coups du sort, les violentes bourrasques de la vie qu'un autre que lui, plus fort, aurait surmontés avec une ironie roborative lui étaient « le tonnerre et la grêle, et le feu sur la terre* ». Après tout, MM. Beit, éditeurs, n'étaient que des hommes d'affaires retors et les terribles Dixon, Gervase et Colley les membres quelconques, un peu bornés, du clergé et de la bourgeoisie d'une paisible ville de province. Un jugement plus sain aurait éconduit Dixon comme vieux fumiste, Stanley Gervase, Esquire, J.P., comme « un peu farceur » et les dames comme « un tas de prétentieuses ». Il marchait lentement maintenant, dans un silence douloureux, traînant des pieds lourds, heurtant des pierres qui roulaient. Il ne pensait pas à la jeune fille qui était près de lui. Pourtant, au fond de son cœur, c'était comme si quelque chose se soulevait, grandissait, se soulevait encore ; torture des jours passés, obsession de l'espoir, obsession de la déconvenue, rancœur lancinante du mépris et pensée « qu'il vaudrait mieux appeler frères les démons et vivre en enfer avec eux ». Il suffoquait, cherchait sa respiration, sentait son visage plein de tics et des impulsions démentes l'agitaient. Il était devenu lui-même l'incarnation de la vision qu'il avait eue cette nuit-là à Caermaen, la cité aux murs en

* *L'Exode*, chapitre 9.

ruine assiégée par une armée de spectres. La vie et les lois de ce monde de lumière avaient disparu et l'empire des morts allait vers sa résurrection. Le peuple celte l'assiégeait, lui faisant signe du fond des bois mystérieux où était le monde, et ses lointains ancêtres, « le petit peuple », se glissaient hors de leurs grottes, murmurant des incantations magiques dans un chuintement inhumain ; et il devenait la proie de désirs qui avaient dormi chez ceux de sa race de toute éternité.

« J'ai peur que vous ne soyez très fatigué, Monsieur Lucian. Voudriez-vous que je vous donne la main dans cet endroit un peu difficile ? »

Il avait buté sur une énorme pierre ronde et avait failli tomber. La main de la femme cherchait la sienne dans le noir. Lorsqu'il toucha la chair douce et tiède, il poussa un gémissement et une secousse traversa son bras jusqu'à son cœur. Levant les yeux, il s'aperçut qu'il n'avait fait que quelques pas depuis qu'Annie lui avait parlé ; il pensait qu'ils avaient erré ensemble pendant des heures. La lune, en cet instant, s'élevait au-dessus des chênes et le halo brilla autour de la colline sombre. Il s'arrêta brusquement et, sans lâcher la main d'Annie, la regarda. Le clair de lune, dans une splendeur de perle, brillait autour d'eux et allumait leurs regards. Il n'avait guère changé depuis son adolescence. Son visage, d'un ovale fin, était d'une teinte bistre clair ; les marques de la souffrance cernaient le tour de ses yeux et ses cheveux noirs grisonnaient déjà. Mais le regard intense, avide, était encore là et ce qu'il voyait réchauffait sa peine d'une flamme neuve. Elle s'arrêta également, et sans faire le geste de s'éloigner, le regarda elle aussi ardemment. De bien des façons, ils étaient semblables ; son teint était aussi de cette couleur bistre, mais son visage avait la douceur d'une belle nuit d'été, ses yeux noirs le fixaient et le sourire des lèvres rouges était comme la flamme qui illumine une terre obscurcie et désolée. « Vous êtes très fatigué, Monsieur

Lucian, asseyons-nous ici, près de la barrière. »

Ce fut Lucian qui parla ensuite : « Chérie, ma chérie. » Et leurs lèvres se joignirent à nouveau, leurs bras unis, chacun tenant l'autre étroitement. Puis le pauvre garçon laissa tomber sa tête sur la poitrine de sa bien-aimée et éclata en pleurs désespérés. Les larmes coulaient le long de son visage et les sanglots secouaient son corps, et c'était le plus heureux des moments qu'il ait jamais vécus. La femme, penchée sur lui, essayait de le réconforter, mais ses larmes mêmes étaient sa consolation et son triomphe. Annie lui parlait à voix basse, la main posée sur son cœur. Elle lui parlait avec de beaux, de merveilleux mots qui le calmaient comme une berceuse. Il ne savait ce qu'ils signifiaient.

« Annie, chère, chère Annie. Que dites-vous ? Je n'ai jamais entendu de si belles choses. Dites-moi, que signifient-elles ? »

Elle riait et disait que c'étaient des bêtises que les nourrices chantaient aux enfants.

Quand ils se séparèrent, il dit : « Vous ne devez plus m'appeler Monsieur Lucian, désormais, non, vous devez m'appeler Lucian ; et moi, chère Annie, j'ai de l'adoration pour vous. » Il tomba à genoux devant elle, enserrant ses genoux, et elle permit qu'il adorât l'objet de son culte. Il la suivit lentement et laissa le sentier qui menait à sa maison avec un regard d'envie. Personne ne vit de changement en Lucian quand il atteignit le presbytère. Il entra avec le même air d'indifférence rêveuse et raconta comment il avait perdu son chemin en essayant un raccourci. Il dit qu'il avait rencontré le Dr Burrows sur la route et que celui-ci lui avait recommandé le sentier à travers champs. Puis, sur un ton anodin, comme s'il avait lu quelque article de journal, il donna à son père un aperçu de l'histoire Beit, sortant le joli petit volume appelé *The Chorus in Green*. Le pasteur écouta, frappé d'étonnement.

« Tu es en train de me dire que tu as écrit ce livre ? » dit-il. Il était tout à fait furieux.

« Non, pas entièrement. Ce passage est de moi, et celui-ci, et le commencement de ce chapitre. Le troisième chapitre est presque entièrement de moi. »

Il referma le livre avec nonchalance, étonné même de la surexcitation de son père. L'incident lui paraissait sans importance.

« Et tu dis que quatre-vingts ou quatre-vingt-dix pages de ce livre sont de toi, et que ces brigands ont volé ton travail ?

– Eh bien, je suppose que oui. Je vais chercher le manuscrit, si tu veux le regarder. »

Le manuscrit fut apporté, enveloppé dans du papier d'emballage, avec la raison sociale de MM. Beit et les timbres oblitérés.

« Et l'autre livre est sorti depuis un mois. » Oubliant son état sacerdotal et l'habitude qu'il avait de sourire de tout, le pasteur se mit à jurer à l'adresse de MM. Beit et Mr Ritson, les traitant de maudits voleurs, puis il se mit à lire le manuscrit pour le comparer avec le livre imprimé. « Mais c'est excellent, dit-il au bout d'un moment. Mon pauvre garçon, je n'avais pas idée que tu savais écrire si bien. Autrefois, à Oxford, je pensais à de pareilles choses. "Le vieux Bill", notre répétiteur, me faisait des compliments sur mes essais en littérature, mais je n'ai jamais rien écrit comme cela. Et Ritson, cet infernal brigand, a pris tes meilleurs passages pour les mélanger à ses propres foutaises et ainsi les faire accepter. Naturellement, tu dénonces toute cette clique ? »

Lucian était quelque peu amusé. Il ne comprenait pas du tout les réactions de son père. Il fumait, assis dans l'un des vieux fauteuils, savourant le rare plaisir d'un grog bien chaud avec sa pipe et observant de ses yeux rêveurs le vieux pasteur en colère. Il était content que son père aime son livre parce qu'il le tenait pour un fin lettré et un juge modéré et sobre en matière de littérature. Mais il riait en lui-même, voyant l'effet magique de la chose imprimée. Le pasteur n'avait pas exprimé le désir de lire le manuscrit lorsqu'il avait été refusé ; il s'était contenté de sourire, avait parlé de boomerangs et cité Horace avec délices. Tandis que maintenant, en face du livre dans son emballage soigné, marqué du nom d'un autre, il exprimait énergiquement et son admiration du texte et sa désapprobation de ceux qu'il appelait des « gredins » et, quoique fumeur, il aspirait et soufflait la fumée de sa pipe avec véhémence.

« Tu dénonceras ces brigands, bien entendu, n'est-ce pas ? répéta-t-il.

– Oh ! non, je ne pense pas. Cela n'a vraiment pas d'importance. Après tout, il y a des passages très médiocres dans le livre. Ce style « débutant » ne te frappe-t-il pas ? J'ai pensé à un autre plan, mais je n'ai pas avancé beaucoup ces temps-ci. Cette fois, je crois que j'ai une très bonne idée et si je réussis à aller jusqu'au bout, j'espère qu'il en sortira un manuscrit digne d'être dérobé. Mais c'est tellement difficile d'aller au bout d'une idée, je veux dire d'aller jusqu'au cœur – ajouta-t-il après un silence. C'est comme une boîte qu'on a et qu'on ne peut ouvrir, bien qu'on sache qu'il y a quelque chose de merveilleux à l'intérieur. Mais je crois vraiment que j'ai une bonne idée et j'ai l'intention de faire de mon mieux pour en tirer quelque chose. »

Maintenant Lucian parlait avec enthousiasme, mais son père, quant à lui, ne partageait pas son ardeur. C'était lui qui était surpris devant une telle excitation au sujet d'un livre ébauché, trace fugitive apportée au monde des chefs-d'œuvre mort-nés et des tentatives avortées. Il avait aimé les belles-lettres, mais partageait inconsciemment la croyance générale que toute tentative littéraire est chose pitoyable, bien qu'il ne souscrivît pas à cette autre croyance populaire que le succès littéraire est de bien peu d'importance. Il appréciait les livres, mais les livres imprimés seulement ; il ne croyait pas en un manuscrit, et le temps du *paulo-post-futurum**, il ne pouvait en aucun cas le conjuguer. Une fois encore, il revint sur la question des avantages matériels.

« Mais enfin, au sujet de ce sale tour que ces gens t'ont joué, tu ne vas pas t'asseoir tranquillement et ne rien faire, non ? Il s'agit simplement d'écrire aux journaux.

– Ils ne feront pas paraître ma lettre. Et s'ils le faisaient, on se moquerait de moi, voilà tout. Il y a quelque temps, un homme a écrit au *Reader*, se plaignant que sa pièce lui avait été volée. Il disait qu'il avait envoyé une petite comédie en un acte à Burleigh, le célèbre dramaturge, pour lui demander son avis. Burleigh lui donna son avis, mais lui vola son idée pour sa propre pièce à succès. C'est ce que disait cet homme et je suis sûr que c'était vrai. Mais la victime n'a rien obtenu en se plaignant. "La belle affaire", diront les gens, "voilà un Mr Tomson, dont personne n'a jamais entendu parler, qui importune Burleigh avec ses niaiseries et ensuite l'accuse de vol. Comme si un homme dans la position de Burleigh, qui écrit des pièces et peut se faire dans les cinq mille par an facilement, allait emprunter des idées à un certain Tomson ?" Moi, j'en suis à peu près certain, continua Lucian avec un petit rire, mais tel fut le verdict. Non, je ne pense pas que je vais écrire aux journaux.

– Bien, bien, mon garçon, je suppose que tu sais ce que tu fais. Je pense que tu as tort, mais fais comme tu veux.

– Tout cela est si peu important », dit Lucian, et il le croyait vraiment. Des pensées plus tendres l'habitaient et il rejetait tout élan fraternel envers ce dément qui avait quitté Caermaen quelques heures plus tôt. Il trouvait qu'il s'était rendu ridicule et avait honte de la fatuité dont il

* Futur antérieur passif.

avait fait montre; cette fureur qui l'agitait alors n'était pas seulement répréhensible mais absurde. Un homme qui se mettait dans un tel état de haine vis-à-vis de son prochain ne pouvait rien faire de bien; aussi Lucian fit-il taire ses sentiments, disant qu'il était assez grand pour savoir ce qu'il faisait. Et il se souvint que des pensées plus douces l'animaient; il y avait au fond de lui, tel un trésor, une extase secrète, bien verrouillée, comme une joie trop exquise pour même l'évoquer avant qu'il ne soit tout à fait seul; et il avait aussi ce schéma d'un nouveau livre qu'il avait délaissé, par découragement, depuis quelque temps. Il lui semblait que depuis une heure celui-ci reprenait vie, il comprenait qu'il avait pris une mauvaise direction, qu'il avait traité le mauvais aspect de son sujet. C'était certain, la chose ne pouvait s'envisager de la sorte, c'était comme tenter de lire une page mise à l'envers; puis, soudain, les personnages qu'il avait vainement cherchés surgirent et une suite logique et splendide d'événements se déroula en lui.

C'était véritablement une résurrection; la pauvre intrigue qu'il avait imaginée se révélait chose vivante, émouvante et mystérieuse, chaleureuse comme la vie elle-même. Le pasteur, en apparence impassible, fumait, mais en réalité il était fort surpris par son propre fils et de temps à autre jetait à la dérobée des regards furtifs vers le jeune homme assis tranquillement dans le fauteuil près de l'âtre vide. Tout d'abord, Mr Taylor était réellement impressionné par ce qu'il avait lu de l'œuvre de Lucian; il était depuis si longtemps accoutumé à regarder tout effort comme inutile que le succès le surprenait. Dans l'abstrait, naturellement, il était prêt à admettre que certains écrivaient bien, étaient publiés et gagnaient de l'argent, mais seulement comme d'autres parient gros sur un outsider et gagnent; mais il avait paru si improbable que Lucian montrât même le plus petit début de réussite dans un domaine ou dans un autre. D'ailleurs, le jeune homme s'en souciait si peu ! Il ne semblait pas être fier qu'on le jugeât bon à être volé, pas plus qu'il n'était fâché contre les voleurs.

Il se rassit avec délices dans le vieux fauteuil élimé, rejetant lentement de longues volutes de fumée, buvant une gorgée de whisky de temps en temps, si manifestement en paix avec lui-même. Son père le vit sourire et il lui apparut soudain que son fils était très beau ; il avait un bon regard, si doux, une bouche aimable et ses joues pâles étaient empourprées comme celles d'une jeune fille. Mr Taylor se sentit ému. Quel jeune homme innocent que Lucian ; sans doute un peu bizarre et différent des autres, mais totalement inoffensif et si endurant face aux déceptions. Quant à Miss Deacon, sa contribution à la discussion de la soirée avait été appropriée ; elle avait fait remarquer premièrement que l'écriture était une occupation bien incertaine et deuxièmement qu'il était vraiment insensé de confier quelque chose de personnel à des gens dont on ne sait rien. Le père et le fils, ensemble, avaient souri de ces remarques qui étaient sans doute la pure vérité. Enfin, Mr Taylor laissa Lucian seul. Il lui serra la main avec beaucoup de respect et lui dit, plein d'égards :

« Ne travaille pas trop dur, mon grand. A ta place, je ne veillerais pas trop tard, après cette longue marche. Tu as dû faire de nombreux milles en trop.

– Oui, mais je ne suis plus fatigué. J'ai l'impression que je pourrais écrire mon livre à l'instant même. » Et le jeune homme eut un léger rire heureux, qui apparut à son père comme l'écho de quelque chose de nouveau.

Lucian resta un moment assis sans bouger quand Mr Taylor eut quitté la pièce. Dans leur cache secrète, il veillait ses pensées, trésor suprême, mais n'en jouissait pas, pas encore. Il approcha une chaise de la table sur laquelle il écrivait, ou essayait d'écrire, et commença à sortir plumes et papier du tiroir. Celui-ci contenait un paquet de feuilles à rayures, entièrement utilisées d'un côté.

Toutes ces chimères de papier à l'abandon révélaient des heures de griffonnages, de cœur mis à nu, d'esprit à la torture : un étalage de pauvres lignes écrites fiévreusement près d'un feu déclinant tandis que l'espoir lui aussi déclinait. Gaiement, il sortit les feuillets et parcourut tous ces efforts inaboutis avec une délicieuse nonchalance. Une page attira son attention; il se souvint qu'il l'avait écrite pendant qu'une tempête de novembre frappait les vitres; il y en avait une autre avec une tache bizarre dans un coin; il avait quitté sa chaise et avait regardé au-dehors; la terre tout entière était d'une blancheur féerique et les flocons de neige tournoyaient sans fin dans le vent. Puis il regarda le chapitre commencé une nuit de mars, pendant laquelle un grand vent souffla et déracina l'un des vieux ifs du cimetière. Il avait alors entendu la clameur des arbres dans les bois et la longue plainte du vent, tandis que dans le ciel une lune blafarde fuyait devant la course folle des nuages. Toutes ces pauvres pages oubliées lui semblaient maintenant touchantes, le malheur d'antan était devenu bonheur et sacrées les longues nuits d'efforts. Il retourna une demi-douzaine de feuilles et commença à esquisser les grandes lignes de son nouveau livre sur les pages inutilisées; préparant un plan sur l'une et notant des idées, des suggestions, des indications diverses sur une autre. Il écrivait vite, rempli d'allégresse en voyant naître sous sa plume les phrases qu'il voulait. Une certaine scène qu'il avait imaginée troubla sa chair; il laissait courir sa plume là où elle le conduisait et vit l'œuvre écrite resplendir. Sur la page humide se pressaient et frémissaient tout le mouvement et l'ardeur de la vie. Son inspiration heureuse prenait forme en mots plus heureux encore et, quand enfin il s'appuya sur le dossier de sa chaise, il ressentit l'émoi et l'action de l'histoire comme s'ils avaient été une partie de sa vie même. Il relut ce qu'il avait fait avec un plaisir renouvelé devant un ouvrage aisé et subtil; et tandis qu'il rangeait dans le tiroir sa mince pile de feuilles manuscrites, il s'arrêta, jouissant à l'avance de la besogne du lendemain. Et alors... Puis le reste de la nuit fut occupé à de tendres et délicieuses pensées, et lorsqu'il monta se coucher une aube pourpre envahissait le ciel à l'est.

3

Pendant des jours entiers, Lucian fut plongé dans un profond bien-être, souriant quand on lui parlait, flânant béatement au soleil, berçant d'ardents souvenirs au fond de son cœur. Annie lui avait dit qu'elle partait voir sa sœur mariée et demandé, avec des caresses, de bien vouloir être patient. Il protesta contre son départ, mais elle fut tendre, murmurant ses sortilèges à son oreille jusqu'à ce qu'il cède ; alors ils se dirent au revoir, Lucian à genoux, l'adorant. La séparation fut comme la rencontre, aussi étrange, et cette nuit-là il laissa de côté son travail et s'abandonna totalement à la félicité. L'évocation de cette rencontre lui sembla aussi merveilleuse et aussi invraisemblable que de la magie.

« Vraiment, tu n'as pas l'intention de faire quelque chose au sujet de ces coquins ? lui dit son père.

– Coquins ? Quels coquins ? Oh ! vous voulez dire Beit. J'avais totalement oublié. Non, je ne pense pas m'en donner la peine. Ils ne valent pas la corde pour les pendre. » Et il retourna à ses fantasmes, marchant lentement des nèfles aux coings, des coings aux nèfles. De pareilles questions ne valaient pas la peine qu'on le dérangeât. Il n'avait même pas le temps de penser au livre qu'il avait recommencé avec tant d'enthousiasme, encore moins au labeur d'autrefois. Il se rappelait, sans le moindre intérêt, que celui-ci lui avait coûté beaucoup de peine, que certains passages étaient très bons, qu'il avait été dérobé, et il lui paraissait qu'il n'y avait rien de plus à en dire. Il voulait penser à cette nuit sur le chemin, à la voix douce qui lui parlait, à la main charitable qui avait cherché la sienne alors qu'il trébuchait sur le sol accidenté. En cet instant tout était merveilleux. Depuis qu'il avait quitté le collège et perdu contact avec les valeureux barbares qui l'avaient pris en amitié, il avait presque totalement perdu le sens de la solidarité humaine. Il en était arrivé à redouter l'être humain comme les hommes redoutent le cou du cobra. Pour Lucian, l'homme ou la femme signifiaient quelque chose qui faisait mal, qui disait des mots blessants, qui empoisonnait sa vie de son mépris. Au début, tant de malignité le choquait : il s'interrogeait sur des mots, des regards, se demandant s'il ne s'était pas trompé, et de temps à autre il recherchait encore la sympathie. Le pauvre garçon avait au sujet des femmes des idées romantiques; il pensait qu'elles étaient miséricordieuses, compatissantes, pleines de bonté envers les faibles et les malheureux. Les hommes étaient sans doute différents; après tout, le devoir d'un homme était de se pousser dans le monde, ou, pour parler clair, de gagner de l'argent, de réussir, de tromper plutôt qu'être trompé, mais de toujours réussir; et il comprenait que celui qui ne pouvait se maintenir à ce haut niveau devait s'attendre à être sévèrement jugé par ses semblables. Il y avait, par exemple, le jeune Bennett, le neveu de Miss Spurry. Lucian l'avait rencontré une ou deux fois quand il passait ses vacances chez Miss Spurry, et les deux amis avaient comparé leurs travaux littéraires. Bennett lui avait montré de très belles choses qu'il avait écrites, devant lesquelles

Lucian avait éprouvé à la fois enthousiasme et tristesse. C'était une poésie si délicieusement enchanteresse et de loin tellement meilleure que tout ce qu'il pouvait espérer écrire un jour qu'il y avait dans ses félicitations une nuance de déchirement. Mais quand Bennett, malgré les prières restées vaines de sa tante, abandonna une position fort enviable dans la banque et se retira à Londres dans une mansarde, Lucian ne s'étonna pas du verdict général.

Mr Dixon, en tant que clergyman, considéra la chose avec hauteur et la jugea en tout point déplorable. L'opinion générale fut que Bennett était un malheureux, un fou à lier. Le vieux Mr Gervais devenait cramoisi lorsqu'on prononçait son nom et les jeunes Dixon ricanaient à plaisir de cette aventure.

« J'ai toujours pensé que c'était un sale crétin, dit Edward Dixon, mais je ne pensais pas qu'il gâcherait ses chances de pareille façon. Il disait qu'il ne supportait pas la banque ! J'espère qu'il pourra endurer le pain et l'eau. C'est tout ce que ces littérateurs gagnent, à l'exception de Tennyson, de Mark Twain et d'autres dans ce genre. »

Naturellement, Lucian sympathisait avec l'infortuné Bennett, bien que de pareilles opinions fussent après tout fort naturelles. Le jeune homme aurait pu rester dans la banque et hériter des mille livres par an de sa tante et tout le monde l'aurait jugé un bien charmant jeune homme – et intelligent, avec cela. « Mais il avait délibérément choisi, ainsi qu'Edward Dixon l'avait dit, de gâcher ses chances pour l'amour de la littérature. » La charité et le sens de ses intérêts lui avaient pourtant montré ensemble le chemin vers une délicate entreprise de soins assidus, d'une exploitation bien innocente des infirmités de Miss Spurry, de la soumission à de fréquents gestes d'apaisement, mais le « jeune crétin » avait été aveugle à l'un ou l'autre de ces conseils. Il était presque normal que le vicaire moralisât, qu'Edward ricanât et que Mr Gervais devînt cramoisi de mépris. Les hommes, pensait Lucian, étaient comme les juges, qui ont peut-être pitié des criminels dans le fond de leur cœur mais sont obligés de défendre, par une sévère sentence, la majesté outragée de la loi.

Il faisait la même constatation pour ce qui le concernait ; il savait que son père aurait dû avoir plus d'argent, que ses vêtements auraient dû être flambant neufs et d'une meilleure coupe, qu'il aurait dû aller à l'université et s'y faire de bons amis. Si tel avait été son sort, il aurait pu regarder ses semblables bien en face, fièrement et sans honte ; ayant repoussé toute anxiété au lendemain, sous une parfaite cuirasse venant du meilleur tailleur de West End, avec de l'argent dans sa poche, quelques amis utiles et un bel avenir. Si tel avait été son cas, il aurait pu aller la tête haute dans une communauté de chrétiens comme il faut. Au contraire, il avait, en général, évité le regard plein de reproches de ses camarades, sentant qu'il méritait leur condamnation. Mais pendant longtemps, il avait entretenu à l'égard des femmes une sentimentalité romanesque, convention littéraire empruntée, pensa-t-il plus tard, à des poètes mineurs inspirés par le moyen-âge. Dès sa sortie de l'école, un peu lassé de la compagnie perpétuelle des barbares, gentils garçons au demeurant, il portait dans son cœur une douce image de la féminité. Peut-être était-ce une silhouette dénudée, mais les bras lumineux se noueraient au cou du chevalier vaincu et l'amant blessé y trouverait à reposer sa tête ; les mains étaient tendues en un geste de pitié et les lèvres souriantes murmureraient des mots non seulement d'amour mais de consolation face à la défaite. Là serait le refuge d'un cœur brisé ; là le mépris des hommes ne ferait qu'accroître la tendresse, là tout ne serait que pitié, charité, bonté du cœur. Image de délices à la manière de « Viens te reposer sur mon sein » et « O toi, ange secourable », avec des touches de séduction qui rendaient la dévotion plus douce encore. Il s'aperçut vite qu'il avait quelque peu idéalisé ; dans l'affaire du jeune Bennett, alors que les hommes étaient méprisants, les femmes étaient venimeuses. Celui-ci était assez attiré par Agatha Gervais, et elle, disaient ces dames, « lui faisait des avances ». Mais lorsqu'il se rebella et perdit les bonnes grâces de sa tante, la chère Miss Spurry, Agatha l'insulta aussitôt. « Après tout, Mr Bennett, lui dit-elle, vous ne serez rien de plus qu'un mendiant désormais, n'est-ce pas ? Vous devez me trouver cruelle, mais je ne peux m'empêcher de vous dire le vrai. Ecrire des livres ! » L'expression de son visage termina sa phrase ; elle s'agitait, toute bouleversée par l'émotion. Ces échanges vinrent aux oreilles de Lucian et les Gervais étaient fiers que « la pauvre Agatha se soit si bien comportée ». « Ne t'inquiète pas Gathy, observa le vieux Gervais, si ce blanc-bec a l'impudence de revenir ici, nous verrons comment Thomas se sert du fouet. » « Pauvre chère petite », ajoutait Mrs Gervais en relatant l'histoire ; elle l'aimait beaucoup elle aussi, mais bien entendu cela ne pouvait continuer après cette indigne façon d'agir.

Mais Lucian était troublé ; il cherchait en vain l'idéal féminin, la tendre musique de « Viens te reposer sur mon sein ». Il en était convaincu, les anges secourables ne frottent pas avec du piment et de l'acide sulfurique les blessures des pauvres mortels.

Puis il y eut le cas de Mr Vaughan, un propriétaire terrien du voisinage, à la table duquel toute l'aristocratie de Caermaen avait festoyé durant des années. Mr Vaughan avait un cuisinier de premier ordre, sa cave était unique et il n'était jamais aussi heureux que lorsqu'il partageait ce qu'il avait de bon avec ses amis. Sa mère tenait sa maison et ils enchantaient les jeunes filles avec des sauteries fréquentes, tandis que les hommes soupiraient d'aise en buvant un champagne prodigieux. Des investissements se révélèrent désastreux et Mr Vaughan dut vendre le manoir gris près de la rivière. Sa mère et lui prirent une petite villa moderne ornée de stucs dans Caermaen, désirant être auprès de leurs bons amis. Mais les hommes étaient

« vraiment désolés ; c'est dur pour vous, Vaughan. Nous avons toujours pensé que ces valeurs de Patagonie étaient risquées, mais vous ne vouliez rien savoir. Nous espérons vous voir un de ces jours ; vous et Mrs Vaughan devriez venir prendre le thé un jour ou l'autre après Noël ».

« Vraiment, nous sommes tous très désolés pour eux, dit Henrietta Dixon. Non, nous n'avons pas encore fait visite à Mrs Vaughan. Vous savez qu'ils n'ont pas de domestique ; seulement une femme le matin. J'ai entendu dire que la vieille maman Vaughan, comme l'appelle Edward, fait presque tout elle-même. Et leur maison est ridiculement petite ; à peine plus qu'un cottage. On ne peut vraiment pas appeler cela la maison d'un gentleman. »

Un jour, Mr Vaughan, au comble de l'humiliation, alla chez les Gervais pour essayer de leur emprunter cinq livres. On dut le prier de quitter la maison, et comme le disait Edith Gervais, tout cela était bien pénible ; « il était sorti d'une si curieuse manière, ajouta-t-elle, tout comme le chien quand il a été fouetté. Bien sûr que c'est triste, même si tout est de sa faute comme tout le monde le dit, mais il était si ridicule en descendant les escaliers que je ne pouvais pas m'empêcher de rire. » Mr Vaughan avait entendu le jeune éclat de rire en traversant la pelouse. Des filles jeunes comme Henrietta Dixon et Edith Gervais pouvaient bien sûr juger de l'allure comique de Mr Vaughan avec la gaîté de leur âge, mais des femmes plus âgées ne pouvaient regarder les choses de cette façon frivole.

« Chut, mon petit, chut, dit Mrs Gervais, cela est trop choquant pour donner matière à rire. N'êtes-vous pas de mon avis, Mrs Dixon ? L'extravagance coupable que l'on voyait à Pentre m'a toujours fait peur. Vous vous souvenez de ce bal qu'ils ont donné l'an dernier ? Mr Gervais m'a assuré que le champagne devait avoir coûté au bas mot cent cinquante shillings la douzaine.

– N'est-ce pas affreux, dit Mrs Dixon, quand on pense

qu'il y a tant de pauvres gens qui seraient reconnaissants d'une croûte de pain ?

– Oui, Mrs Dixon, dit Agatha se mêlant à la conversation, et vous savez de quelle façon absurde ils gâtaient les villageois ? C'était vraiment déplacé ; on aurait cru que Mr Vaughan voulait les élever au-dessus de leur condition. Un jour, Edith et moi avons fait une promenade jusqu'à Pentre et nous avons supplié la vieille Mrs Jones qui habite dans ce joli cottage près du torrent de nous donner un verre d'eau. Elle a commencé par dire tant de bien des Vaughan que c'était excessif, puis elle nous a montré des affaires de flanelle qu'ils lui avaient données pour Noël. Je vous assure, chère Mrs Dixon, que la flannelle était de la meilleure qualité, aucune femme comme il faut ne pourrait souhaiter mieux. Cela ne pouvait pas coûter moins d'une demi-couronne le mètre.

– Je sais, mon petit, je sais. Mr Dixon disait toujours que cela ne durerait pas. Combien de fois l'ai-je entendu dire que les Vaughan habituaient, autour d'eux, les gens du commun à compter sur des secours et mettaient ainsi tous les autres dans une position désagréable. Même d'un point de vue matériel, c'était une bien grande maladresse. Bien éloignée de la vraie charité dont parle saint Paul.

– Je souhaite seulement qu'ils n'aient distribué rien de pire que de la flanelle », dit Miss Colley, une jeune personne aux idées étroites, mais je vous assure qu'il y avait à chaque Noël une vraie orgie chez eux, je ne peux pas appeler cela autrement. Des pièces de bœuf de première qualité, des barils de bière forte, du tabac pour fumer et priser en quantité ; comme si les pauvres avaient besoin d'être encouragés dans leurs habitudes répugnantes. Ensuite, pendant des semaines, l'endroit tout entier était empoisonné par l'horrible tabac de leurs pipes.

– C'est bien vrai, on sait comment tout cela finit, dit Mrs Dixon, résumant les choses judicieusement. Nous avions l'intention de passer les voir, mais je pense que cela ne sera pas possible après ce que Mrs Gervais nous a raconté. Songer que Mr Vaughan a essayé de soutirer de l'argent au pauvre Mr Gervais d'une façon si déshonorante. Je trouve ce genre de mesquinerie tellement méprisable. »

C'était le côté matériel de tout cela qui étonnait Lucian. Il voyait qu'en réalité il n'y avait dans la nature féminine aucun enthousiasme don-quichottesque : les bras tendres qu'il avait cru faits pour caresser n'étaient que robustes, les mains destinées dans son esprit à faire le bien étaient plus adroites à donner « de bonnes gifles » comme disait Barnes et les lèvres souriantes savaient se moquer sans remords. Lui-même n'était pas dans une situation avantageuse. Comme nous l'avons vu, Mrs Dixon portait sur lui des jugements moraux et les jeunes femmes ne cherchaient pas à entretenir des relations avec lui. En théorie, elles « adoraient » les livres et trouvaient la poésie « tellement charmante », mais en réalité elles préféraient parler de juments, de fox-terriers et de leurs voisins.

Elles étaient plutôt gentilles, semblables aux autres jeunes filles d'autres villes de province, s'accommodant de l'enseignement de leurs parents, lisant la Bible chaque matin dans leur chambre et allant à l'église tous les dimanches parmi le « troupeau » bien vêtu, à la droite du Seigneur. Ce n'était pas leur faute si elles ne pouvaient satisfaire l'idéal d'un jeune rêveur enthousiaste et, à la vérité, elles auraient trouvé la femme de ses rêves impudique, d'une sentimentalité absurde, laide à faire peur – « ma chère, elle ne porte jamais de corset » –, une parfaite horreur.

Au début, il fut grandement peiné de la perte de cette femme tendre et charmante, création de son imagination. Quand les demoiselles Dixon passaient près de lui en se dandinant avec une hauteur méprisante, quand les demoiselles Gervais dans leur break riaient de voir la boue qui l'éclaboussait, le pauvre garçon levait un visage chagriné qui devait être très drôle, « comme un canard en train de mourir », disait Edith Gervais. Edith était vraiment très jolie et il aurait aimé parler avec elle, même de fox-terriers, si elle l'avait écouté. Un après-midi chez les Dixon, il se força à aller vers elle et avec toute la maladresse enthousiaste de son âge voulut discuter de *Lotus Eaters* de Tennyson. Tout cela était absurde. Le capitaine Kempton faisait sans arrêt des signes à Edith et le lieutenant Gatwick était parti, écœuré, après avoir promis de lui apporter un chiot « de Vick et de Wasp ». Enfin la pauvre fille n'y tint plus :

« Oui, c'est très joli, finit-elle par dire. Quand avez-vous dit que vous partez à Londres, Mr Taylor ? »

C'est à cette époque que sa déception fut connue de tout le monde, et le coup porta. Il la regarda d'un air pitoyable et s'éclipsa « tout à fait comme le chien quand il a été battu », selon l'expression d'Edith. Deux ou trois incidents comme celui-ci produisirent l'effet attendu ; maintenant, quand il voyait s'approcher de lui un Dixon ou un Gervais mâle il serrait les dents et rassemblait son courage. Mais lorsqu'il apercevait un « ange gardien », il se dépêchait d'aller se cacher derrière une haie ou bien s'en allait dans les bois. A la longue, le désir de se cacher devient un instinct auquel on obéit naturellement, de la même façon qu'on évite les vipères dans la montagne. Son idéal d'autrefois était, sinon tout à fait oublié, du moins presque ; il savait que la femelle de la bête humaine*, comme la vipère, assurément le mordrait, alors il reculait sur son passage, mais sans éprouver aucun ressentiment. L'une avait une langue venimeuse comme l'autre avait un crochet empoisonné et il fallait les laisser. Ensuite avait surgi en lui cette fureur subite contre l'humanité tout entière tandis qu'il quittait Caermaen avec le livre qui lui avait

* En français dans le texte.

été dérobé par la maison Beit. Il frissonna en pensant combien il avait été proche de la folie lorsqu'il avait cru voir, de ses yeux injectés de sang, la terre embrasée par l'incendie. Il se rappelait avoir regardé vers l'horizon le ciel éclaboussé de pourpre, la terre rouge sombre, rouges aussi les bois et les champs. Il y avait comme de l'horreur dans sa mémoire, dans la vision de cette course nocturne et sauvage à travers un paysage obscur où chaque ombre paraissait comme le symbole menaçant de quelque funeste destinée. Le murmure du torrent, le vent hurlant à travers les bois, la lumière pâle qui filtrait des troncs vermoulus et l'image de sa propre silhouette fuyant, ombre fugace, à travers la nuit, tout cela lui semblait comme des signes désespérés racontant une légende en un langage secret et fatal. Ensuite les lois de la vie diurne avaient disparu et le royaume des morts ressuscita . Bien que ses membres fussent las, il avait senti ses muscles se durcir comme l'acier; une femme, l'une de la race abhorrée, était près de lui dans l'obscurité, et la bête sauvage en lui s'éveilla, affamée de sang et de luxure brutale; tous les désirs insensés de l'obscure lignée dont il descendait assaillirent son âme. Les fantômes surgis des bois mystérieux et des grottes des collines l'assiégeaient, comme il avait imaginé que la légion civilisatrice assiégeait Caermaen, l'invitant à un combat hideux et à une victoire qu'il n'avait jamais imaginée dans ses rêves les plus effrénés. Et alors, sortant de la nuit, la douce voix avait à nouveau parlé et la douce main s'était avancée pour le sortir de l'abîme. Quel réconfort de penser à ce qu'il avait enfin rencontré; l'image incarnée de son rêve, la ferveur, la compassion qu'il attendait, la pitié, l'amour et la consolation. Elle, cette femme belle et passionnée, offrant sa beauté en intercession, elle était bien digne de son adoration. Il se rappelait comme ses larmes avaient coulé sur son sein et avec quelle tendresse elle l'avait consolé, murmurant ces mots magiques qu'il ne connaissait pas et qui faisaient à son cœur l'effet d'une musique. En face de lui, elle s'était montrée sans défense, caressant et choyant le corps qui avait été si méprisé. Il exultait de bonheur à la pensée qu'il s'était agenouillé sur le sol devant elle et avait enlacé ses genoux pour la vénérer. Alors le corps de la femme était devenu sa religion ; la nuit, étendu, il restait éveillé, contemplant l'obscurité avec des yeux affamés, appelant un miracle afin que puisse apparaître devant lui la forme tant désirée. Et lorsqu'il était seul en des lieux retirés de la forêt, il tombait de nouveau à genoux, la face contre terre, tendait devant lui, vainement, ses deux mains comme s'il pouvait la toucher. Durant ces journées, son père remarqua que la poche intérieure de sa jaquette était bourrée de papiers ; il voyait Lucian aller et venir au bas du verger dans un endroit secret et ombragé, lisant une liasse de manuscrit, rangeant les feuilles, les sortant encore. Il faisait ensuite quelques pas rapides et s'arrêtait comme en transe, regardant droit devant lui comme s'il observait par-delà le malheur du monde, à l'intérieur d'une sphère de béatitude, fruit de son imagination. En le voyant ainsi, Mr Taylor était un peu inquiet. Naturellement, il en conclut que Lucian écrivait un livre. Tout d'abord, il lui sembla qu'il y avait quelque chose d'impudique à voir s'accomplir sous ses yeux cette opération ; c'était comme si le maquillage d'une actrice de toute beauté était réalisé sur la scène, devant le public ; comme si l'on voyait les mollets ronds en position, avec leurs collants bien ajustés, les contours voluptueux de la silhouette rendus par des moyens purement mécaniques, l'incarnat des joues puisé dans la boîte de fards et les tresses dorées bien ajustées par le perruquier. Les livres, pensait Mr Taylor, devraient apparaître soudain devant nos yeux, mystérieusement tout imprimés et reliés sans élaboration apparente ; tout comme l'on dit un beau jour aux enfants qu'ils ont une petite sœur, découverte dans le jardin par maman. Mais Lucian n'était pas seulement absorbé par la création, il était visiblement en proie à l'enthousiasme et à l'extase ; Mr Taylor le voyait lever les mains et pencher la tête d'étrange manière. Le pasteur commençait à craindre que son fils, ainsi qu'il l'avait lu, ne devînt absurde comme ces jeunes Français qui vouaient à la fureur littéraire leur vie entière, passant des jours sur une page, des années sur un livre, courant après l'œuvre d'art comme les Anglais courent après l'argent, élaborant un roman comme une affaire commerciale. Car Mr Taylor tenait beaucoup à ce que l'on ait une position dans la société ; il pensait qu'un écrivain devait avoir une vraie profession, quelque emploi solide dans la vie. « Trouve quelque chose à faire, aurait-il voulu dire, et alors tu pourras écrire autant que tu veux. Regarde Walter Scott, regarde Dickens et Trollope. » De plus, il y avait le point de vue social à considérer. Que ce soit vrai ou faux, il n'y avait aucun doute que l'homme de lettres n'était pas très apprécié dans la société anglaise. Mr Taylor connaissait son Thackeray et il se souvenait que le vieux major Pendennis, mondain accompli, ne se vantait guère des occupations de son neveu. Même Warrington était quelque peu gêné d'avouer ses relations dans le journalisme et Pendennis lui-même se moquait ouvertement de son réel moyen de subsistance, de sa façon agréable de gagner de l'argent en écrivant des romans, un atout indispensable dans ses relations avec les ducs. Ceci était l'opinion anglaise courante et Mr Taylor avait sans doute raison de la juger excellente et de simple bon sens. C'est pourquoi, lorsqu'il voyait Lucian aller et venir nonchalamment, contempler amoureusement son manuscrit en exhibant les signes manifestes de cette noble fureur que les Anglais ont toujours trouvée absurde, il souffrait de tout son cœur et déplorait plus que jamais de n'avoir pas eu les moyens d'envoyer le jeune homme à Oxford. « B.N.C. lui aurait ôté ces sottises de la tête, pensait-il. Il aurait obtenu deux mentions très bien comme mon pauvre père et aurait ainsi fait bonne figure dans le monde. Enfin, on n'y peut rien. » Le pauvre homme soupirait, allumait sa pipe et s'en allait vers un autre endroit du jardin. Mais il se trompait dans son interprétation des symptômes. Le livre que Lucian avait commencé était déjà oublié dans un tiroir ; ce qui l'occupait maintenant était une œuvre secrète et les feuilles manuscrites qu'il sortait de sa poche intérieure ne le quittaient ni le jour ni la nuit. Il dormait en les serrant contre son cœur, les embrassait lorsqu'il était seul et les honorait de la même dévotion dont il aurait honoré celle à qui elles rendaient hommage. Dans ces pages, il décrivait un magnifique rituel de louanges et de dévotion ; c'était comme la liturgie de sa nouvelle religion. Sans relâche, il copiait et recopiait cette démence de l'amant ; s'attardant tout le jour sur le choix d'un mot, recherchant des phrases plus exquises encore. Aucun mot quotidien, aucune phrase telle qu'il pourrait en faire usage dans un récit ne pouvaient suffire ; la rhétorique de la vénération doit émouvoir, être force vive, elle doit flamboyer, consumer et s'orner comme un travail de joaillerie. Ce corps tout entier, admirable et saint, devait être adoré ; Lucian cherchait des mots délirants de louanges, il s'abaissait, esprit et cœur, devant elle, baisant la poussière sous ses pieds, empli d'humilité et de bonheur comme un Templier devant l'image du Baphomet*. Il exultait tout particulièrement de savoir qu'il n'y avait rien d'ordinaire ni de conventionnel dans son ravissement. Il n'était pas le fervent soupirant mis en poème par Tennyson, qui aime avec passion mais avec le respect altier d'un homme de bien pour une dame de qualité. Annie n'était pas une dame de qualité ; les Morgan étaient maîtres de leurs terres depuis une centaine d'années ; mais ils étaient ce que Mrs Gervais, Miss Colley et les autres appelaient des gens ordinaires. Les nobles jeunes gens de Tennyson pensaient à leurs belles avec réserve, les imaginant vêtues d'élégantes robes floues, mar-

* Idole païenne qu'honoraient les Templiers.

chant avec une lenteur pleine de dignité ; toujours ils les voyaient imposantes, futures maîtresses de leur demeure, mères de leurs héritiers. De tels amants s'inclinaient mais pas trop, ménageant leur honneur, devant celles qui seraient leurs égales, compagnes et amies, en même temps qu'épouses. Ce n'était pas à de pareilles conceptions qu'il donnait corps dans les flamboyants symboles de son rituel, il n'était pas, se disait-il, un jeune officier, « quelque chose dans la ville » ou un avocat plein d'avenir fiancé à une demoiselle Dixon ou Gervais. Il n'avait pas songé à chercher une jolie petite maison dans les faubourgs résidentiels où ils auraient des relations agréables ; il n'y aurait pas de discussions au sujet du papier peint, pas de chuchotements facétieux de la part des amis quant à la nécessité d'avoir une pièce pour en faire la chambre d'enfant. Mais aucune petite fille joyeuse n'était pendue à son bras pendant qu'ils choisissaient le service en émail blanc et les faïences de « notre chambre à coucher » tandis que la délicatesse du vendeur tentait de ménager leur pudeur. Quand Edith se marierait, elle demanderait à maman de chercher deux vraies bonnes domestiques, « car on doit commencer simplement », et maman s'assurerait que les conduites et tout le reste seraient en bon état. Ensuite ses « amies » viendraient, un beau jour, pour voir toutes ses « belles choses ». « Deux douzaines de chaque ! » « Regarde, Ethel, as-tu déjà vu des rideaux à volant aussi mignons ? » « Ma chère Edith, quelle chance vous avez ! » « Et tous les dessous faits spécialement par Madame Lulu ! » « Comme c'est joli ! » « J'espère qu'il sait quelle bonne affaire il fait. » « Oh ! regarde ces jolis nœuds en ruban ! » « Ma chérie, comme tu dois être heureuse ! » « De la vraie valenciennes ! » Puis un chuchotement à l'oreille de la jeune personne et sa réponse : « Oh ! Nelly, non ! » Ainsi elles pépieraient devant ces trésors comme dans Rabelais elles pépiaient devant leurs gobelets. Et tout serait bien en règle jusqu'au jour du mariage où maman, qui était allée au bout de ses forces et de son autorité pour réussir cette union, pleurerait et regarderait le malheureux fiancé avec indignation. « Robert, j'espère que vous serez gentil avec elle. » Quelques paroles ensuite à l'oreille de la fiancée : « Quand vous reviendrez, insiste bien pour que Wyman tire les chasses d'eau, les domestiques sont si négligents, et si sales aussi. Ne le laisse pas se promener seul à Paris. Les hommes sont si drôles, on ne sait jamais. Tu as tes comprimés ? » Et à haute voix après ces secrets : « Ma chérie, que Dieu te garde, au revoir, au revoir ! » glousserait-elle.

Il y avait d'étranges choses dans les pages manuscrites, que Lucian chérissait, des mots qui brûlaient et flamboyaient comme « charbons ardents à l'ardeur véhémente ». Il y avait des mots qui blessaient et brûlaient tandis qu'il les écrivait, mots sonores se déversant, comme de vieilles litanies, dans l'extase et la frénésie. Il était convaincu qu'une grande partie de ce qu'il avait inventé était, dans le vrai sens du mot, occulte : des pages et des pages auraient pu être lues à haute voix à des non-initiés sans que fût trahie la signification intime. Nuit et jour il rêvait à ces symboles, neuf fois il copia et recopia le manuscrit avant de le réécrire dans un petit livre qu'il avait lui-même fabriqué en vélin de couleur crème. Dans sa manie d'apprendre tout ce qui était totalement inutile, il montrait quelque adresse pour les coloriages, ou les enluminures ainsi qu'il préférait les appeler, choisissant toujours le mot le plus obscur comme les arts les plus obscurs. En premier lieu, il se consacra à l'austère pratique du texte ; il besogna des heures et des jours à former des lettres noires en colonnes serrées, écrivant et réécrivant jusqu'à pouvoir former les gros caractères d'une main ferme et sûre. Il coupait ses plumes avec la patience d'un moine dans le *scriptorium*, grattant et modifiant la pointe, diminuant ou augmentant la pression et la flexibilité, jusqu'à ce que la plume lui convînt et donnât un trait à la fois large et uni. Puis il fit des essais d'encre, recherchant une matière qui pourrait rivaliser avec les lettres noires et brillantes des vieux manuscrits ; et ce n'est qu'après qu'il eut pu réaliser une belle page de texte qu'il se tourna vers la tâche plus exaltante des lettres capitales, des encadrements et des décorations. Il rêva longtemps sur les caractères lombards, aussi beaux à leur façon qu'une cathédrale, et s'entraîna pour réussir les lignes souples et fières ; puis ce fut l'art de l'encadrement, s'épanouissant sur toute la page en une splendeur d'ornementation.

Miss Deacon, sa cousine, trouvait tout cela une grande perte de temps et son père pensait qu'il aurait bien mieux fait d'essayer d'améliorer son écriture qui était à la fois laide et illisible. Il envoya quelques exemples de son travail à un « magasin d'art » de Londres : un vers de *Maud** curieusement blasonné et un hymne latin avec les notes piquées sur une hampe. Pour dire vrai, ses talents de coloriste furent peu appréciés. On lui répondit fort civilement que ses essais, quoique bons, n'étaient pas ce qu'ils souhaitaient et ils joignaient un texte enluminé. « On nous demande ce genre de choses, disaient-ils pour conclure, et si vous voulez bien essayer de faire quelque chose dans ce style nous serions heureux de nous y intéresser. » Le texte était : « O Toi, mon Dieu, regarde-moi. » La fonte des lettres était altérée, aussi éloignée du caractère d'origine qu'un monument néo-gothique l'est de la cathédrale de Westminster ; les couleurs étaient variées. L'initiale était d'or pâle, le h rose, le o noir, le u bleu, la première étant liée à un nid d'oiseau où se trouvait un jeune pigeon protégé par la femelle.

« Quel joli texte ! dit Miss Deacon. J'aimerais l'accrocher dans ma chambre. Lucian, pourquoi n'essaies-tu pas de faire quelque chose comme cela ? Tu pourrais te faire un peu d'argent.

* Poème de Tennyson.

– Je leur ai envoyé ceux-ci, dit Lucian, mais ils ne les aiment guère.

– Mon pauvre garçon ! Cela ne m'étonne pas. Les aimer ! A quoi pensais-tu pour dessiner ces drôles de fleurs toutes raides tout autour ? Des roses, ça ? Ça ne ressemble en rien à des roses. Où vas-tu chercher de pareilles choses ?

– Mais le dessin convient très bien, regardez les mots.

– Mon pauvre Lucian, je ne peux même pas les lire ; c'est une écriture ancienne tellement bizarre. Regarde comme ce texte est simple, on peut très bien le lire. Et celui-là – je n'y comprends rien du tout.

– C'est un hymne en latin.

– Un hymne en latin ? Un hymne protestant ? Je ne suis peut-être pas moderne, mais "Hymnes anciens et modernes" me convient très bien. Ça, c'est la musique, je suppose ? Mon pauvre garçon, il n'y a que quatre portées, et qui a jamais vu des notes dessinées comme ça : tu en as fait certaines carrées et d'autres en forme de diamant. Pourquoi n'as-tu pas regardé les vieux recueils de musique de ta mère ? Ils sont dans le tiroir de son ottomane, au salon. J'aurais pu te montrer comment les faire ; tu sais, il y a des soupirs et des croches. »

Découragée, Miss Deacon reposa l'*Urbs Beata* enluminé. Elle était convaincue que son cousin « n'était pas loin d'être un demeuré ».

Il sortit dans le jardin et laissa éclater sa colère derrière une haie. Il cassa deux pots de fleurs et frappa très fort un pommier avec sa canne, puis, se sentant plus calme, se demanda si cela valait la peine de faire quelque chose. Il ne l'aurait pas avoué, mais dans son cœur il était blessé que sa cousine aimât les pigeons et le texte envoyés et n'aimât pas ses roses emblématiques et l'hymne en latin. Il savait qu'il s'était donné beaucoup de peine pour ce travail, qu'il était bien fait et que, étant encore jeune, il en attendait des louanges. Il découvrait que dans ce monde sans pitié il y avait peu de reconnaissance ; l'esprit critique paraissait absent. Si on avait pu l'observer scientifiquement tandis qu'il s'agitait, touché au vif par les reproches de celle qu'il appelait insolemment « la vieille fille », le spectacle aurait été extrêmement divertissant. Les jeunes garçons s'amusent parfois à de semblables distractions ; soit avec leurs petits doigts, soit avec les ciseaux à ongles de maman, ils ôtent, une à une, les ailes et les pattes d'une mouche. Les girations bizarres, l'étrange et fragile bourdonnement de l'insecte, tandis qu'il tourne et tourne sans cesse de façon si comique, sont une source garantie d'amusement sans malice. Vraiment, Lucian se considérait comme un individu victime d'injustices ; il aurait donc dû essayer d'imiter la constitution nerveuse des mouches, qui, ainsi que le dit maman, « ne sentent rien ».

Mais tandis qu'il préparait les feuilles de vélin, il se souvenait avec bonheur de ses œuvres d'art. Il n'aurait pas travaillé en vain pour de belles choses. Une fois de plus il relut son manuscrit et réfléchit à l'ornementation des pages. Il faisait des croquis à la dérobée et fouillait la bibliothèque de son père pour trouver des idées. Il y avait des livres traitant d'architecture, de la façon de travailler le fer et le cuivre au moyen-âge, qui lui fournissaient des idées de décoration ; et ne se contentant pas de simples images, il cherchait dans les bois et dans les haies, étudiant la forme étrange des arbres, la poussée venimeuse des grandes plantes aquatiques et l'enlacement parasite du chèvrefeuille et de la bryone. Au cours de l'une de ses randonnées, il découvrit une terre rouge dont il fit un pigment et il trouva dans le suc onctueux d'une certaine fougère un ingrédient qui, pensait-il, rendait son encre noire plus brillante encore. Son livre était tout entier rédigé en symboles et il le décora dans le même esprit, inventant de merveilleux feuillages qui se coulaient dans le texte, montrant l'épanouissement de certaines fleurs mystiques, portant l'emblème d'étranges créatures happées et tenues prisonnières dans des buissons de roses. Le livre entier était consacré à l'amour et au délire de l'amant, et il s'y trouvait des chants qui le hantaient de leur refrain mélodieux. Quand le livre fut terminé, il remplaça les feuilles volantes, compagnon fidèle du jour et de la nuit. Trois fois par jour, pour lui seul, il pratiquait ce rituel, recherchant les chemins les plus écartés de la forêt, ou montant dans sa chambre ; et devant la fixité intense et extasiée de son regard, son père le croyait encore sous l'emprise sévère du douteux labeur de la création. La nuit, il se faisait un devoir de s'éveiller pour son étrange culte et lorsqu'il se dressait dans l'obscurité et allumait sa chandelle, il se livrait à une étrange cérémonie. Sur un versant sauvage et abrupt de la colline, non loin de la maison, il avait à plusieurs reprises coupé, sur un buisson d'épineux, de grosses branches hérissées de piquants. Il les avait rapportées à la maison et cachées dans le grand coffre qui était près de son lit. Souvent, il s'éveillait la nuit en pleurant et en murmurant les mots de l'une de ses chansons et puis, quand il avait allumé la bougie, il sortait les branches pleines de piquants, les posait sur le sol et, ôtant sa chemise de nuit, il s'allongeait doucement sur le lit d'épines acérées. La face contre terre, avec la bougie et le livre devant lui, doucement, il redisait avec tendresse les louanges de sa chère, très chère Annie et, tandis qu'il tournait les pages les unes après les autres et voyait le relief doré des majuscules s'allumer et flamboyer à la lumière de la bougie, il pressait les épines dans sa chair. En de tels instants, il savourait dans leur intensité les délices de la douleur physique. Après deux ou trois exercices si délectables, il apporta des changements à son livre, marquant d'un étrange signe vermillon la marge des passages où il s'infligeait cette douce torture. Il ne manquait jamais de s'éveiller à l'heure fixée dans un grand effort de volonté qui le disputait à la lourdeur de son sommeil, et il se levait, heureux quoique en larmes, et préparait pieusement sa couche d'épines sur le sol, faisant l'offrande de sa douleur en même temps que de son exaltation. Lorsqu'il avait murmuré le dernier mot et s'était relevé, son corps était tout taché de sang ; alors il examinait les marques avec fierté. Çà et là une épine restait dans sa chair, et il la retirait sans douceur, déchirant sa peau. Certaines nuits, lorsqu'il s'était appuyé avec trop de ferveur sur son lit d'échardes, du sang coulait sur ses cuisses, des perles rouges se dessinaient sur son corps puis descendaient jusqu'à ses pieds. Il éprouvait quelque difficulté à ne pas laisser de traces risquant d'attirer l'attention de la domestique ; aussi quelque temps plus tard ne se remit-il pas au lit une fois son devoir accompli. En guise de couvre-lit, il avait une couverture de couleur sombre, fort usée, et il en enveloppait son corps nu et sanglant avant de s'étendre sur le sol dur, satisfait d'ajouter un repos endolori au nombre de ses voluptés. Il était couvert de cicatrices et celles qui se guérissaient dans la journée se rouvraient pendant la nuit ; la peau d'un brun mat était rouge des traces que le sang avait stigmatisé avec furie et la silhouette avenante du jeune homme était semblable au corps torturé d'un martyr. Il devenait de plus en plus mince de jour en jour, car il mangeait très peu ; la peau était tendue sur les os de son visage et les yeux noirs brûlaient au fond des orbites cernées de mauve. Sa famille remarqua qu'il ne paraissait pas en bonne santé.

Un matin au petit déjeuner, Miss Deacon lui dit : « Ecoute, Lucian, cela ne peut pas continuer comme ça, c'est de la folie. Regarde comme ta main tremble ; les gens diraient que tu as bu du brandy. Tout ce qu'il te faut, c'est un médicament, mais tu n'écoutes personne. Tu sais que ce n'est pas ma faute, je t'ai dit d'essayer la *Cooling Powder* du Dr Jelly des centaines de fois. » Il se souvenait de l'absorption obligatoire de la poudre lorsqu'il était enfant et était heureux que cette époque fût passée. Il se contenta de sourire et avala une grande tasse de thé fort pour calmer ses nerfs en assez mauvais état.

Mrs Dixon le vit un jour dans Caermaen ; il faisait très chaud et il avait marché très vite. Les cicatrices de son corps le brûlaient et le démangeaient, et il trébucha en soulevant son chapeau à l'adresse de la femme du vicaire. Sans chercher plus loin, elle décida qu'il avait dû boire dans des cabarets.

« Je crois que c'est une bénédiction que la pauvre Mrs Taylor ait disparu, dit-elle à son mari. Bien des choses lui ont été épargnées. Le malheureux m'a croisée cet après-midi ; il était complètement ivre.

– C'est bien triste, dit Mr Dixon. Un peu de porto, mon amie ?

– Merci, Merivale, mais je vais prendre un autre verre de sherry. Le Dr Burrows me gronde sans cesse et dit que je dois prendre quelque chose pour me donner des forces et ce sherry est si léger. »

Les Dixon ne pratiquaient pas l'abstinence. Ils le regrettaient profondément et blâmaient le docteur « qui insistait pour quelque chose de stimulant. » Malgré tout, ils trouvaient quelque consolation en s'efforçant de convertir la paroisse à une totale abstinence ou, ainsi qu'ils disaient bizarrement, une totale tempérance. Les vieilles femmes étaient averties du péché qu'elles commettaient en prenant un verre de bière au souper ; les vieux travailleurs étaient pressés d'essayer Cork-ho, la nouvelle boisson non alcoolisée ; un mauvais breuvage, appelé café, était dispensé à la bibliothèque. Peu de temps après cette conversation, Mr Dixon fit un éloquent sermon sur la tempérance à partir du verset : « Prenez garde au mauvais levain des Pharisiens ». Dans son prêche, il montrait que la boisson fermentée et le levain ont beaucoup en commun, que la bière était aujourd'hui interdite pendant la pâque par les Juifs de stricte obédience ; et dans une péroraison sublime, il suppliait ses chers frères, « et plus spécialement ceux parmi nous qui sont pauvres au milieu des biens de ce monde », de se méfier de ce mauvais levain qui sapait la force virile de notre nation. Mrs Dixon évoqua le sermon à l'église :

« Oh ! Merivale, quel beau sermon bien senti ! J'espère qu'il fera du bien. » Mr Dixon avala son porto avec dignité, tandis que, tous les soirs, sa femme se grisait avec un sherry à bon marché. Elle ne se rendait compte de rien et se demandait quelquefois un peu troublée pourquoi elle devait, chaque soir après dîner, réprimander ses enfants. Et de drôles d'événements arrivaient dans la nursery, où parfois les enfants se regardaient d'une curieuse manière après qu'une femme aux joues empourprées fut sortie, tout essouflée.

Lucian ne savait rien des accusations portées contre lui, mais il ne fut pas long à entendre parler de son goût pour la boisson. Lorsqu'il retourna à Caermaen, il fut hélé par le docteur.

« Tu as encore bu aujourd'hui ?

– Non, dit Lucian d'une voix surprise. Que voulez-vous dire ?

–Alors, si tu n'as pas bu, très bien, tu vas pouvoir prendre un verre avec moi. Entre, veux-tu ? »

Devant un whisky et en fumant une pipe, Lucian apprit les méchantes rumeurs qui couraient sur sa personne.

« Mrs Dixon m'a assuré que tu titubais d'un côté de la rue à l'autre. Elle a eu très peur, m'a-t-elle dit. Ensuite elle m'a demandé si je ne pourrais pas lui ordonner une ou deux onces d'alcool au coucher pour ses palpitations. Naturellement, je lui ai dit que deux feraient l'affaire. Il faut que je gagne ma vie par ici, tu sais. D'ailleurs, je suis sûr qu'elle aime ça ; elle gargouille à l'intérieur comme une tuyauterie. Je me demande comment Dixon peut supporter cela.

– J'aime "onces d'alcool", dit Lucian. Ça signifie boire sur ordonnance médicale. J'ai souvent entendu parler de dames qui doivent boire sur ordonnance médicale ; alors c'est cela ?

– C'est cela. “Le Dr Burrows ne veut rien entendre ; je lui dis combien je déteste le goût de l'alcool, mais il dit que c'est absolument nécessaire à ma santé, mon médecin insiste pour que je prenne quelque chose au coucher”, voilà le genre. »

Lucian riait doucement. Tous ces gens lui étaient devenus indifférents. Il ne ressentait plus aucune ardeur indignée devant leurs petites hypocrisies, leur méchanceté. Leurs voix, proférant calomnies, leçons de morale, futilités, étaient devenues comme la note légère et irritante d'un moustique, un soir d'été ; il avait ses propres pensées, sa vie à lui, et il passait sans les entendre.

« Tu descends à Caermaen assez souvent, n'est-ce pas ? dit le docteur. Je t'ai vu deux ou trois fois ces deux dernières semaines.

– J'aime bien faire la route à pied.

– Très bien, passe me voir quand tu veux, tu sais. Je suis souvent chez moi vers cette heure-ci et bavarder avec un être humain, ce n'est pas mauvais de temps en temps. Cela me change ; j'ai souvent peur de perdre ma clientèle. »

Le docteur ne résistait pas à glisser dans la conversation d'horribles plaisanteries. Il en faisait étalage parfois devant Mrs Gervais qui, très digne, esquissait un sourire en disant :

« Ah ! je vois. Très amusant, vraiment. Nous avions un vieux cocher à une certaine époque qui je crois était très doué pour ce genre de choses, mais Mr Gervais fut obligé de s'en séparer ; le rire des autres domestiques était tellement bruyant. »

Lucian se mit à rire, pas bruyamment mais avec bonne humeur, à la plaisanterie du docteur. Il aimait Burrows, sentant que c'était un homme au-delà de son flot de paroles.

« Tu parais un peu à plat, dit le docteur quand Lucian se leva pour partir. Non, ce n'est pas de médicaments que tu as besoin. Beaucoup de viande et de bière te feront plus de bien que les drogues. Je pense que c'est le temps chaud qui t'a fait un peu maigrir. Tout ira mieux dans un mois. »

Tandis que Lucian se dirigeait vers la sortie de la ville pour rentrer chez lui, il passa près d'un petit groupe de gamins rassemblés près d'un champ. Ils étaient en train de bien s'amuser. Le « grand gaillard », celui qu'il avait vu quelques semaines auparavant exercer des sévices sur un chat, confirmait sa méchanceté en répétant les mêmes distractions. Il avait trouvé un chien égaré, petit être pitoyable aux yeux vifs, presque humains par leur regard d'affectueuse tendresse. Ce n'était pas un jeune chien de race ; certainement pas le fameux chiot « de Vick et de Wasp » ; il avait un poil rugueux, une longue queue ridicule qu'il agitait d'un air suppliant, à la fois refusant la sévérité et appelant la gentillesse. La pauvre bête était selon toute apparence habituée à être bien traitée ; elle regardait l'un des jeunes garçons, sautait vers lui avec des caresses, puis elle aboyait d'une voix douce et indécise, se tapissant sur le sol un instant, étonnée peut-être de toute cette animation incongrue. Les garçons s'agitaient à en perdre la tête. Ce n'était qu'un flot de paroles, disputant, discutant, suggérant. Chacun avait son plan qu'il présentait au meneur, un jeune costaud et hardi.

« Le noyer ! A quoi tu penses, gars ? disait-il. C'est pas drôle du tout. Vous la fermez, les mômes ! Vous allez aller demander d'l'eau bouillante à vot'mère Bob Williams, j'connais ça. Et le feu, où vous allez l' prendre ? Tais-toi, gars, d'accord ? Thomas Trevor, c'chien, il est à toi ou à moi ? Bon, écoutez, si vous fermez pas tous vot' gueule, j'ramène le chien chez nous et j'le garde. Bon, ça y est ! »

C'était un chef né. Un certain découragement et de l'abattement apparurent sur le visage des gamins. Ils sentirent que la menace pourrait très bien être mise à exécution et leur attitude devint subitement plus humble et plus accommodante. Le chiot était toujours tapi sur le sol au milieu d'eux. Un ou deux s'efforcèrent de calmer leur excitation en lui donnant des coups de pied dans le ventre avec leurs souliers cloutés. La pauvre bête poussa un cri de douleur en s'agitant doucement, mais elle ne tentait pas de mordre ni même de gronder. Elle leva sur ses bourreaux son regard amical et suppliant, se frotta à nouveau contre eux, essaya d'agiter la queue pour montrer son contentement, fit semblant de jouer avec un brin de paille trouvé sur le chemin, espérant peut-être, de cette manière, obtenir quelque faveur.

Le chef choisit ce moment pour frapper un grand coup. Lentement il sortit de sa poche un bout de corde.

« Qu'est-ce que tu dis d'ça, gars ? Bon, Thomas Trevor ! On va l'pendre à cet arbuste, là. Ça t'va, Bobby Williams ? »

Il y eut une clameur d'approbation et de joie. L'animation reprit de plus belle.

« Je vais lui passer autour du cou ?

– Pousse-toi, gars, tu sais pas comment on fait.

– Si, je sais, Charlie.

– Allez, vous m'laissez, les mômes, vous m'laissez faire.

– T'es sûr qu'il va pas mordre ?

– Il est pas fou, tiens ?

– Si on lui attachait la gueule en premier ? »

Le jeune chien s'efforçait toujours de gagner leur faveur, agitant sa malheureuse queue, se couchant sur le côté, le cœur triste et désolé, mais avec encore un faible espoir ; de temps en temps, il essayait de jouer et levait la tête, implorant de ses bons yeux affectueux. A la fin, ses gambades et ses appels à la pitié cessèrent et sa pauvre voix fit entendre une triste et longue plainte de désespoir. Et il lécha la main du garçon qui préparait le nœud. Tandis que Lucian passait à la dérobée, on le leva doucement en l'air en le balançant ; il luttait et ses pattes s'agitaient et se tordaient. Le « grand gaillard » tirait sur la corde, tandis que ses amis sautaient de joie en hurlant. Quand Lucian prit le tournant, le petit corps pendait, se balançant d'un côté à l'autre ; le petit chien était en train de mourir, mais il agitait encore ses pattes, légèrement.

Lucian se hâta de continuer sa route, frissonnant de dégoût. Les petits de l'homme étaient monstrueux ; ils souillaient la terre et rendaient l'existence déplaisante, comme gâterait une agréable promenade la croissance charnue d'un champignon vénéneux et obscène. Le spectacle de ces petits animaux malveillants, de leurs bouches vomissant la cruauté, de leurs mains habiles aux tortures et de leurs pieds vifs à courir faire le mal, l'avait frappé et avait brisé l'univers fantasmatique dans lequel il s'était plongé. Pourtant, il ne servait à rien de se fâcher contre eux : il était dans leur nature d'être repoussants. Il aurait souhaité seulement qu'ils allassent vers leurs hideuses distractions au fond de leurs jardins, là où personne ne pourrait les voir à l'œuvre ; il était bien regrettable qu'il fût arrêté et offensé sur une tranquille route de campagne. Il essayait de chasser cet incident de son esprit comme si tout n'avait été qu'une fâcheuse anecdote ; les images dans lesquelles il souhaitait se plonger commençaient à réapparaître, quand il fut brutalement dérangé. Une petite fille, une jolie enfant de huit ou neuf ans, venait à sa rencontre sur le chemin. Elle pleurait à chaudes larmes, regardant à droite et à gauche et criant quelques mots sans arrêt.

« Jack, Jack, Jack ! Mon petit Jackie, Jack ! »

Elle se remit à pleurer, regardant dans la haie, essayant de voir dans un champ à travers la barrière.

« Jackie, Jackie, Jackie ! »

Elle s'approcha de Lucian, sanglotant à fendre l'âme, et lui fit une révérence à l'ancienne.

« S'il vous plaît, Monsieur, avez-vous mon petit Jackie ?

– Que veux-tu dire ? fit Lucian. Qu'est-ce que tu as perdu ?

– Un petit chien, s'il vous plaît, Monsieur. Un petit terrier à poils blancs. Mon père, il me l'a donné il y a un mois en me disant que je pouvais le garder. Quelqu'un a laissé la barrière ouverte cet après-midi et il a dû s'en aller, Monsieur, et je l'aime tellement, Monsieur, il était si joueur et si affectueux, j'ai bien peur qu'il soit perdu. »

Elle recommença à appeler sans attendre de réponse : « Jack, Jack, Jack ! »

« Je crains bien que des garçons aient attrapé ton petit chien, dit Lucian. Ils l'ont tué. Tu ferais mieux de retourner chez toi. »

Il continua son chemin aussi vite qu'il pouvait, s'efforçant de ne plus entendre les cris de l'enfant. Cela le bouleversait et il aurait voulu penser à autre chose. Il frappa le sol du pied avec colère au souvenir des désagréments de l'après-midi et il rêva à quelque ermitage dans les montagnes, bien loin des bruits et des puanteurs de l'humanité.

Un peu plus loin, il arriva à Croeswen, où la route bifurquait. Entre les deux branches on voyait un triangle d'herbe, là où se trouvait autrefois la croix, « le célèbre et saint calvaire des vieilles chroniques locales ». Les mots résonnaient dans les oreilles de Lucian tandis qu'il continuait sur la droite. « Il y avait cinq marches pour monter jusqu'à la première plate-forme, et sept marches pour atteindre la seconde plate-forme, toutes en belle pierre taillée. Et tout en haut, c'était, de façon fort curieuse et fort admirable, orné de bois bien sculpté. A l'endroit le plus élevé était la Sainte Croix avec le Christ ayant Marie d'un côté et Jean de l'autre. Plus bas on voyait six archanges étincelants de lumière qui soutenaient la croix et, au-dessous d'eux, dans leurs niches, se trouvaient de très belles et très nobles images des douze Apôtres et de divers autres saints et martyrs. Et dans la plus basse niche il y avait les images d'un merveilleux bestiaire, bœufs, chevaux, porcs, des petits chiens et des paons, tout cela travaillé de si délicate et si curieuse façon qu'ils semblaient faits de bois d'épine, leur tourment en ce bas monde. Et ici même, une fois l'an, il y avait une belle et solennelle cérémonie, où l'on voyait le pasteur de Caermaen avec des chanteurs et toute la communauté, qui chantaient le psaume *Benedicite omnia opera* en allant en procession le long de la route. Et lorsqu'ils arrivaient au calvaire, le prêtre célébrait le service, disant certaines prières pour les animaux ; ensuite il montait au premier niveau et prêchait devant l'assistance, lui montrant que de même que notre seigneur Jésus mourut sur la croix, en offrande pour nous, de même nous devons miséricorde aux animaux, ses créatures, pour ce qu'elles sont pauvres vassaux et naïve domesticité. Et que tout comme les Saints Anges lui font louange les tout premiers, avec les douze Apôtres bénis et les Martyrs et tous les Bienheureux qui le servirent sur terre et maintenant l'honorent dans le ciel, ainsi les animaux le servent bien qu'ils connaissent tourments dans la vie et soient au-dessous des hommes. Car, ainsi que nous l'enseignent les Saintes Ecritures, leur spiritualité va en diminuant. »

C'était un étrange témoignage d'autrefois, une curieuse relique de ce que les habitants actuels de Caermaen nommaient l'Age des Ténêbres. Quelques-unes des pierres qui avaient constitué la base de la croix demeuraient en place, devenues grises par l'usure, tachées de lichens noirs et de mousse verte. On avait utilisé ce qui restait du célèbre calvaire pour réparer les routes, construire des étables à cochons ou des bâtiments domestiques ; en fait, il était devenu protestant. A dire vrai, s'il était resté debout, le pasteur de Caermaen n'aurait pas eu le temps d'y célébrer le service ; la buvette, les Missions portugaises, la Société pour la Conversion des Juifs et d'importantes activités sociales occupaient tous ses loisirs. Par ailleurs, il considérait la cérémonie tout entière comme contraire aux Ecritures.

Lucian continua son chemin, surpris par les étonnants contrastes qui existaient au moyen-âge. Comment se faisait-il que des gens qui pouvaient imaginer une si belle cérémonie croyaient à la sorcellerie, avaient la hantise du démon et de sa possession, croyaient aux succubes et aux incubes, au sabbat et autres horribles absurdités ? Il semblait curieux que quelqu'un pût même faire semblant d'ajouter foi à d'aussi abominables histoires, mais, à n'en pas douter, la peur des vieilles femmes enfourchant des balais et aimant les chats noirs avait été une réelle terreur. Vers le soir, un vent froid souffla de la rivière et les cicatrices de son corps commencèrent à le brûler et à le démanger. La douleur lui rappela son rituel quotidien et il commença à le pratiquer tout en marchant. Il avait coupé une branche d'épine sur une haie et l'avait mise contre sa peau, enfonçant de la main les piquants dans sa chair pour faire couler le sang chaud. Il sentait que c'était une douce, une exquise observance pour l'amour d'elle ; et il songeait au palais d'or qu'il lui construisait, à l'unique et merveilleuse cité naissant dans son imagination. Tandis que la nuit sacrée commençait à recouvrir la terre et que le dernier éclat du soleil s'éteignait sur les collines, il se donna une fois encore à la femme, corps et âme, donna tout ce qu'il était, tout ce qu'il possédait.

4

Dans le courant de la semaine, Lucian retourna visiter Caermaen. Il voulait aller voir l'amphithéâtre de plus près, étudier l'emplacement exact des anciennes murailles, observer la vallée de certains coins de la ville et fixer dans son esprit, avec clarté et minutie, le mouvement des collines autour de la cité enfouies sous la sombre tapisserie des forêts. Et il flânait dans le musée où l'on gardait les vestiges de l'occupation romaine ; il s'intéressait aux fragments des sols en mosaïque, à l'or incandescent des coupes à boire, aux étranges perles de verre fondu et coloré, aux ambres sculptés, aux flacons à parfums qui retenaient encore la mémoire d'huiles parfumées, aux colliers, broches, épingles à cheveux d'or et d'argent et autres objets qui avaient un jour appartenu à l'intimité des dames romaines. L'un des flacons de verre, enfoui durant des centaines d'années dans l'humidité de la terre, avait accumulé dans les ténèbres de la tombe toutes les splendeurs de la lumière et montrait maintenant, telle une opale, des brillances de clair de lune, des miroitements d'or, des verts pâles de crépuscule et des pourpres impériales. Il y avait aussi les amphores en terre rouge pour le vin, les inscriptions des stèles funéraires et la tête des idoles déchues, avec des fragments d'objets secrets en usage dans les rites occultes de Mithra. Lucian lisait sur les étiquettes l'endroit où ces objets avaient été découverts : dans le cimetière, sous le gazon de la prairie et dans l'ancienne nécropole près de la forêt ; et chaque fois que cela était possible, il partait à la découverte et rêvait à la longue nuit qui avait dissimulé l'or, la pierre et l'ambre. Toutes ces recherches étaient nécessaires pour le projet qu'il avait en vue, aussi devint-il, pendant quelque temps, une silhouette très familière sur les routes poussiéreuses et désertes ou dans les prairies qui bordaient la rivière. Ses visites continuelles étaient un mystère qui déroutait les habitants de Caermaen. Ils se précipitaient à leur fenêtre au bruit de son pas sur les pavés inégaux. Ils ne savaient qu'imaginer ; descendre ainsi trois fois par semaine ne devait obéir, c'était sûr, qu'à des intentions malveillantes, mais celles-ci leur échappaient. Lucian, quant à lui, fut au début fortement gêné de rencontrer de temps à autre des membres des tribus Gervais, Dixon ou Colley ; souvent, il était obligé de s'arrêter pour échanger quelques phrases de politesse, et de telles rencontres, aussi fortuites fussent-elles, le contrariaient, et le troublaient même. Désormais, il n'était plus furieux ni blessé par les sourires de mépris ou les gloussements de volailles des jeunes qui le croisaient sur la route (son chapeau était ridicule et sa tenue négligée était choquante), mais ces incidents étaient déplaisants comme est désagrable l'odeur d'un égout, et détraquaient pour un temps l'étrange mécanisme de ses pensées. Et puis, il avait été révolté par l'incident des garnements et du petit chien, dont l'horreur avait bouleversé son imagination. Il avait lu des livres récents traitant d'occultisme et se souvenait de quelques expériences qui s'y trouvaient décrites. On prétendait que ses adeptes pouvaient transférer la notion de conscience du cerveau jusqu'aux pieds ou aux mains, qu'ils pouvaient annihiler le monde environnant et passer dans une autre sphère. Lucian se demandait s'il ne pourrait pas tenter une telle opération pour lui-même. Les êtres humains ne cessaient de l'importuner, de le gêner ; ne serait-il pas possible d'en supprimer l'espèce, ou à tout le moins de la réduire à une chose totalement insignifiante ? Une certaine méthode s'imposa à son esprit, un travail en partie mental, en partie physique, et après deux ou trois expériences il découvrit, surpris et joyeux, que cela fonctionnait. Il pensa qu'il venait de découvrir l'un des secrets de la magie ; là était la clé des transmutations symboliques des contes orientaux. En vérité, l'initié pouvait changer ceux qui lui étaient odieux en êtres insignifiants et inoffensifs, en modifiant son propre état d'esprit et non en transformant l'ennemi comme cela se pratiquait dans les contes. Le mage met les hommes au-dessous de lui en s'élevant au-dessus d'eux, tout comme du haut d'un sommet élevé on se penche vers la ville. Les cailloux du chemin et autres infimes obstacles n'arrêtent pas le sage le long de sa route. Ainsi Lucian, bien qu'obligé parfois de s'arrêter pour parler avec ses semblables, pour écouter leurs pauvres mensonges et leurs insanités, n'était guère plus perturbé que lorsqu'il devait enjamber, au cours d'une promenade, un échalier incommode. Il en était de même pour les manifestations les plus déplaisantes de l'humanité : en définitive, elles ne le concernaient plus. Les hommes promis à de grandes choses ne supportaient pas que le cheminement de leurs pensées soit interrompu par le bourdonnement d'une mouche prise dans une toile d'araignée, alors pourquoi seraient-ils importunés par la misère d'un jeune chien aux mains de garnements de village ? La mouche sans défense, entourée de liens visqueux, endurait des tortures, et elle criait de sa toute petite voix quand les griffes de l'horrible monstre la saisissaient, mais son agonie dernière n'avait jamais troublé les rêves de l'amant. Lucian ne voyait pas pourquoi les gamins l'offenseraient plus que l'araignée et pourquoi il aurait pitié du chien plus que de la mouche. Les propos des hommes et des femmes pouvaient bien être fastidieux, absurdes et souvent venimeux, mais il ne pouvait imaginer un alchimiste au moment du succès, un général à l'heure de la victoire ou un financier sur le point de réussir une gigantesque escroquerie se laissant importuner par des bourdonnements d'insectes. L'araignée est, à n'en pas douter, si on la regarde dans un microscope, une très vilaine bête avec une bouche hideuse, des griffes poilues semblables à celles du tigre ; mais Lucian avait éloigné le microscope de sa vue. Il pouvait désormais marcher dans les rues de Caermaen confiant et en sûreté, sans crainte d'être importuné, car, dans l'instant, il pouvait opérer la transformation. Un jour, le Dr Burrows le rencontra et lui fit promettre de venir à la kermesse qui devait se tenir pour venir en aide aux protestants hongrois ; Lucian accepta d'autant plus volontiers qu'il voulait aller voir de curieux tumulus situés sur une colline un peu en dehors de la ville et il prévoyait de s'échapper tôt dans l'après-midi. Lord Beamys était en visite chez Sir Vivian Ponsonby, un notable local, et il avait aimablement proposé de venir en voiture pour déclarer la kermesse ouverte. Lorsque la voiture s'arrêta et que descendit le grand personnage, le moment fut solennel. C'était un vieux gentilhomme d'aspect peu agréable, mais le clergé et l'aristocratie terrienne, leurs épouses, fils et filles l'accueillirent avec des démonstrations de joie obséquieuse. Les conversations s'interrompirent au beau milieu des phrases ; ceux qui étaient un peu lents restaient bouche bée, ne comprenant pas pourquoi leurs amis les avaient si soudainement quittés ; les Meyrick accoururent échauffés et en sueur de peur d'être en retard, Miss Colley, vierge au teint jaune et au regard austère, sourit largement, Mrs Dixon, affolée, fit signe avec son ombrelle aux « jeunes filles » qui flânaient tranquillement dans un coin éloigné du champ et l'archidiacre arriva à toute allure. L'atmosphère s'alourdit de toutes ces salutations et résonna du rire jovial de ce dernier, du gloussement des jeunes femmes, des cris de perruche des matrones. Ceux-là souriaient qui n'avaient jamais souri auparavant et sur certains visages de jeunes filles descendait cet air d'extase mystique que les peintres d'autrefois donnaient à leurs anges. Ensuite, lorsque tout le cérémonial requis fut accompli, toute la société se détourna et se mit en route vers les comptoirs de sa petite foire aux vanités. Lord Beamys montait le chemin avec Mrs Gervais, Mrs Dixon suivait avec Sir Vivian Ponsonby et la multitude qui venait ensuite disait d'une voix forte : « Quel homme charmant ! – N'est-ce pas aimable de sa part de venir de si loin ? – Quel air gentil il a, vous ne trouvez pas ? – Je le trouve vraiment adorable. – Un être comme en faisait autrefois. – Authentique noblesse anglaise. – Et des plus convenables, je vous assure ; si une servante a des ennuis, c'est le renvoi immédiat. – Toujours du côté de l'Eglise. – Vingt personnes vivent de ses dons. – Il a voté la loi de réglementation de l'exercice du culte. – Dix mille acres absolument préservés. » Le vieux lord, émoustillé, lançait des œillades, murmurant en lui-même : « Il y a de jolies filles par ici. J'aime les manières de la petite en chapeau rose. Je devrais faire sa connaissance. Elle rendrait des points à Lotty. »

Le défilé allait lentement dans l'herbe. L'archidiacre avait entrepris Mr Dixon et ils discutaient au sujet des méfaits de l'un des pasteurs du doyenné.

« J'ai peine à le croire, disait Mr Dixon.

– Oh ! je vous assure qu'il n'y a aucun doute. Nous avons des témoins. Il n'est pas question de nier qu'il y a eu une procession à Llanfihangel le dimanche avant Pâques ; le pasteur et tout le chœur ont fait le tour de l'église en portant des palmes.

– Très choquant.

– L'évêque a été très troublé. Martin est un homme plutôt travailleur et tout, mais on ne peut tolérer ce genre de choses. L'évêque m'a dit qu'il est résolument contre les processions.

– Très bien : l'évêque a tout à fait raison. Les processions vont contre les Ecritures.

– Vous savez, Dixon, c'est un premier pas et après...

– Exactement. Je me suis toujours opposé à ce genre de choses ici.

– Juste. *Principiis obsta*, vous savez. Martin est tellement *imprudent**. Il y a une façon de faire les choses. »

La procession « selon les Ecritures », conduite par lord Beamys, se dispersa lorsqu'elle atteignit les comptoirs et se groupa autour du gentilhomme qui déclarait la kermesse ouverte.

Lucian était assis sur une chaise de jardin, un peu plus loin, regardant devant lui d'un air rêveur. Et tout ce qu'il voyait était une nuée de mouches bourdonnantes agglutinées autour d'un morceau de viande pourrie posé sur l'herbe. Le spectacle n'interrompait en aucune façon le cours harmonieux de ses pensées et, peu après l'ouverture de la kermesse, il s'en alla tranquillement, marchant à travers les champs, en direction des anciens tumulus qu'il souhaitait examiner.

Tous ces déplacements qu'il faisait à Caermaen et ses environs avaient une finalité particulière ; peu à peu, il rasait jusqu'à terre les kraals** pouilleux des temps modernes et rebâtissait l'éblouissante et merveilleuse cité de Silurie. La ville mystique tout entière serait destinée au bonheur de son aimée et au sien ; pour elle les somptueuses villas, les ruelles ombreuses, la magie des allées de mosaïques, les tentures de belles étoffes aux motifs enchevêtrés et aux couleurs chaudes. Lucian errait au long du jour par les rues lumineuses, cherchant parfois

* En français dans le texte.
** Enclos pour le bétail.

un abri dans des jardins, sous l'épaisse frondaison des yeuses, écoutant le clapotis des fontaines vives. Parfois il regardait par une fenêtre et observait la foule colorée sur la place du village, parfois un navire remontait la rivière apportant des soies exquises et des marchandises des terres inconnues de l'Extrême-Orient. Il avait dessiné une carte singulière et précise de la ville dans laquelle il se proposait de vivre, où chaque villa était mentionnée par son nom. Il tirait des traits à échelle exacte avec le sérieux d'un agent du cadastre et étudia son plan jusqu'à être en mesure de trouver son chemin de maison en maison par la plus noire des nuits d'été. Sur le versant sud de la ville, il y avait des vignes constamment exposées aux rayons du soleil, et il s'aventurait parfois jusqu'à la plus haute colline dans la forêt, là où les créatures sauvages rôdaient encore, pour essayer d'apercevoir dans les lointains la dorure étincelante de la ville, au moment où la lumière frémissait et scintillait sur les tuiles chatoyantes. De la même façon, hors des portes de la ville, se trouvaient des jardins dans lesquels poussaient d'étranges fleurs brillantes, envahissant l'air chaud de leur parfum, imprégnant la brise qui soufflait au long des rues. La triste vie moderne était loin et les gens qui le voyaient à cette époque se demandaient quelle mouche le piquait ; son regard vague était manifeste, même aux yeux les plus distraits. Mais les hommes et les femmes avaient désormais perdu le pouvoir de l'importuner et de l'humilier ; ils ne pouvaient même plus interrompre un instant le cours de ses pensées. Il pouvait écouter Mr Dixon avec l'apparence de l'intérêt, alors qu'en réalité il était sous l'emprise de la musique implorante que jouait sur une flûte à double bec une jeune fille dans le jardin d'Avallaunius, car tel était le nom qu'il avait choisi. Mr Dixon dissertait naïvement sur l'archéologie, lui donnant un bref résumé*

* En français dans le texte.

des théories exprimées par Mr Wyndham à la dernière réunion de la société d'archéologie.

« Il n'y a aucun doute que le temple de Diane se trouvait par ici au temps du paganisme », conclut-il et Lucian acquiesça, posant quelques questions qui paraissaient assez pertinentes. Mais pendant tout ce temps les notes de la flûte résonnaient à ses oreilles et l'yeuse jetait une ombre mauve sur le carrelage blanc de sa villa. Un jeune garçon, sortant du jardin, s'avança; il s'était promené dans les vignes en cueillant des raisins et le jus avait coulé jusque sur sa poitrine. Debout près de la fille, hardi dans l'éclat du soleil, il se mit à chanter l'un des chants d'amour de Sapho. Sa voix était aussi pleine, aussi riche que celle d'une femme, mais dénuée de toute émotion; il était lui-même un instrument de musique vivant. Lucian ne cessait de le regarder; le corps blanc, parfait, brillait devant les roses et le bleu du ciel, clair et lumineux, tel un marbre sous les feux du soleil. Les paroles qu'il chantait brûlaient de passion ardente, mais il n'avait pas plus conscience de leur signification que les tuyaux de la flûte. La fille souriait. Le vicaire lui serra la main et s'en alla, content de ses remarques au sujet de Diane et aussi de son intérêt poli. « Il n'est en aucune façon dépourvu d'intelligence, déclara-t-il à sa famille. Un peu bizarre dans ses manières peut-être, mais pas stupide.

– Mais Papa, dit Henrietta, vous ne trouvez pas qu'il est un peu niais ? Il ne parle de rien, enfin de rien d'intéressant. Et il prétend connaître un tas de livres, mais l'autre jour je l'ai entendu dire qu'il n'avait jamais lu *The Prince of the House of David* ou *Ben-Hur*, vous vous rendez compte ? »

Le vicaire n'avait pas interrompu Lucian. Le soleil continuait à échauffer les roses et un léger vent apportait leur odeur jusqu'à ses narines, avec celle des raisins et des feuilles de vigne. Il était devenu curieux de sensations et, tandis qu'il se rejetait sur les coussins couverts d'une soie jaune et brillante, il essayait d'analyser un élément inconnu qui flottait dans le parfum de l'air. Il était bien au-delà de l'absence de perception qui caractérisait l'époque actuelle, bien au-delà du simple : « On sent les roses », « Il doit y avoir des églantines quelque part ». Le sens olfactif moderne était, il le savait, bien inférieur en acuité à celui des sauvages. Le Noir d'Australie savait distinguer les odeurs d'une façon qui clouait de surprise le mangeur de « galette », mais les sensations de l'indigène n'étaient qu'utilitaires. Pour Lucian, assis sous le portail, les pieds sur le marbre, dans la tiédeur de l'air qui venait à lui, alourdi de senteurs aussi subtilement et magnifiquement mêlées et contrastées que les harmonies de couleurs d'un grand peintre. Le marbre jaspé des pavés évoquait les fraîches montagnes d'Italie, frémissantes sous l'éclat du soleil, les roses rouge sang dégageaient une senteur mystique comme la passion elle-même et il y avait quelque chose d'enivrant dans l'effluve des treilles chargées de vignes. Par ailleurs, le désir de la jeune fille et l'innocence immature du jeune garçon étaient aussi distincts que le benjoin et la myrrhe et tous deux, délicieux et exquis, s'exhalaient aussi ingénument que le parfum des roses. Mais quelque chose de plus l'intriguait, un arôme évoquant la forêt. Il comprit enfin ; c'était l'odeur des grands pins résineux qui poussaient au-delà du jardin ; leurs aiguilles à l'odeur poivrée cuisaient au soleil dans une fragrance d'encens qui serait venue de très loin. La tendre supplication de la flûte et la voix enivrée du garçon qui s'élevait frappaient l'air de concert et Lucian se demandait s'il existait dans l'ordre des choses quelque distinction possible entre les notions d'odeur, de son, de couleur. Le bleu violent du ciel, le chant, les parfums lui apparaissaient plus comme les symboles variés d'un seul mystère que comme des entités distinctes. Il pouvait presque imaginer que l'innocence du jeune garçon était en réalité un parfum et que les roses palpitantes étaient devenues des voix sonores.

Dans l'étrange silence qui suivit les dernières notes, quand le garçon et la fille eurent disparu dans l'ombre violette des yeuses, il se prit à rêver. L'idée que les sensations étaient des symboles et non des réalités planait dans son esprit et le conduisit à se demander si elles ne pourraient véritablement se changer l'une en l'autre ; il était probable, pensait-il, que tout un monde de connaissances était resté inexploré, l'énergie des hommes étant dépensée dans un but insensé et futile. L'habileté moderne avait été utilisée pour fabriquer des choses sans importance telles que les locomotives, les câbles électriques et les ponts suspendus, pour des procédés complexes destinés à rapprocher les uns des autres des gens sans intérêt ; les anciens avaient été presque aussi déraisonnables en confondant le symbole et le signifiant. Ce qui comptait n'était pas la matérialité du festin mais l'idée qu'il représentait ; il était presque aussi vain de manger puis de prendre des vomitifs pour manger encore que d'inventer des téléphones et des chaudières à vapeur. Quant aux autres vieilles méthodes pour profiter de l'existence, on pourrait tout aussi bien se mettre à améliorer au plus vite l'impression des indiennes.

« C'est seulement dans le jardin d'Avallaunius, se disait Lucian, que se trouve la science authentique et parfaite. »

Il réussissait à imaginer un homme qui serait capable de vivre le temps qu'il voudrait avec un seul sens ; un homme pour qui, par exemple, toute impression sur le toucher, le goût, l'ouïe, la vue serait traduite en odeur ; qui, à l'instant du baiser attendu, serait transporté par l'odeur des violettes et pour lequel la musique serait le parfum d'une roseraie au lever du soleil.

Lorsque, de temps à autre, il reprenait volontairement le cours de la vie quotidienne, c'était parce qu'il pouvait retrouver avec plus de bonheur encore l'asile du jardin de la ville. Dans le monde réel, on parlait des non-conformistes, du droit de vote pour les locataires, du cours de la Bourse ; les gens ne cessaient de lire les journaux, de boire du bourgogne australien et de faire beaucoup de choses tout aussi absurdes. Ils semblaient choqués si l'on considérait le plaisir comme un des beaux-arts, ou bien ils le confondaient avec le fait d'aller voir des comédies musicales, de boire du mauvais whisky ou de veiller tard en compagnie de gens vulgaires et de mauvaise réputation. Il s'aperçut, et s'en amusa, que les débauchés étaient bien plus sinistres que les vertueux, mais que les plus insupportables de tous étaient les personnes qui prônaient la promiscuité et appelaient « nouvelle moralité » l'habitude de fréquenter n'importe qui.

Il retournait vers la ville avec tendresse parce qu'elle était bâtie et décorée pour son amour. De même que les métaphysiciens prétendent que la base de toute pensée suppose la conscience de l'ego, de même il savait que c'était en elle qu'il s'était trouvé, à travers elle et pour elle que la véritable vie existait. Il sentait qu'Annie l'avait initié à l'étonnante magie qui avait fait naître le jardin d'Avallaunius. C'était pour elle qu'il cherchait d'étranges secrets et essayait de pénétrer le mystère des sensations, car il ne pouvait lui donner rien d'autre que des pensées et une vie admirables et un pauvre corps marqué des stigmates de son adoration.

C'est dans ce but – faire de l'offrande de lui-même une offrande estimable – qu'il allait continuellement à la recherche de nouvelles et exquises découvertes. Il fit venir des amants devant lui pour confesser leurs secrets ; il chercha au plus profond des mystères de l'innocence et de la honte, découvrant alors combien s'opposent la passion et la haine pour gagner la victoire. Dans l'amphithéâtre, il était parfois le témoin d'étranges divertissements où l'on jouait devant lui des contes comme *Daphnis et Chloé** ou *L'Ane d'or***. Ces spectacles étaient toujours donnés le soir, des porteurs de cierges en cercle entouraient le théâtre en son centre et au-dessus les rangées de sièges étaient toutes dans le noir. Il levait son regard vers l'azur moelleux du ciel d'été, vers la haute montagne sombre planant à l'ouest telle un nuage, puis vers la scène illuminée d'une lumière incandescente, contrastant avec des ombres violentes. Le bruit étouffé des conversations dans une langue inconnue s'élevant parmi les bancs, les murmures d'explications vives et chuchotées, de temps en temps un cri ou une acclamation quand l'intérêt grandissait, l'agitation inquiète des gens tandis qu'approchait la fin, un bras levé, un manteau rejeté en arrière, la soudaine flamme d'une torche colorée de rouge ou de blanc, ou l'éclat de l'or dans les rangs sombres et serrés ; telles étaient les impressions qui l'emerveillaient toujours. Et au-dessus, le clair-obscur des étoiles avec, tout autour, les prairies odorantes et le scintillement des lampes dans la ville tranquille, l'appel des sentinelles près des murailles, le mouvement de la marée montant vers la rivière et le goût salé de la mer. Entouré de tous ces ornements scéniques, il vit représenter le conte d'Apulée, entendit proclamer les noms de Fotis, Byrrhaena et Lucius, et la profonde résonance de phrases telles que *Ecce Veneris hortator* et *armiger Liber advenit ultro.* Toutes ses merveilleuses aventures furent contées et Lucian quitta l'amphithéâtre et marcha le long de la rivière d'où il pouvait entendre le bruit indistinct des voix et les modulations de la langue latine, tout en constatant combien la rumeur du théâtre se mêlait au murmure des roseaux frissonnant et au frais clapotis de la marée. Puis vinrent les adieux du chanteur, le tonnerre des applaudissements, le fracas des cymbales, la plainte des flûtes et la houle du

* De Longus.
** D'Apulée.

vent dans les grands bois noirs. A d'autres moments, son plus grand plaisir était de demeurer un jour entier dans le vignoble planté sur le coteau abrupt au-delà du pont. Une pierre grise formant siège avait été placée à l'ombre d'un laurier et il s'asseyait là parfois, pendant des heures, immobile, sans tenter le moindre geste. Au-dessous de lui, la rivière fauve contournait la ville en demi-cercle ; il voyait les remous de l'eau jaunie, ses retours de courant, ses tourbillons en miniature, tandis que, venant du sud, montait la marée. Et plus loin, le cheminement des fortes murailles et à l'intérieur la ville qui brillait comme un tesson de mosaïque. Il rejetait l'idée obtuse de l'époque selon laquelle les villes sont des endroits où les êtres humains vivent, gagnent de l'argent, se divertissent et souffrent, car, selon son point de vue du moment, de telles considérations étaient dépourvues de pertinence. Il savait très bien que pour ce qui concernait son projet actuel, le lustre roux et changeant de la marée était le seul élément important de la rivière et de même considérait-il la cité comme un étrange ouvrage de joaillerie. Les portiques de marbre scintillant, les murs blancs des villas, un dôme de cuivre flamboyant, l'éclat lumineux des tuiles vernissées, le rouge discret des murs de brique, les bosquets sombres de chênes verts, de cyprès, de lauriers, la couleur vermeille des roseraies, puis, çà et là, l'éclat argenté d'une fontaine, semblaient disposés avec un art accompli du relief, et la ville apparaissait comme un délicieux ornement, chaque touche de couleur devait sa place au talent et à l'inspiration du maître-artisan. Tandis que de son berceau de verdure au milieu des treilles de vigne, Lucian, en contemplation, ne perdait rien des joies subtiles qu'offrait le paysage, notait chaque nuance* de couleur, et laissait ses yeux s'attarder un instant sur la flamme écarlate des coquelicots, puis sur un toit verni qui sous l'éclat du soleil

* En français dans le texte.

semblait lancer un feu blanc ; un carré de vigne ressemblait à quelque rare pierre verte ; les grappes de raisin étaient si opulentes parmi les feuilles aux couleurs vives que de loin elles donnaient l'impression de mouchetures et de taches pourpres au milieu du vert. L'enclos où poussaient les lauriers avait la douceur d'un jade ; les vergers où le rouge, le jaune, le bleu et le blanc se mêlaient en miroitant dans une brume de chaleur irradiaient ainsi qu'une opale ; la rivière était un ruban d'or mat. De chaque côté, comme pour rehausser la préciosité de la cité, les bois sombres s'accrochaient aux collines ; au-dessus, le ciel était violet, parsemé de petits nuages semblables à des plumes, blancs comme des flocons de neige. Cela lui rappela une belle coupe dans sa villa ; sa couleur était du même bleu étincelant et l'artiste avait mêlé à la pâte encore chaude des particules de verre d'un blanc pur.

Pour Lucian, c'était un enchantement de tous les instants ; appuyé sur une main, il contemplait la cité embrasée par le couchant jusqu'à ce que les ombres mauves descendent des coteaux et que la longue trompe résonne mélodieusement pour la garde du soir. Alors, tandis qu'il flânait sous les treilles, il voyait toutes les facettes brillantes se ternir en même temps que la ville pâlissait sous la brume, une muraille blanche brillant çà et là, et que les jardins se drapaient d'un reflet de couleur indécise. Par de tels soirs, il rentrait à la maison avec le sentiment d'avoir véritablement vécu ce jour, d'avoir recueilli durant des heures les sensations les plus vives, les plus colorées d'intense beauté.

Souvent, il passait la nuit dans la cour fraîche de sa villa, allongé sur des coussins moelleux entassés sur le banc de marbre. Une lampe se tenait sur la table à son chevet et sa lumière faisait scintiller l'eau de la citerne. Il n'y avait pas un bruit dans la cour, excepté l'incessant et doux clapotis de la fontaine. Tout au long de ces heures tranquilles, il méditait et devenait plus que jamais convaincu que l'homme pouvait, s'il voulait, devenir le maître de ses propres sensations. Cela, assurément, était la vraie signification cachée sous le merveilleux symbolisme de l'alchimie. Quelques années auparavant, il avait lu bien des livres magnifiques sur l'alchimie écrits pendant le bas moyen-âge et avait senti que quelque chose d'autre que la transformation du plomb en or était l'objet de l'entreprise. Cette impression s'était renforcée quand il s'était plongé dans *Lumen de Lumine* de Vaughan, le frère du Siluriste, et il s'était longuement interrogé pour trouver une interprétation du mystère hermétique et de la poudre rouge « glorieuse et étincelante ainsi que le soleil ». Et la solution lui apparaissait, enfin, lumineuse et surprenante, tandis qu'il était allongé tranquillement dans le jardin d'Avallaunius.

Il savait qu'il avait résolu l'énigme, qu'il tenait dans sa main la poudre de projection, la pierre philosophale transmuant tout ce qu'elle touchait en or pur ; l'or des sensations raffinées. Il comprenait enfin des éléments du symbolisme de l'alchimie ; il percevait le sens particulier du creuset et de la fournaise, le *Dragon vert* et le *Fils béni du feu*. Il comprenait aussi pourquoi les non-initiés étaient prévenus des terreurs et des dangers qu'ils devaient affronter, et la vigueur avec laquelle les adeptes rejetaient tout désir de biens matériels. Le sage n'endure pas la torture du feu pour pouvoir se mesurer à ceux qui jouent la viande de porc en bourse, ou aux promoteurs ; ni un yacht à vapeur, ni une réserve de chasse à la grouse, ni trois domestiques en livrée n'ajouteraient à son bonheur.

De nouveau Lucian se disait : « C'est seulement dans le jardin d'Avallaunius que se trouve l'authentique science de la perfection. »

Il voyait comment transmuer par l'alchimie le misérable matériau de l'existence en or véritable ; une succession de moments délicieux, tous les parfums rares de la vie réunis, purgés de leur lie et conservés dans un beau vase. Le clair de lune éclairait de vert la fontaine et les dallages compliqués et dans le long silence plein de douceur de la nuit, étendu, immobile, il sentait que penser même était une jouissance aiguë que le pur artiste pouvait peut-être énoncer en termes d'odeur ou de couleur. Et il s'offrait des plaisirs différents et plus étranges encore. Derrière les murailles de la ville, entre les bains et l'amphithéâtre, il y avait une taverne, un endroit où des gens extraordinaires se retrouvaient pour boire du vin extraordinaire. Là, il voyait les prêtres de Mithra et d'Isis et d'autres rites plus mystérieux venus de l'Orient, des hommes qui portaient des robes de couleurs vives, des ornements extravagants, symboles de manifestations secrètes. Entre eux, ils parlaient un langage coloré et abondant, rempli d'allusions dont le sens était inintelligible aux non-initiés ; parlant de choses gardées secrètes et s'appelant les uns les autres de noms bizarres. Il y avait aussi les acteurs des spectacles de l'amphithéâtre, les officiers de la légion qui avaient servi en pays lointain, des chanteurs, des danseuses et des héros de toutes sortes d'aventures. Les murs de la taverne avaient des peintures aux couleurs violentes : des bleus, des rouges et des verts – détonnant les unes avec les autres et éclairant l'obscurité du lieu. Les bancs de bois étaient surchargés, le soleil entrait par la porte en un long rayonnement joyeux, projetant l'ombre dansante des feuilles de vigne sur le mur opposé. Là, un peintre avait représenté la forme joviale du jeune Bacchus faisant avancer devant lui des léopards avec son thyrse, et l'ombre frémissante semblait une partie du tableau. La pièce était fraîche et sombre comme une caverne, mais l'air parfumé de l'été s'engouffrait par la porte ouverte. Un brouhaha où se mêlaient les cris et la tonalité musicale du latin y régnait sans discontinuer.

« C'est le vin du siège, le vin que nous avons sauvé, criait quelqu'un.

– Va chercher l'amphore marquée Faunus, cela te plaira.

– Apporte-moi le vin de la Owl's Face.

– Prenons le vin de Saturn's Bridge. »

Les jeunes serveurs apportaient le vin dans des amphores rouge sombre qui faisaient un joli effet contre leurs robes blanches. Ils versaient le vin mauve, pourpre ou doré avec un visage empreint de sérénité, comme s'ils prenaient part à quelque mystère, sans montrer s'ils comprenaient les mots bizarres qui résonnaient de tout côté. Les coupes étaient toutes de verre. Certaines, vert foncé, de la couleur de la mer près du bord, étaient gâtées et tachées par les bulles du four. D'autres étaient d'un rouge brillant, rayées irrégulièrement de lignes blanches, et montraient dans leur bord façonné comme des gouttelettes laiteuses. Il y avait aussi des coupes d'un bleu foncé étincelant, plus profond et plus lumineux que le bleu du ciel, et l'on voyait dans la substance du verre courir des veinures d'un beau jaune résineux, entrelacées de la bordure jusqu'au pied. Certaines étaient d'un rouge grumeleux et trouble avec des taches sombres et claires alternées, certaines diaprées de blanc et de jaune, certaines recouvertes d'une pellicule aux couleurs de l'arc-en-ciel, d'autres étincelaient, leur clair cristal parcouru de fils d'or, d'autres encore évoquaient des saphirs suspendus dans une eau courante ou bien scintillaient avec des lueurs d'étoiles et d'autres étaient noir et or comme la carapace des tortues.

La singularité de l'endroit était le mouvement constant des mains et des bras. Le geste ne cessait d'accompagner la parole ; des doigts blancs, des bras plus blancs encore et des manches de toutes couleurs planaient sans fin, apparaissaient et disparaissaient dans un effet de fils se croisant et se recroisant sur le métier. De même, l'odeur de l'endroit était à la fois étrange et inoubliable ; quelque chose de l'haleine froide et humide d'une grotte croisant le souffle incandescent de l'été ; arômes étrangement mêlés des vins rares qui emplissaient les coupes avec bruit. Vapeurs opiacées puissantes et corsées de l'Orient que les prêtres de Mithra et Isis apportaient de leurs temples.

De même, les femmes étaient imprégnées parfois de lourds parfums entêtants et transformés par l'artise en de subtiles et délicates nuances* d'odeur. Dans la taverne, on buvait du vin et on se caressait tout le jour. Les femmes entouraient de leurs bras ronds et blancs le cou de leurs amants, elles les grisaient du parfum de leur chevelure, les prêtres marmonnaient leur fantastique langage théurgique. Et à travers l'écho sonore des voix, toujours, on croyait entendre résonner l'appel :

« Va chercher l'amphore marquée Faunus, elle te plaira. »

Au-dehors, les vrilles de la vigne s'agitaient contre les murs blancs aveuglés de soleil ; le vent chargé de l'odeur de la mer montait de la rivière couleur de safran.

Ces scènes de taverne étaient souvent l'objet des méditations de Lucian assis parmi les coussins sur le siège de marbre. La riche sonorité des voix le frappait au plus haut point et il s'apercevait que les mots ont une plus haute fonction que celle de véhiculer la pensée de l'homme de façon utilitaire. L'opinion qui consistait à ne voir dans le langage ou dans les mots qu'un simple moyen d'expression lui semblait absurde ; c'était comme si l'on considérait que l'électricité avait seulement été produite pour envoyer des messages télégraphiques et laissait ainsi de côté ses autres propriétés négligées et inexplorées. Il pensait que le langage est surtout important par la beauté de ses sons, par ses résonnances sublimes à l'oreille, par sa capacité, quand il est parlé avec subtilité, de faire naître de merveilleuses et indicibles sensations plus grisantes peut-être et plus éloignées du domaine de la pensée brute que celles provoquées par la musique elle-même. Là était le

* En français dans le texte.

secret de la littérature, art de tous les sens. Là était le secret de la fascination, l'art d'apporter, par le choix des mots, une sensation voluptueuse. Par conséquent et d'une certaine façon, la littérature était indépendante de la pensée ; l'Anglais qui ne fait qu'écouter une belle sentence en latin peut, s'il a l'oreille exercée, en deviner la beauté.

C'était là l'explication de la magie de *Lycidas*. Du point de vue de la compréhension formelle, ce n'était qu'une lamentation maniérée au sujet d'un certain Mr King sans intérêt et sans importance ; une suite de sottises sur des « bergers », des « troupeaux », des « muses », tout un fonds de poésie rance ; l'introduction de saint Pierre sur une scène, entouré de nymphes, de divinités du fleuve, était blasphématoire, absurde ; et dans le pire mauvais goût, des touches d'un puritanisme répugnant et des relents de dissidence n'étaient que trop apparents. Et cependant, *Lycidas* était le monument de littérature le plus parfait qui existât ; parce que chaque mot, chaque phrase, chaque ligne résonnait comme un écho, sonnait comme une musique.

« La littérature, se répétait-il en esprit, est l'art, sensuel entre tous, de créer des impressions exquises au moyen de mots. »

Et pourtant, il y avait plus encore ; au-delà de la pensée logique qui était souvent une entrave, une fatalité dérangeante mais inévitable, au-delà de la sensation, toujours un plaisir et une joie, il y avait les indéfinissables, indicibles images que toute grande littérature apporte à l'esprit. De même que le chimiste au cours de ses expériences est parfois surpris de trouver des éléments inconnus dans le creuset ou la cornue, de même pour celui qui lit une prose ou une poésie merveilleuses, le monde tangible n'est que le voile diaphane de l'univers spirituel et il est conscient que certaines évocations ne peuvent pas s'exprimer par des mots qui procèdent d'une certaine logique mais au contraire témoignent du bonheur des sens.

Le monde ainsi révélé est plutôt le monde des rêves, le monde dans lequel les enfants vivent parfois, apparaissant soudain, disparaissant aussitôt, un monde au-delà de toute expression, de toute analyse, ne découlant ni de l'intellect ni de l'émotion. Il nommait ses rêveries favorites *Méditations dans une taverne* et s'amusait à penser qu'une théorie littéraire était née de l'éloquence bruyante qui s'exprimait toute la journée autour de vins aux couleurs violettes ou dorées.

« Allons vers de plus exquises choses », disait Lucian en lui-même. Il voyait presque la magique transmutation des sens s'accomplir et l'intense lumière du soleil devenir une odeur à ses narines ; elle ruisselait jusqu'au marbre blanc et jusqu'aux roses frémissantes, comme de l'eau. Le ciel était d'un bleu triomphant qui échauffait le cœur et les yeux se délassaient devant les feuilles vert foncé et l'ombre mauve des yeuses. La terre semblait brûler et tressaillir sous le soleil, il s'imaginait voir les vrilles de la vigne palpiter dans la chaleur, et la légère exhalaison des aiguilles de pin desséchées arrivait jusqu'à son siège sous le porche, par le jardin baigné de soleil. Du vin était devant lui, dans une coupe d'ambre travaillé, du vin couleur de rose foncée avec caché sous le rebord un scintillement d'étoile ou un dard de flamme ; et autour de la coupe était enroulée une délicate branche de lierre. Il se détournait souvent à regret de la sereine contemplation de telles choses, de la joie pure du soleil intense et de la terre complice. Il aimait son jardin par-dessus tout, le spectacle des mosaïques de la ville aperçue du vignoble sur la colline, l'étrange clameur de la taverne et le blanc Fotis* sur la scène illuminée de torches. Il y avait aussi les boutiques de la ville qui l'enchantaient, les boutiques des fabricants de parfums, des joailliers et des négociants en articles bizarres. Il aimait regarder ce qu'on fabriquait à l'usage des

* Fotis : faune.

dames, tâter les soies arachnéennes faites pour toucher leurs corps, manier les perles d'ambre et les chaînes en or qui frémiraient sur leurs cœurs, se saisir d'épingles à cheveux et de broches ciselées, sentir des odeurs consacrées déjà à l'amour. Mais bien que toutes ces choses fussent de douces et délicieuses visions, il savait qu'il en était de plus exquises encore dont il pourrait être le spectateur. Il avait vu l'extravagance qu'il y avait à considérer la grande littérature du point de vue de la logique intellectuelle et il commençait à contester la sagesse qu'il y avait à regarder la vie comme perception morale. La littérature, il le savait, ne pouvait exister si elle était dépourvue de signification, et juger de ce qui est exact et de ce qui est faux était jusqu'à un certain point inséparable de l'idée que l'on se fait de la vie, mais supposer que l'éthique est l'intérêt premier dans ce que regardent les hommes était sûrement absurde. On pourrait aussi bien lire *Lycidas* pour l'intérêt de sa dénonciation de « notre clergé corrompu », ou Homère pour ses « us et coutumes ». L'artiste saisi par la beauté d'un paysage ne s'interrogeait pas sur la formation géologique des collines, ni l'amoureux d'une mer déchaînée sur la formule chimique de l'eau. Lucian voyait devant lui une vie colorée et complexe et, alors qu'il était assis grisé devant le spectacle, il ne cherchait pas à savoir si les agissements étaient bons ou mauvais, satisfait seulement qu'il fussent singuliers.

Dans cette perspective, il fit une curieuse étude de la corruption. Sous ses pieds, tandis qu'il était assis sous le porche du jardin, se trouvait un bloc de marbre veiné de rouge. Cela commençait par une ligne légère, fine comme un cheveu, qui avançait en grandissant et en se ramifiant à gauche et à droite, jusqu'à s'élargir en une flaque d'un rouge brillant. Les destinées étranges qu'il contemplait étaient semblables au bloc de marbre ; des femmes aux visages doux et graves lui contaient l'étrange histoire de leurs aventures et comment, disaient-elles, elles avaient rencontré le faune lorsqu'elles étaient petites filles. Elles racontaient comment elles avaient joué, et veillé dans les vignes et auprès des fontaines, folâtré avec les nymphes et contemplé les images reflétées dans les mares, jusqu'à ce que l'authentique visage surgisse des bois. Il en entendit d'autres dire qu'elles avaient aimé les satyres pendant des années avant de connaître leur espèce ; et couraient d'étranges histoires sur ceux qui auraient voulu parler mais ne connaissaient par le secret de l'énigme et qui cherchèrent dans toutes les directions et les voies inconnues avant de le trouver. Il écouta l'histoire de la femme qui devint amoureuse de son jeune esclave et le tenta en vain durant trois années. Il en entendit le récit de la bouche rouge et charnue de la femme, contemplant son visage marqué de l'indicible tristesse de la luxure tandis qu'elle décrivait ses curieux stratagèmes en phrases voluptueuses. Tout en parlant, elle buvait un vin blanc sucré dans une coupe d'or, et l'odeur de sa chevelure, l'arôme du vin précieux semblaient se mêler à l'étrange douceur des mots qui coulaient comme un onguent d'une jarre sculptée. Elle lui dit comment elle avait acheté le jeune garçon sur le marché d'une ville d'Asie et l'avait fait transporter jusque dans sa demeure dans le verger des figuiers. « Ensuite, continua-t-elle, il fut mis en ma présence tandis que j'étais assise entre les colonnades de ma cour. Un voile bleu était étendu au-dessus de nous pour nous protéger de la chaleur du soleil et un demi-jour brillait sur les murs peints, sur les superbes couleurs du dallage et sur les images de l'Amour et de la Mère de l'Amour. Les hommes qui amenèrent le jeune garçon le mirent entre les mains de mes servantes qui le déshabillèrent devant moi, l'une lui ôtant doucement sa tunique, une autre caressant ses longs cheveux bruns, une autre encore célébrant la blancheur de son corps, une autre le frôlant et lui parlant d'amour à l'oreille. Mais le garçon les regardait d'un air maussade, écartant leurs mains avec une moue de ses lèvres

sublimes et charmantes, et je vis une rougeur s'étendre sur son corps et ses joues, tel le voile rose de l'aurore. Puis je les fis le baigner et l'oindre d'huiles parfumées des pieds à la tête jusqu'à voir étinceler ses membres de la lumière douce et voluptueuse d'une statue d'ivoire. Je lui dis ensuite : "Tu es intimidé parce que tu resplendis seul au milieu de nous ; regarde, nous allons être tes semblables." Les servantes commencèrent les premières, câlines, se lutinant les unes les autres et faisant chacune à son tour office de camériste. Elles ôtèrent leurs épingles à cheveux, détachèrent les bandeaux de leurs chevelures et je ne les avais pas encore vues si charmantes. Les tresses souples et lustrées tombèrent, ondulant comme des vagues ; certaines avaient les cheveux lumineux et dorés comme le vin de ma coupe, le visage des autres surgissait d'un noir d'ébène ; certaines boucles ressemblaient à du cuivre scintillant et poli, d'autres étaient d'une splendeur fauve. Sur d'autres encore, on voyait, telle une couronne, l'éclat de la sardoine. Alors, rieuses et sans apparence de honte, elles détachèrent les broches et les ceintures qui soutenaient leurs tuniques et laissèrent les soies et les linges glisser vivement sur le sol jaspé, de sorte que l'on aurait dit la soudaine apparition des nymphes les plus resplendissantes. Avec des paroles badines et joyeuses, elles s'incitaient les unes les autres à la fête, vantant les beautés qui les entouraient et, appelant le garçon d'un nom de fille, elles l'invitaient à se joindre à leurs jeux. Mais il refusait, secouant la tête, toujours debout, interdit et muet, comme s'il voyait un spectacle formidable et proscrit. Ensuite, je donnai aux servantes l'ordre de défaire mes cheveux et mes vêtements, leur demandant de me caresser avec la tendresse du plus épris des amants, mais sans aucun succès, car le jeune sot boudait toujours en faisant la moue de ses lèvres d'un rouge éclatant et impérial. »
Elle versa encore du vin dans sa coupe, et Lucian vit la couleur de topaze scintiller tandis que le liquide montait

jusqu'au bord et reflétait la lumière des lampes. L'histoire se déroulait, relatant cent stratagèmes étranges. La femme lui raconta comment elle avait tenté le jeune homme par l'oisiveté et la facilité, lui offrant de longues heures de sommeil et l'autorisant à se reposer tout le jour sur de moelleux coussins rebondis où s'enfonçait son corps. Elle essaya sur lui l'épreuve des parfums raffinés ; l'incitant à toujours sentir autour de lui des essences de rose, faisant brûler en sa présence des résines rares venues d'Orient. On le séduisait avec des robes légères, on le vêtait de soieries qui caressaient la peau comme une main qui lutine. Trois fois par jour, on présentait devant lui un repas délicieux riche en saveurs, en odeurs et en couleurs ; trois fois par jour on essayait de l'enivrer avec des vins délicats.

« Ainsi, continua cette dame, je n'ai rien négligé pour le prendre dans les rets scintillants de l'amour ; ne recevant en retour que des regards amers et méprisants. Enfin, sous une forme inattendue, j'obtins la victoire et ayant gagné alors une couronne de verdure au prix d'un dur combat contre sa jeune et fruste immaturité, je le consacrai au théâtre où il divertit fort le peuple par la splendeur de sa mort. »

Un autre soir, il entendit l'histoire d'un homme qui vivait seul, refusant toutes les séductions et dont on découvrit à la fin qu'il était l'amant d'une statue noire. Et couraient des histoires d'étranges sévices, d'hommes enlevés par des brigands de la montagne et si étrangement estropiés et défigurés que lorsqu'ils s'échappaient et revenaient dans la ville, on les prenait pour des monstres et on les tuait à leurs portes mêmes. Lucian ne laissa ignoré de lui aucun repli caché ou secret ; de la ville, il était assis, disait-il, à un banquet, résolu à goûter toutes les saveurs, à ne laisser aucun flacon intact.

A cette époque, sa famille s'alarma véritablement à son sujet. Tandis qu'il entendait au fond de lui des phrases suaves et exaltantes et observait la lumière de la lampe dans un vin d'ambre et de pourpre, son père voyait un jeune homme pâle et voûté, aux yeux noirs brûlant au fond des orbites, aux joues creuses et pitoyables.

« Tu devrais essayer de manger plus, Lucian, disait le pasteur ; pourquoi ne prends-tu pas de la bière ? »

Il picorait faiblement le mouton rôti et buvait un peu d'eau ; mais il n'aurait pas mangé ni bu avec plus d'appétit si des viandes et des boissons plus recherchées avaient été en face de lui.

Comme le disait Miss Deacon, ses os semblaient grandir sous sa peau ; il avait toute l'apparence d'un ascète dont le corps avait été torturé par une douloureuse pénitence. Ceux qui le rencontraient par hasard ne pouvaient s'empêcher de se dire entre eux : « Comme Lucian Taylor a l'air malade et malheureux ! » Naturellement, ils ne savaient pas le bonheur et le luxe qui habitaient sa vraie vie et certains se mirent à le plaindre et à lui parler avec gentillesse.

Il était trop tard pour cela. Les termes d'amitié avaient perdu leur sens, tout autant que les termes de mépris. Un jour, Edward le héla gaiement dans la rue :

« Eh, mon vieux, viens jusque dans ma tanière, tu veux ? dit-il. Tu ne verras pas le pater. J'ai réussi à faucher une bouteille de son vieux cognac. Je sais que tu fumes comme une cheminée. J'ai des cigares épatants. Tu viendras, n'est-ce pas ? Je peux dire que les boissons chez le pater sont de première qualité. »

Il déclina gentiment l'invitation et continua son chemin. Bienveillance et malveillance, pitié et mépris n'étaient plus que des mots pour lui. Il ne pouvait plus distinguer les uns des autres. L'hébreu, le chinois, le hongrois et le pachto seraient pour un travailleur agricole tout à fait semblables. S'il se donnait la peine d'écouter, il pourrait remarquer dans la sonorité quelques différences, mais les quatre langues seraient toutes également dénuées de sens.

Pour Lucian, plongé dans l'extase au jardin d'Avallaunius, il semblait tout à fait étrange qu'il ait été autrefois si ignorant de la signification sublime de l'existence. Désormais, sous le ciel violet, regardant à travers la brillante treille de la vigne, il contemplait le tableau ; avant, saisi d'un étonnement affligé, il n'avait vu que la loque sordide qui l'enveloppait.

5

Et voilà qu'il se trouvait enfin dans la ville aux rues sans cesse murmurantes, atome dans la pénombre turbulente, dans l'obscurité colorée d'ambre. Il semblait qu'une longue période s'était écoulée depuis qu'il s'était agenouillé devant sa bien-aimée dans le sentier, sous les feux de la lune descendant vers eux par-dessus le cercle noir du fort; l'atmosphère, la lumière et son âme tout entière étaient hantés, et le frisson de l'inconcevable l'avait bouleversé; et il se tenait désormais dans un affreux « salon-chambre à coucher » de la banlieue ouest, devant une montagne de papiers en désordre répandus sur un vieux bureau délabré.

Il avait posé le plateau de son petit déjeuner sur le palier et pensait au travail de la matinée et aux piètres feuillets noircis la nuit précédente. Mais lorsqu'il eut allumé sa pipe de bruyère bien culottée, il se souvint qu'une lettre non ouverte l'attendait sur la tablee; il avait reconnu l'écriture vague et tremblante de Miss Deacon, sa cousine. Il n'y avait pas grand-chose de nouveau; son père était « le même que d'habitude », il n'y avait pas eu de pluies, les fermiers espéraient faire beaucoup de cidre et ainsi de suite. Mais à la fin de la lettre, Miss Deacon ne manquait pas de lui faire des reproches et de l'admonester.

« Mardi, j'étais à Caermaen, écrivait-elle, et je suis allée voir les Gervais et les Dixon. Mr Gervais a souri quand je lui ai dit que tu étais écrivain et que tu habitais Londres, et il a dit qu'il avait peur que tu ne t'aperçoives que ce n'est pas une situation très enviable. Mrs Gervais était très fière de la réussite de Henry. Il a été reçu cinquième à un examen et commencera à gagner près de quatre cents livres par an. Je ne m'étonne pas que les Gervais soient ravis. Ensuite, je suis allée chez les Dixon où j'ai pris de thé. Mrs Dixon voulait savoir si tu avais déjà publié quelque chose et j'ai dit que je ne croyais pas. Elle m'a montré un livre dont tout le monde parle et qui s'appelle *Le Chien et le docteur*. Elle dit qu'on en vend des milliers et qu'on ne peut prendre un journal sans y voir le nom de l'auteur. Elle m'a dit de te dire que tu devrais essayer d'écrire quelque chose comme cela. Ensuite, Mr Dixon est sorti de son bureau et nous avons encore parlé de toi. Il a dit qu'il craignait que tu aies fait une erreur en essayant de choisir la littérature pour profession et il semblait penser qu'un emploi dans une maison de commerce serait plus convenable et plus valable. Il a fait remarquer que tu n'avais pas eu le bénéfice d'une formation supérieure et a dit que tu t'apercevrais que ceux qui ont cultivé des relations et qui ont gardé l'accent d'Oxford passeront toujours avant toi. Il a dit qu'Edward réussissait très bien là-bas. Il leur a écrit qu'il connaît plusieurs garçons de l'aristocratie et que le jeune Philip Bullingham (le fils de Sir John Bullingham) est son ami le plus intime ; naturellement, tout ceci est très satisfaisant pour les Dixon. Mon pauvre Lucian, j'ai bien peur que tu n'aies surestimé tes capacités. Ne vaudrait-il pas mieux, même maintenant, que tu te mettes en quête d'un vrai travail, au lieu de perdre ton temps avec ces livres ridicules ? Je sais très bien ce que pensent les Gervais et les Dixon ; ils trouvent l'oisiveté tellement pernicieuse pour un jeune homme et susceptible de le conduire à de mauvaises habitudes. Crois bien, mon cher Lucian, que je t'écris tout cela par affection pour toi, aussi, je suis certaine, mon cher petit, que tu ne t'offenseras pas. »

Avec solennité, Lucian rangea la lettre dans le casier intitulé « Barbares ». Il sentait qu'il devrait se poser quelques graves questions : « Pourquoi n'ai-je pas été cinquième ? Pourquoi Philip (fils de Sir John) n'est-il pas mon ami le plus intime ? Pourquoi suis-je un oisif qui risque de prendre de mauvaises habitudes ? » Mais il était impatient de se mettre au travail, de faire l'analyse littéraire d'un passage compliqué et curieux. Aussi le bureau délabré, le monceau de papiers et l'épaisse fumée de sa pipe l'engloutirent-ils pour le reste de la matinée. Dehors, flottaient les brouillards ternes d'octobre, la vie morose et alanguie d'une rue écartée, et au-delà, dans la rue principale, le roulement sonore des trams qui passaient. Mais il n'entendait rien des voix inquiètes du quartier, pas même le grincement des portes du jardin ni l'appel du boucher faisant sa tournée, car le bonheur qu'il trouvait dans son grand projet le rendait inconscient du monde qui l'environnait.

Il était arrivé par des chemins divers jusqu'à ce tranquille ermitage entre Shepherds Bush et Acton Vale. Les semaines lumineuses de l'été avaient passé en procession magique et Annie n'était pas revenue et n'avait pas écrit. Lucian, de son côté, était resté éloigné, se demandant pourquoi son désir pour elle n'était pas plus vif. Tandis qu'il évoquait ses extases, il souriait doucement en lui-même et se demandait s'il n'avait pas quitté le monde et Annie avec lui. Dans le jardin d'Avallaunius, son sens des choses extérieures s'était assombri et effacé ; la vie réelle, la vraie vie, semblait chaque jour comme un théâtre d'ombres mouvantes au-delà d'une grande lueur blanche.

Enfin la nouvelle qu'Annie Morgan s'était mariée à un jeune fermier arriva du domicile de sa sœur. Elle était, semble-t-il, fiancée depuis longtemps et Lucian fut honteux de n'en concevoir que de l'amusement mêlé à de la gratitude. Elle avait été la clé qui ouvre le palais condamné et il était désormais à l'abri sur le trône d'or et d'ivoire. Quelques jours après qu'il eut appris la nouvelle, il renouvela l'aventure de son adolescence ; pour la seconde fois, il escalada la colline abrupte et pénétra dans les taillis enchevêtrés. Il escomptait une violente désillusion, mais son sentiment fut plutôt de l'étonnement devant les mouvements d'une imagination enfantine. Il n'éprouvait plus auprès des sombres remparts ni saisissement ni terreur, et les sous-bois rabougris ne paraissaient en aucune façon extraordinaires. Pourtant, il ne raillait pas le souvenir de ses impressions, il n'était pas fâché de la duperie. Certainement, tout cela avait été pure illusion, émois et frissons de l'adolescence, et ses visions terrifiantes étaient sans signification. Mais il comprenait que les illusions de l'enfant diffèrent seulement de celles de l'homme en ce qu'elles sont plus colorées ; croire aux fées ou croire aux valeurs boursières comme pourvoyeuses de bonheur était également vain, mais la croyance en ces dernières était basse autant qu'absurde. Il pensait qu'il est préférable et plus sage de souhaiter un carrosse magique plutôt que de nourrir l'espoir d'un coupé bien équipé et de serviteurs en livrée.

Il tourna le dos aux murailles de verdure et aux chênes noirs sans regrets ni colère. Et même au bout de quelque temps, il se mit à évoquer ses aventures avec plaisir ; l'échelle grâce à laquelle il s'était élevé avait disparu, mais au sommet il se sentait désormais protégé. Par l'inclination opportune d'une belle jeune fille, il avait été sauvé d'un monde de misère et de torture, le monde extérieur dans lequel il était un étranger, par lequel il était tourmenté. Il se retourna vers la vision d'un autre lui-même tel qu'il était un an auparavant, une créature pitoyable se tordant au feu d'une fosse ardente, implorant des passants moqueurs seulement une goutte d'eau fraîche pour rafraîchir sa bouche. Il s'avouait à lui-même, avec quelque mépris, qu'il avait été un être social, dépendant pour son bonheur du bon vouloir des autres ; il avait tenté d'écrire de tout cœur, principalement il est vrai pour l'amour de l'art, mais aussi pour des motifs sociaux. Il s'était imaginé qu'un livre publié et les louanges de journaux sérieux lui assureraient le respect des gens du comté. C'était une idée saugrenue et il en découvrit tout l'aspect fallacieux et sordide ; premièrement, l'artiste qui se donnait de la peine pour écrire n'était pas respecté par les gens respectables ; deuxièmement, on ne devrait pas écrire des livres dans le but de servir de fonds de commerce aux intérêts fonciers et marchands ; troisièmement et c'est là l'essentiel aucun homme ne devrait dépendre d'un autre.

De cet abîme de ténèbres, de la folie qui guettait, la douce Annie, chérie à jamais, l'avait sauvé. Admirablement, comme il le fallait, pensait Lucian, elle avait accompli son œuvre sans nul désir de faire quelque chose pour lui ; elle avait seulement voulu satisfaire sa propre passion et ce faisant lui avait apporté l'inestimable secret. Et lui, de son côté, avait fait l'inverse ; pour devenir lui-même une offrande digne de sa bien-aimée, il avait rejeté le monde des vanités et avait trouvé le vrai, qui vivait en lui désormais, précieux et à jamais.

Et depuis l'annonce du mariage, il s'apercevait que son adoration pour elle n'avait nullement disparu ; il y avait plutôt, au fond de son cœur, comme un éternel trésor d'amour comblé, intact et sans souillure. Ce serait, pour toujours, comme un miroir d'or sans alliage, brillant et satiné. Pour Lucian, ce n'était pas un défaut chez la femme que d'être ardente et infidèle ; ce n'était pas les contingences morales ou intellectuelles qui motivaient les sentiments mais la femme elle-même. Guidé par l'évidence qu'on doit juger de l'humanité par la littérature et pas de la littérature par l'humanité, il devinait entre *Lycidas* et Annie une analogie. Seuls les crétins trouveraient à redire à l'hypocrisie nauséeuse de l'un et aux imprudences de l'autre. Un critique sain d'esprit serait autorisé à dire que l'homme qui associerait Herbert et Laud, Donne et Herrick, Sanderson et Juxon, Hammond et Lancelot Andrewes à « notre clergé corrompu » serait soit un imbécile, soit un fripon, ou probablement les deux. Le jugement serait tout à fait vrai, mais en tant que critique de *Lycidas* ce serait pure folie. Pour ce qui est de la femme, on peut imaginer l'attitude de l'amant conventionnel ; du chevalier qui « révère et respecte » toutes les femmes, ou fait semblant surtout, puis, rentré chez lui au petit matin, écrit un article de fond sur la pure jeune fille anglaise. Par ailleurs, Lucian était profondément reconnaissant envers la délicieuse Annie de ce qu'elle avait, juste au moment opportun, fait disparaître volontairement son image du cours de sa destinée. Il s'avoua plus tard qu'il avait quelque peu redouté son retour, de crainte qu'il interrompît son rêve. Il avait frémi à la pensée que leurs relations deviendraient ce qu'on nommait si affreusement une « intrigue » ou une « liaison ». Viendraient les stratagèmes ordinaires et cousus de fil blanc, la trivialité de rendez-vous secrets et une atmosphère rappelant l'époque de Mr Thomas Moore et Lord Byron et leurs cigares. Lucian avait eu peur de tout cela ; il avait craint que l'amour lui-même ne détruisît l'amour.

Il s'apercevait maintenant que, libéré du tourment de la chair, dédaignant de goûter *l'eau verte** qui rend plus brûlante la soif, il était désormais initié à la perfection de la vraie connaissance de l'amour, splendide et radieux. Cela lui semblait un monstrueux paradoxe d'affirmer qu'il ne pouvait y avoir d'amour vrai sans pré-

* L'*eau verte* était supposée guérir la syphilis.

sence charnelle de l'aimé ; même les dictons populaires constatant que « l'absence accroît l'amour, la familiarité engendre le mépris » démontraient le contraire. Soupirant avec compassion, il songeait à la manière dont les êtres humains sont constamment trompés par l'égarement de leurs sens. Afin que l'homme à naître puisse s'ajouter à celui déjà né, la nature avait bercé l'humanité de l'illusion folle que le compagnonnage charnel de l'amant et de sa bien-aimée était par-dessus tout souhaitable et ainsi, par le spectacle trompeur du plaisir, chaque individu se trouvait enchaîné aux vanités humaines et condamné à l'éternelle aspiration au non-existant. Encore et toujours il se félicitait de s'être libéré, d'avoir échappé à une vie de péchés, de vices et de désordres, à tous les dangers et les chimères que le sage redoute tant. Il se gaussait en évoquant le jugement que chacun ne manquerait pas de porter sur sa situation : un amant quelconque qui souffrirait les tourments du chagrin et du mépris ; la douleur d'une maîtresse perdue, la fureur devant son abandon et la haine au cœur ; une passion démente conduisant à une autre et livrant cet homme au désastre. Pour celle qu'on pourrait appeler normalement la véritable femme, il n'éprouvait plus rien ; s'il avait entendu dire qu'elle était morte dans sa ferme d'Utter Gwent, il n'aurait éprouvé qu'une peine passagère, comme celle qu'on peut éprouver à la mort de quelqu'un qu'on a connu autrefois. Il ne songeait pas à l'épouse du jeune fermier comme à la véritable Annie ; il ne songeait pas non plus aux pétales brûlés par le froid comme à de vraies roses. Au reste, la vie de nombreuses personnes lui rappelait celle des fleurs ; peut-être plus particulièrement de ces fleurs qui pendant des années n'ont que l'apparence de touffes arides et sans éclat et qui, soudain, en une nuit, éclatent en une floraison ardente et envahissent de leur parfum les pelouses noyées de brume, jusqu'au matin. C'était au cours de cette nuit-là que la fleur vivait, non pas au long des années stériles ;

de même, il pensait que bien des vies humaines naissaient un soir et mouraient avant le jour. Mais, lui, il avait préservé la fleur précieuse dans toute sa gloire, ne souffrant pas qu'elle se desséchât dans la lumière impitoyable, la conservant en un endroit secret où jamais elle ne pourrait être détruite. Maintenant, et pour la première fois, il possédait réellement Annie, comme un homme possède l'or qu'il a trouvé dans une roche et purgé de son impureté.

Il rêvassait à toutes ces choses lorsqu'une grande nouvelle arriva au presbytère, inattendue et surprenante. Un parent éloigné, presque mythique, connu depuis son enfance comme « le cousin Edward de l'île de Wight », venait de mourir et, par une étrange lubie, avait laissé à Lucian deux mille livres. Ce lui fut un bonheur de donner à son père cinq cents livres et le recteur en oublia pendant deux jours d'appuyer sa tête sur sa main. Lucian découvrit que le reste de son capital, bien investi, lui rapporterait entre soixante et soixante-dix livres par an et revint en lui son vieux rêve de littérature et d'un refuge dans les rues bourdonnantes des villes. Il désirait être libéré des maléfices qui le cernaient à la campagne, travailler et vivre dans un environnement neuf ; aussi, accompagné des souhaits chaleureux de son père, s'échappa-t-il vers l'abri des immensités de Londres.

Il était de joyeuse humeur lorsqu'il découvrit la pièce carrée et propre, aux meubles affreux, dans une rue écartée qui partait de la voie principale en une morne perspective vers des fondrières boueuses et une désolation n'appartenant ni à la ville ni à la campagne. De tout côté, de monotones rues grises, chaque maison étant la réplique de sa voisine, vers l'est une étendue vague et inexplorée, au nord, à l'ouest et au sud les briqueteries et les jardins maraîchers, partout la campagne désolée, la trace des petits chemins oubliés, des troncs d'arbres gangrenés, des restes de haies, çà et là un chêne dépouillé de son écorce, blanc, hagard, lépreux, tel un cadavre. Et l'air semblait toujours gris et grise la fumée des briqueteries.

Au début, il ne se rendit guère compte du quartier dans lequel le hasard l'avait conduit. Il ne pensait qu'à la grande aventure des lettres dans laquelle il se proposait de s'engager et un premier regard autour du salon-chambre à coucher lui révéla qu'il n'y avait pas de meuble convenant à son projet. La table, comme le reste du mobilier, était d'érable moucheté, mais le fabricant semblait avoir pénétré le secret druidique de la pierre qui remue, l'objet étant dans un perpétuel état d'équilibre instable. Pendant plusieurs jours, il se promena dans les rues, examinant les boutiques qui vendaient des meubles d'occasion et enfin, dans une petite rue morne, il trouva un vieux bureau japonais, dans un état d'abandon déshonorant, au milieu de montants de lits rouillés, de vaisselle massacrée et de tous les débris des maisons tristes et oubliées. Le bureau lui plut en dépit de la saleté luisante qui le défigurait. Des incrustations de nacre, des dragons en laque rouge et or brillante et de curieux motifs incertains apparaissaient sous les marques de la négligence et des mauvais traitements, et quand la dame de la boutique lui montra les tiroirs, l'encrier et les casiers, il vit que ce serait un objet convenant à ses recherches.

On livra le bureau dans sa chambre, où il prit la place de la table d'érable sous l'appareil à gaz. Tandis que Lucian rangeait tout ce qu'il avait accumulé comme papiers : ébauches d'essais sans suite, morceaux, lambeaux d'histoires commencées et jamais finies, aperçus d'intrigues, deux ou trois carnets de notes entièrement couverts d'impressions sur ses collines abandonnées, il éprouva une vive exaltation en pensant au travail qu'il allait accomplir et au monde neuf qui s'ouvrait devant lui.

Il se lança dans l'aventure avec un enthousiasme acharné. La nuit, quand le labyrinthe des rues était désert et silencieux, sa dernière pensée était pour son travail, ses rêves parlaient d'écriture, et quand il s'éveillait le matin il était impatient de se remettre à son bureau. Il se plongea dans une analyse attentive, presque scientifique, de la noble littérature. Il ne lui suffisait plus, comme autrefois, de sentir le charme incandescent d'une ligne ou d'un mot ; il voulait en pénétrer le secret, saisir quelque chose de l'évocation magique, indépendante du sens, qui lui semblait être la spécificité de la littérature, distincte des interminables absurdités des « peintures de caractères », « analyses psychologiques » et autres sornettes à la mode pour faire du roman commercial en trois volumes.

Il se sentit curieusement fortifié par le changement entre les collines et les rues. Sans aucun doute, se disait-il, à vivre solitaire, occupé seulement de lui-même et de ses propres pensées, il était devenu en quelque sorte inhumain. L'aspect du monde environnant, l'abîme sombre des bois, les étangs des coins reculés, ces vallées figées, cachées de tous côtés par le rideau des collines, résonnant sans cesse du clapotis de leurs torrents, l'avaient envoûté comme une drogue, donnant à ses pensées une coloration et une forme particulières. Et, dès son enfance, il y avait eu dans sa vie un autre parfum d'étrangeté, le rêve de la Rome antique, ces curieuses sensations qu'il avait accumulées auprès des murailles blanchies de Caermaen et des bastions du fort se découpant sur le ciel. En réalité, c'étaient les images accumulées durant des années dans son inconscient qui avaient recréé l'âge d'or et lui avaient fait voir la treille de la vigne, les marbres et l'éclat du soleil dans le jardin d'Avallaunius. Et l'ivresse de l'amour avait donné à tout cela une réalité si aiguë et si chaleureuse que, lorsqu'il laissait reposer sa plume, le bruit généreux de la taverne et la mélopée du théâtre dominaient le murmure de la rue. Regardant en arrière, il estimait que cela faisait autant partie de sa vie que le temps de ses études et que les mosaïques du sol étaient aussi vraies que le carré de carpette fanée qui était sous ses pieds.

Mais il sentait qu'il était libéré. Il pouvait désormais contempler du dehors ces visions sublimes et exquises comme s'il lisait des confessions d'opiomane et il ne craignait plus ce sentiment étrange, qui l'avait obsédé parfois, de son âme tout entière se mêlant aux collines pour s'abîmer dans le noir miroir des eaux dormantes. Il avait trouvé refuge dans les rues, dans l'asile d'une moderne banlieue, contre le sort imprécis et mauvais qui l'avait envoûté. Chaque fois qu'il se sentait enclin à écouter les murmures de la forêt d'autrefois ou le chant des faunes, il se penchait sur son travail avec plus d'ardeur, faisant la sourde oreille à leurs incantations.

Dans le curieux labeur qui le tenait à son bureau, il trouvait un délassement constamment renouvelé. Il ressentait à nouveau, avec une violence plus intense encore, l'enthousiasme qui avait présidé, un an ou deux auparavant, à l'écriture de son livre, et peut-être, ce faisant, passait d'une drogue à une autre. C'était en vérité comme avec ivresse qu'il imaginait la longue procession des années à venir, toutes vouées à l'intime analyse des mots, à l'élaboration de la phrase, comme si c'était une pièce d'orfèvrerie ou de mosaïque.

Parfois, marquant une pause dans son travail, il allait et venait dans sa cellule, et fixait pendant quelques instants la rue mélancolique. Tandis que l'année s'avançait, les journées devenaient de plus en plus brumeuses, et il se retrouva l'habitant d'une petite île enlacée par une mer solennelle et livide. L'après-midi, le brouillard s'épaississait, éteignant les sons autant que les choses ; le grincement des barrières du jardin, le cliquetis des tramways étaient comme un écho venu de loin. Puis il y eut des jours entiers de lourdes pluies ; il ne voyait plus qu'un ciel gris à la dérive et les maisons qui ruisselaient et s'attristaient.

Il se guérit d'une immense aversion. Il n'était plus atteint jusqu'à la nausée à la vue d'une histoire commencée et laissée à l'abandon. Auparavant, lorsqu'une idée lui venait à l'esprit, lumineuse et de qualité, il abordait le papier avec un sentiment maladif de dégoût, songeant à tous les commencements inaboutis qu'il avait connus. Mais désormais, il se rendait compte que commencer un roman était presque comme une chose particulière et à part, indépendante de l'histoire elle-même, et qui demandait un soin attentif. Aussi, chaque fois qu'une scène d'ouverture venait à son esprit, la notait-il brièvement dans un cahier ; ainsi occupa-t-il de longs soirs d'hiver à l'élaboration de ces points de départ. Parfois, la première ébauche n'apportait qu'un paragraphe ou qu'une phrase ou même un mot seulement, splendide et sonore, qui semblait à Lucian riche et porteur d'aventures encore indiscernables. Mais souvent il arrivait à écrire trois ou quatre pages pleines de force, cherchant comment suggérer le sens des mots et des actes, s'efforçant d'insuffler dans les lignes un climat d'attente prometteuse et la voix exaltante d'événements à venir.

Dans cette particularité de son œuvre, l'effort semblait ne jamais finir. Il achevait quelques pages, puis les réécrivait, utilisant le même épisode et presque les mêmes mots, mais altérant cet indéfinissable quelque chose qui est à la fois style, forme, atmosphère. Il était étonné de l'énorme changement qui était ainsi apporté et, souvent, bien qu'il l'eût fait lui-même, il pouvait à peine expliquer comment il avait procédé. Mais il était clair que dans cet art de faire ou de suggérer résidaient les principaux secrets de la littérature et qu'ainsi les grands prodiges étaient accomplis. De manière évidente, ce n'était pas le style, car le style en lui-même est intraduisible, mais c'était cette immense magie théurgique qui faisait de *Don Quichotte*, grossièrement traduit par un nommé Jarvis, peut-être le meilleur de tous les livres anglais. Et c'était la même chose qui faisait du voyage de Roderick Random à Londres, simple récit de plaisanteries lourdes, d'expériences quotidiennes, d'aventures burlesques racontées sans aucun souci de la langue, une merveilleuse et fondamentale vision du XVIIIe siècle, apportant jusqu'à nos narines l'arôme de la grande route du Nord, peu amène sous le gel cruel, sombre sous les bois frissonnants, hantée par les brigands, par l'aventure prête à surgir à chaque détour, et l'écho profond des tavernes dans la brume des étendues désertes de l'hiver.

C'était cette magie que recherchait Lucian pour ses chapitres d'introduction ; il tentait de trouver cette qualité qui donne aux mots quelque chose qui dépasse leur image sonore autant que leur sens et qui, dès les premières lignes d'un livre, devraient chuchoter des propos inintelligibles et pourtant signifiants. Il travaillait souvent pendant des heures, sans succès, et la triste et humide aurore le trouva plus d'une fois à la recherche de hiéroglyphes, de mots ésotériques, de symbolismes. Sur les étagères, dans la partie supérieure de son bureau, il avait rangé les livres qui, même traitant de matières différentes, semblaient détenir quelque chose de ce curieux pouvoir de suggestion, de cet univers pouvant presque être appelé surnaturel. Lorsque plus d'efforts lui paraissaient vains, il avait souvent recours à ces livres et certaines pages de Coleridge et d'Edgar Allan Poe avaient le pouvoir de le plonger dans une transe heureuse, en proie à des émotions, des sensations qui, il le sentait, allaient au-delà du domaine de la compréhension formelle. Ainsi ces vers :

Vallées profondes et flots sans fin,
Gouffres béants, cavernes et forêts titanesques
Aux formes se cachant de l'homme
Sous des ruissellements de rosée

étaient pour Lucian plus forts qu'une drogue et l'entraînaient dans les splendeurs d'un rêve éveillé, chacun des mots étant une incantation suprême. Et son esprit n'était pas seul sous le charme de tels passages, car il ressentait au même instant une étrange et délicieuse langueur du corps qui le laissait inerte, sans le désir ni la force de bouger de son siège. Et dans *Kubla Khan*, certaines phrases possédaient une telle magie qu'il s'éveillait parfois avec l'impression d'être resté étendu sur son lit ou assis sur sa chaise près du bureau, répétant un simple vers encore et encore pendant deux ou trois heures. Cependant, il savait très bien qu'il n'avait pas vraiment dormi ; un léger effort lui rappelait l'image constante du papier peint avec ses fleurs roses sur fond jaune pâle et la fenêtre au rideau de mousseline révélant la lumière grise de l'hiver. Il était à Londres depuis environ sept mois lorsqu'il connut cette expérience bizarre pour la première fois. Le jour se leva, net, morne, froid, avec de violentes bourrasques s'engouffrant au coin de la rue, soulevant les feuilles mortes et les papiers répandus dans la rue en remous tourbillonnants comme si une tempête de pluies sauvages se préparait. La nuit précédente, Lucian avait veillé tard et il se leva le matin la tête lourde, se sentant las et sans énergie. Tandis qu'il s'habillait, ses jambes lui semblaient pesantes et il trébucha, tombant presque lorsqu'il se pencha vers le paillasson pour prendre son plateau à thé sur le palier. Il alluma la lampe à alcool de l'âtre avec des mains maladroites et tremblantes et put à peine verser le thé quand celui-ci fut prêt. Une bonne tasse de thé était l'un de ses rares plaisirs ; il aimait l'étrange saveur de la feuille verte et ce matin-là il but avidement le liquide couleur de paille, espérant qu'il dissiperait l'accès de langueur. Il fit de son mieux pour se contraindre à ce sentiment d'énergie et de bonheur par lequel il entamait d'ordinaire la journée, allant vivement d'un bout à l'autre de la chambre et mettant ses papiers en ordre. Mais il ne pouvait se libérer de son abattement ; même en ouvrant son cher bureau, il se sentit envahi par une vague de mélancolie et il commença à se demander s'il n'était pas à la poursuite d'un rêve mensonger, à la recherche de trésors qui n'existaient pas. Il sortit la lettre de sa cousine et la relut, tristement. Après tout, il y avait du vrai dans ce qu'elle disait ; il avait surestimé son talent, il n'avait pas d'amis, pas d'instruction solide. Il se mit à compter les mois depuis son arrivée à Londres ; il avait touché ses deux mille livres en mars et en mai il avait dit adieu aux bois et aux sentiers tant aimés. Mai, juin, juillet, août, septembre, octobre, novembre et la moitié de décembre s'étaient écoulés et qu'avait-il à présenter ? Rien que des essais, des tentatives, des brouillons futiles sans finalité, sans objet valable. Il n'y avait sur son bureau rien qu'il pût produire comme l'évidence de ses capacités, pas même le début d'une quelconque espérance. C'était un constat d'une immense amertume et il semblait que les barbares eussent raison, un travail dans une maison de commerce lui aurait bien mieux convenu. Il posa la tête sur son bureau, accablé par la sévérité de son propre jugement. A nouveau il essaya de se consoler en pensant à toutes les heures de bonheur et d'enthousiasme qu'il avait passées parmi ses brouillons, travaillant avec une infinie patience à un grand dessein. Lui revint à l'esprit quelque chose qu'il avait toujours voulu garder au plus secret de ses aspirations, la pierre angulaire de sa vie, qu'il avait cachée loin de tout. Au plus profond de son cœur, il avait l'espoir de pouvoir un jour écrire un livre de valeur ; ressentant trop profondément son impuissance, il osait à peine nourrir cette espérance, et pourtant ce désir était le fondement de tout cet effort patient et douloureux. Au fond de lui, il s'était promis que s'il travaillait sans s'arrêter, sans se décourager, il pourrait accomplir quelque chose qui serait au moins une œuvre, qui se dresserait à part des objets en forme de livres qu'il avait lus, imprimés avec de l'encre d'imprimerie, appelés du nom de livres. Giotto était un peintre et l'homme d'en face qui imitait le noyer sur les portes en sapin était aussi un peintre, mais il avait voulu être un très humble élève dans la classe du premier. Il valait mieux, pensait-il, échouer en essayant de faire de belles choses plutôt que de réussir dans le domaine du plus que méprisable ; il s'était juré d'être le cancre à l'école de Cervantès plutôt que le premier dans l'académie de *Un méchant qu'il faut vaincre* ou *Le Mariage de Millicent*. Et dans ce but il s'était consacré à des années de labeur et de joie, afin de ne pas économiser sa peine quoiqu'il eût peu de dons. Maintenant, il essayait d'échapper à un chagrin grandissant en pensant à ses buts ambitieux, mais tout cela lui paraissait vain et sans espoir. Il regarda au-dehors dans la rue sombre, qui lui parut le symbole de son destin, lugubre, glacé, morne et tourmenté par le vent mauvais. On voyait les tristes habitants du quartier allant à leurs médiocres affaires ; remontant lentement la rue, un homme criait « Du maquereau ! » d'une voix plaintive et regardait les fenêtres aux rideaux blancs des « salons », cherchant le visage d'un acheteur derrière les plantes artificielles, les oiseaux empaillés et les piles de livres aux dorures clinquantes qui ornaient les fenêtres. L'une des portes de la rue à la peinture cloquée s'ouvrit et une femme sortit en hâte faire quelque emplette, la barrière du jardin fit entendre deux plaintes mélancoliques tandis qu'elle l'ouvrait et la laissait se refermer derrière elle. Les petites parcelles appelées jardins étaient pour la plupart délaissées, sans cultures, carrés de marécages visqueux, parsemés de touffes d'herbes grossières d'aspect sinistre, mais on voyait çà et là les restes pourrissants et noircis de tournesols et de soucis. Et il savait qu'au-delà s'étendait le labyrinthe des rues souvent misérables, toutes d'une grisaille morne, que plus loin encore étaient les carrières d'argile et les tas fumants de briques jaunâtres ; et qu'au nord enfin il y avait une grande étendue à l'abandon, sans végétation, désolée et glaciale, balayée par des vents cinglants. De nouveau il se dit que cela ressemblait à sa propre vie, dédale de tristesse et de désolation stériles, et ses pensées devinrent aussi sombres, aussi désespérées que le ciel d'hiver. La matinée s'écoula ainsi, lugubre, jusqu'à midi, heure à laquelle il mit son chapeau et son manteau. Il sortait tous les jours entre midi et une heure ; prendre de l'exercice était une nécessité, et la logeuse, pendant son absence, faisait son lit. Lorsqu'il fermait la porte, le vent lui rabattait au visage la fumée des cheminées et à son odeur âcre se mêlait l'odeur dominante de la rue, mélange de bouillon de choux et d'os grillés, et les vapeurs fétides des briqueteries. Pendant une heure, Lucian marchait d'un pas mécanique, allant vers l'est, le long de la grande rue. Le vent le pénétrait, la poussière l'aveuglait et la tristesse de la rue accroissait son chagrin. La rangée de boutiques banales, pleines d'objets ordinaires, les tavernes aux couleurs criardes, la chapelle congréganiste, horrible imitation de temple grec en stuc avec une hideuse façade à colonnes qui était un vrai cauchemar, des villas à l'air suffisant, encore des boutiques, une église en mauvais gothique, un vieux jardin abandonné et détérioré par les constructeurs, tel était le spectacle qu'il rencontrait sur son chemin. Quand il rentrait chez lui, il se jetait sur son lit et y restait accablé, jusqu'à ce qu'une faim terrible le fît se lever. Il mangeait alors un morceau de pain, buvait de l'eau et se mettait à aller et venir dans la pièce, se demandant s'il existait quelque issue à son désespoir. Ecrire lui paraissait tout à fait impossible et, sachant à peine ce qu'il faisait, il ouvrait son bureau et prenait un livre sur les rayonnages. Et une fois, alors que son regard tombait sur une page, l'air s'assombrit et s'alourdit comme la nuit et le vent hurla soudain avec une force terrible. « Comme une femme appelant son amant le Démon*. » Lorsqu'il rouvrit les yeux, les mots étaient sur ses lèvres. Une large bande de lumière pâle brillait dans la pièce et quand il regarda par la fenêtre, il vit la rue tout illuminée de flaques d'eau scintillantes et tandis que les dernières gouttes de la rafale de pluie étoilaient ces miroirs le soleil disparut dans les nuages. Lucian regardait autour de lui, perplexe, quand son regard tomba sur l'horloge au-dessus de l'âtre

* Coleridge, *Kubla Khan*.

vide. Il était resté immobile pendant presque deux heures, ayant perdu toute notion du temps et murmurant sans fin ces mots tandis qu'il rêvait à une interminable et merveilleuse histoire. Il éprouvait presque les impressions de Coleridge lui-même ; d'étranges, d'ineffables faits semblaient s'être présentées à lui, non sous forme d'idées, mais dans leur vérité, dans leur matérialité ; mais il avait moins de chance que Coleridge en ceci qu'il ne pouvait, même de façon imprécise, se figurer ce qu'il avait vu. Cependant, quand il fouilla dans son esprit, il se rendit compte que la réalité de la pièce dans laquelle il était assis ne l'avait à aucun moment quitté ; il avait vu s'épaissir l'ombre et avait entendu les rafales de pluie déchirer l'air. Des fenêtres avaient été baissées avec bruit, il avait remarqué les pas précipités de gens cherchant à s'abriter, la voix de la logeuse criant à quelqu'un que l'eau passait sous la porte. C'était comme si l'on examinait quelque ancienne gravure charbonneuse, où l'on devine sous la couleur sombre des apparences d'arbres, de rochers et de voyageurs. Et à l'arrière-plan de sa chambre, de la tempête et des bruits de la rue, cette vision se dressait, lumineuse, et il sentait qu'il était descendu vers de grandes profondeurs, jusque dans les cavernes qui plongent à l'intérieur de l'âme. Il essaya en vain de se rappeler le déroulement de ses impressions ; les symboles lui restaient en mémoire, mais la signification n'était que conjectures.

Le matin suivant, lorsqu'il s'éveilla, il put à peine comprendre ou se représenter la dépression amère du jour précédent. Il s'aperçut que tout cela avait disparu et était suivi d'une intense exaltation. Plus tard, lorsqu'à de rares intervalles il retrouvait cette même étrange possession de la conscience, il s'aperçut qu'elle amenait le même résultat, les moments de visions étaient toujours suivis d'une impression de bonheur due à une sensation de pouvoirs multipliés et exacerbés. Ce clair matin de décembre après la tempête, il se leva joyeusement et se mit au travail à son bureau avec la certitude de la réussite, avec presque l'espoir que de formidables difficultés seraient à surmonter. Il avait été très occupé à ces curieuses recherches que Poe avait signalées dans *Philosophy of Composition** et avait passé bien des heures à analyser les effets singuliers que l'on peut produire avec le son et la résonnance des mots. Mais il avait été frappé à la pensée que dans les meilleures œuvres littéraires on trouvait de plus subtiles modulations que dans la musique sonore et insistante de *Never more*** et il s'efforçait de percer le secret de ces pages qui, imprégnées d'une certaine musique évocatrice de voix graves et mélodieuses, s'adressaient d'une façon moins directe et moins évidente à l'âme qu'à l'oreille. Il était admirable, sans nul doute, d'écrire des phrases qui révélaient à la première lecture la cadence choisie et vibraient de sonorités, mais il rêvait d'une prose où la musique serait moins affirmée, il rêvait de neumes plutôt que de notes. Ce matin-là, il fut étonné de sa facilité et de sa réussite ; il arriva à remplir toute une page de papier rayé dont il pût se déclarer satisfait et les phrases, lorsqu'il les relut, laissaient percevoir une étrange et insaisissable mélopée, d'une exquise finesse, tel l'écho d'un plain-chant se répercutant sous les voûtes d'une église gothique.

Il pensait que de tels bonheurs matinaux le payaient grandement des angoisses de la dépression dont il était parfois victime et de l'étrange épreuve de « possession » survenant à intervalles irréguliers et en général après plusieurs semaines d'un régime alimentaire sévère. Ses revenus, il le savait, s'élevaient à environ soixante-cinq livres par an et il vivait des semaines d'affilée avec quinze shillings par semaine. Durant ces périodes d'austérité, sa seule nourriture était un pain par jour ; mais il buvait d'énormes quantités de thé vert et fumait un tabac noir qui lui semblait une source d'inspiration plus puissante qu'une

* Essai d'Edgar Poe.
** *Le Corbeau*, poème d'Edgar Poe.

drogue venue de l'Orient. « J'espère que tu vas dîner dans de bons endroits, écrivait sa cousine ; il y avait à Londres autrefois quelques excellents restaurants où l'on pouvait avoir une bonne tranche de rôti avec beaucoup de sauce et une pomme de terre bouillie pour un shilling. Tante Mary écrit que tu devrais essayer celui de Mr Jones, dans Water Street, à Islington, dont le père vient de la région de Caermaen, et qui était très agréable à son époque. Je trouve qu'aller jusque-là à pied te ferait du bien. Quelle pitié de te voir fumer cet horrible tabac ! J'ai reçu l'autre jour une lettre de Mrs Dolly (Jane Diggs, qui a épousé ton cousin John Dolly) et elle dit qu'ils auraient été heureux de t'héberger pour vingt-cinq shillings seulement au nom de notre parenté si tu n'étais pas un fumeur. Elle m'a dit de te demander si tu as jamais vu un cheval ou un chien fumer. Ils sont si gentils, si arrangeants, et les enfants auraient été une compagnie pour toi. Johnnie, qui était un si gentil petit garçon, vient juste d'entrer dans un bureau de la Cité et semble avoir un bel avenir. Cher Lucian, comme j'aimerais que tu fasses quelque chose de la sorte. N'oublie pas la maison de Mr Jones dans Water Street ; tu pourrais lui dire ton nom. »

Lucian ne dérangea jamais Mr Jones, mais les lettres de sa cousine lui faisaient toujours du bien par un effet de contraste... Il essaya de s'imaginer faisant partie de la famille Dolly, partant chaque matin en autobus pour la Cité et rentrant le soir pour la collation. Il percevait la bonne odeur du rosbif chaud flottant dans l'honnête demeure les dimanches après-midi, papa endormi dans la salle à manger, maman dans sa chambre pour la sieste et les enfants sages et contents avec leurs « livres du dimanche ». Le soir, après souper, on lisait le *Quiver* jusqu'à l'heure du coucher. De telles scènes étaient pour Lucian un réconfort, un remède contre le désespoir. Souvent, lorsqu'il se sentait submergé par la difficulté du travail qu'il avait entrepris, il pensait à l'autre carrière possible et se sentait raffermi.

Il retournait sans cesse à ce désir d'une prose qui évoquerait non pas tant une musique perceptible qu'un faible écho, une mémoire. Durant la nuit, quand le dernier tramway était passé avec ses grincements et qu'il avait regardé au-dehors la rue toute enveloppée d'un lourd manteau de brume, il se livrait à ses plus délicates expériences. Au cœur de cette nuit blanche et solitaire d'une rue de banlieue, il éprouvait l'impression étrange d'être dans une tour, lointaine, isolée et bien au-dessus des misères terrestres. Le lampadaire à gaz, presque en face, brillait dans un pâle halo de lumière et les maisons mêmes n'étaient que des marques à peine visibles, des ombres dans cette lactescence palpable, rejetant le monde et ses bruits. C'était comme si lui seul bougeait et regardait au-dehors toute une armée endormie à ses pieds. Le brouillard entrait par la fenêtre ouverte en bouffées glaciales et, tandis que Lucian l'observait, il remarquait qu'il était agité de mouvements semblables au clapotis de la mer, que des tourbillons surgissaient et dérivaient dans la couronne lumineuse de la lampe et, une fois disparus, étaient suivis par d'autres. C'était comme si la brume était en route vers le nord, venue de la rivière, allant son chemin, dans le silence.

Il fermait doucement la fenêtre et s'asseyait dans la pièce éclairée avec la nette conscience d'un suaire blanc s'avançant vers lui. C'est alors qu'il se sentait disposé à d'étranges besognes et capable de manier avec quelque assurance les instruments les plus raffinés de son talent. Il recherchait cette magie grâce à laquelle toute la gloire et la fascination de la chevalerie et de sa mystique tendaient à illuminer les aventures burlesques et triviales de Don Quichotte, grâce à laquelle Hawthorne allumait ses bûchers infernaux du sabbat et façonnait une auréole incandescente autour du village tragique de *La Lettre écarlate**.

* Œuvre célèbre de Hawthorne.

Chez Hawthorne, l'histoire et les sensations qu'elle procure, bien qu'originaires d'un autre pays, étaient plutôt semblables que contradictoires ; mais Cervantès avait fait quelque chose de plus curieux. On lit que Don Quichotte est vaincu, malpropre et ridicule, qu'il confond des moulins à vent avec des géants, des moutons avec une armée, mais son univers était proche de la forêt enchantée d'Avalon, du Saint Graal, « loin dans la cité spirituelle ». Et Rabelais laissait apparaître, entre les lignes, le soleil tourangeau qui se reflétait sur les roches brûlantes dominant Chinon, sur le dédale des rues étroites en pente, sur les toits pointus, les pignons, sur les tourelles *gris-bleu**, pointant au-dessus d'un fantastique labyrinthe de murailles. Il entendait l'écho sonore du plain-chant dans le chœur du monastère, celui de l'exubérante et triviale gaieté des riches champs de vigne ; il écoutait les rires magiques et sans fin de ceux qui faisaient halte sous l'ombre mauve des sorbiers le long de la route blanche et abrupte. Le long de la Loire et de la Vienne, les châteaux gracieux et ornés s'élevaient, nobles et resplendissants en face des inconcevables secrets de vastes, obscures et hautes nefs gothiques qui semblaient sur le point de plonger dans les plus profonds abîmes pour s'ancrer à l'abri de la claire cité et de ses fondations. Les histoires grossières de garde-robe et de cuisine de ferme se mêlaient aux interminables et graves légendes scolastiques, éclairées d'arguments platoniciens ; la pompe ancienne du moyen-âge s'habillait de vie nouvelle. Il y avait un parfum de vin et d'encens, de prairies en juin et de vieux livres ; au milieu de tout cela, il tendait l'oreille, attentif au tintement exaltant des cloches sonnant de nouveaux festins sur de nouvelles terres. Il couvrait alors des pages entières de l'analyse de ces merveilles, guettant les évocations cachées sous les mots et cependant brillantes comme les fils d'or d'une robe de sa-

* En français dans le texte.

mit, ou comme le procédé des anciens relieurs qui faisait apparaître un motif coloré sur la tranche du livre fermé. Il tentait d'imiter cette manière, de susciter le plus léger signe d'un parfait achèvement, réécrivant une page de Hawthorne, essayant une nouvelle épithète çà et là, constatant combien parfois le plus petit changement de mot assombrissait une scène entière, comme si on avait brusquement éteint l'un de ces feux rouge sang. Parfois, par une discipline austère, il essayait de bâtir de courts récits à la manière de tel ou tel maître. Il soupirait de ces tentatives désespérées, de ces pièces bruyantes d'un mécanisme qui ne simulait même pas la vie ; mais il s'encourageait à une infinie persévérance. Tout au long des heures blêmes de la nuit, il travaillait au milieu d'une masse de paperasses ; des livres et des manuscrits débordaient du bureau jusqu'au sol ; et quand il regardait dehors, il voyait la brume flotter toujours, flotter de la rivière vers le nord.

Lorsque l'hiver fut bien avancé il commença vraiment à explorer la région dans laquelle il vivait. Peu après son arrivée dans la rue triste, il avait fait quelques promenades distraites, remarquant à peine où il allait et ce qu'il voyait ; durant tout l'été, il s'était enfermé dans sa chambre, ne contemplant rien d'autre que la couleur et la forme des mots. Pour sa promenade du matin, il choisissait presque invariablement la même direction, prenant Uxbridge Road vers Notting Hill et revenant le long de la même voie monotone. Pourtant, lorsque la nouvelle année amena encore ses journées insipides, il commença à prendre des rues de traverse, vers la droite ou la gauche, déjeunant parfois dans des coins perdus, dans les salons aux murs déjetés des tavernes du XVIIIe siècle qui faisaient encore face à la houle montante des rues modernes, voire dans les nouveaux cabarets le long des bordures défoncées des briqueteries, sentant l'argile sur laquelle ils avaient poussé. Derrière la ligne de chemin de fer, il découvrait des terrains vagues où il fumait sa pipe à l'abri du vent; parfois, il trouvait une barrière de bois près d'un ancien verger de poiriers où il s'asseyait et, contemplant la désolation des jardins maraîchers détrempés, il mangeait quelques biscuits aux raisins en guise de dîner. En allant plus loin dans la campagne, il sentait grandir en lui peu à peu une impression d'immensité; c'était comme si, à partir de l'îlot que représentait sa chambre, cet endroit amical, il se lançait vers l'ombre de l'inconnu, vers une cité qui pour lui était vide comme un désert.

Après ces errances, il revenait toujours à sa cellule avec soulagement, avec le sentiment de trouver un refuge contre la grisaille. Tandis qu'il allumait le gaz, ouvrait son bureau et regardait la pile de feuilles qui l'attendait, c'était comme s'il était passé des cieux noirs, du vent mordant et du triste dédale des banlieues à la chaleur, à la lumière du soleil et aux violentes couleurs du Sud.

6

Ce fut durant l'hiver qui suivit son arrivée dans la rue grise que Lucian ressentit pour la première fois les affres du désespoir. Toute sa vie il avait éprouvé les joies de la solitude et avait acquis l'état d'esprit qui permet à l'homme de se trouver en bonne compagnie sur un coteau désolé et le mène au cœur des bois pour méditer auprès des étangs ténébreux. Mais, désormais, dans la vacuité qui suivait le moment où il était obligé de refermer son bureau, un sentiment de solitude l'envahissait d'une indicible mélancolie. Ces jours-là, il portait en lui un tourment incessant qui lui étreignait la poitrine ; l'angoisse de la page vide, attendant sur le bureau, et la conviction que tenter de travailler était non seulement inutile mais dangereux. Il avait pris l'habitude de toujours utiliser le mot « œuvre » pour montrer quelle aventure représentait la littérature ; dans son esprit, elle avait atteint toute l'austère et grave signification du « grand œuvre » dont parlent les alchimistes ; elle incluait la page la plus insignifiante comme la plus difficile, de même que les rêves vagues et sublimes qui planaient devant lui. Tout le reste était devenu accessoire, insignifiant, une peccadille ; l'œuvre était l'aboutissement, la richesse, la nourriture de sa vie ; elle le faisait se lever au matin pour reprendre la lutte, elle était le symbole qui le subjuguait la nuit lorsqu'il reposait. Devant son bureau, durant les heures laborieuses, il était ensorcelé, et lorsqu'il sortait et explorait des rives inconnues, une idée fixe l'occupait, était comme un verre coloré entre son regard et le monde. Alors, comme il se rapprochait de sa demeure, il pressait le pas, et plus avait été pénible et morne la promenade, plus il était joyeux à la pensée de son ermitage et des étranges difficultés qui l'attendaient là. Mais lorsque, soudain et sans signe avant-coureur, cette heureuse disposition le quitta, lorsque son esprit lui sembla un vide désespérant d'où rien ne pouvait naître, alors il devint la proie d'un chagrin si pitoyable que les barbares eux-mêmes auraient eu pitié de lui. Il avait eu quelque avant-goût de ces peines si amères et si indicibles dans sa vie champêtre d'autrefois, mais alors il avait très vite trouvé refuge dans les collines, il avait couru vers les bois sombres comme vers un remède, laissant son cœur s'abreuver de toute la beauté et la magie des recoins sauvages. Maintenant, il n'était point de refuge, en ces jours de janvier, dans une rue de banlieue.

Il avait travaillé avec régularité pendant des semaines, assez satisfait dans l'ensemble de ses progrès quotidiens, heureux de s'éveiller le matin et de relire ce qu'il avait écrit la nuit précédente. La nouvelle année commença avec un temps gris et lourd et un silence pesant sur l'atmosphère, mais au bout de quelques jours de fortes gelées s'installèrent. Bientôt, les rues prirent l'apparence d'une ville assiégée, le silence qui avait précédé le gel s'accentua et le brouillard pesa sur la terre comme une épaisse fumée blanche. Nuit après nuit, le froid s'accrut et les gens hésitaient à sortir, de sorte que les grandes rues même étaient vides et désertées comme si les habitants restaient terrés dans une cachette. Ce fut à cette époque sombre qu'il se vit réduit à l'impuissance. Il y eut comme une cassure brutale dans sa pensée et, s'il continua vaillamment à écrire, nourrissant un vain espoir, il fut encore plus consterné en découvrant les inepties qu'il avait livrées au papier. Il serra les dents et s'obstina, la mort dans l'âme, avec le sentiment que le monde s'écroulait sous ses pieds, continuant à faire aller sa plume, machinalement, jusqu'au désespoir. Il considéra ce qu'il avait écrit, lucidement, sans illusion, comme une somme de verbiage lamentable, pire, lui sembla-t-il, que les tentatives de sa jeunesse. Il n'était plus tautologique, il rejetait le truisme au profit de l'art diabolique de l'éditorialiste, prétentieux, brassant des mots comme un journaliste exercé du *Daily Post*. Il semblait bien qu'il y eût matière à cruelle souffrance dans ces considérations ; que tout ce travail de longue haleine avait été vain, que ces exercices n'avaient mené à rien et qu'il avait gaspillé autant de peine que Milton pour atteindre le dernier rang. Malheureusement, il ne pouvait abandonner ; le désir, la fureur d'écrire le consumaient comme un brasier ; désespéré, il levait les yeux au ciel.

Alors, bien qu'il sût que personne ne pouvait l'aider, il se languit d'un secours, à ce moment, sachant pourtant qu'aucun soutien n'était possible, et il souhaita avec ferveur être réconforté. Le seul ami qu'il avait était son père et il savait que même son père ne comprendrait pas sa détresse. Pour lui, depuis toujours, le livre imprimé était l'aboutissement de l'acte d'écrire ; la souffrance de l'auteur, son désespoir et ses maux étaient maudits autant que les douleurs de l'enfantement. Il était prêt à lire et à admirer l'œuvre du grand Smith, mais il ne voulait rien connaître des moments où celui-ci se tordait tel un ver sectionné dans les douleurs de la création, ne souhaitant rien d'autre qu'être délivré de sa souffrance, perdre la raison ou mourir, tout pour échapper à ces amères tortures. Et Lucian ne connaissait personne d'autre. De temps à autre, il remarquait dans les journaux la notoriété des *littérateurs** célèbres ; les Gypsies avaient diverti le prince de Galles, les Jolly Beggars dînaient chez le Lord-Maire, les Old Mumpers étaient au mieux avec les membres éminents de la Bourse qui les traitaient fastueusement. Il avait le malheur de ne connaître aucun de ces messieurs, mais il semblait bien improbable qu'ils eussent de quelque manière pu faire quelque chose pour lui. A dire vrai, il était au fond de lui certain qu'attendre des autres aide et réconfort faisait partie de ces choses tout simplement irréalisables ; son échec et son chagrin étaient en lui et lui seul pouvait s'en délivrer. Il essayait de se rassurer, de croire que ses tourments étaient la preuve de sa vocation, que la commodité offerte au romancier qui restait six années sous contrat pour produire du romanesque était hautement regrettable, mais en même temps il désirait ardemment rien qu'un peu de cette facilité intarissable qu'il prétendait mépriser.

Il s'échappa de la morne contemplation de la feuille blanche et de la plume oisive. Il s'en alla par les rues glaciales et vides, espérant réussir à arracher ce fer rouge de son cœur, mais la brûlure ne disparaissait pas. Tandis qu'il marchait, rageur, le long des lugubres voies ferrées, il s'imaginait que ces gens qui le croisaient gaiement, en route vers des amis et d'accueillantes maisonnées, s'éloignaient de lui avec un mouvement recul pour se perdre dans la brume. Il pensait que d'une certaine façon le feu du mal qui le tourmentait était visible autour de lui ; peut-être se déplaçait-il dans une auréole qui proclamait la noirceur qui le dévorait. Il savait naturellement que c'est le malheur qui le faisait délirer, que les personnages bien vêtus et bien coiffés surgissant du brouillard au-devant de lui ne tremblaient que de froid, mais en dépit de tout bon sens il ne cessait de se persuader qu'il voyait sur leurs visages une horreur et un dégoût certains, quelque

* En français dans le texte.

chose comme la répugnance qu'on éprouve à la vue d'un serpent venimeux à demi mort, traînant loin des regards ses blessures abjectes. Alors Lucian décidait de se diriger vers les endroits éloignés et déserts, et pourtant, lorsqu'il était arrivé jusque dans la campagne et devinait que la pénombre glaciale qui s'appesantissait venait des champs noyés de brouillard, il ne rêvait que des bruits et des chuchotements de la vie et s'en retournait vers les rues où les lampes pâles clignotaient, où la flamme dansante d'un feu de bois brillait à travers les arbustes gelés. Et la vue de ces foyers modestes, la pensée qu'auprès d'eux attendaient l'affection et le réconfort l'atteignaient plus fort encore par le contraste qu'ils faisaient avec sa solitude glacée, son malaise incurable, et surtout parce qu'il avait, de toute éternité, fermé une porte entre son cœur et de pareils bonheurs. Si ceux de l'intérieur étaient sortis et l'avaient appelé par son nom pour lui proposer d'entrer et de se réchauffer, cela n'aurait servi à rien car entre eux et lui un gouffre immense s'était creusé. Pour la première fois peut-être, il se rendit compte qu'il avait pour toujours perdu tout sens de l'humain. Il avait cru, quand il avait fermé ses oreilles au murmure des bois et échangé le chant des faunes contre le murmure des rues, les noirs étangs contre la pénombre et la lumière ambrée de Londres, qu'il avait abandonné sa vie ancienne et avait dirigé son esprit vers de saines occupations, mais la vérité était qu'il avait seulement échangé une drogue contre une autre. Il échouait dans son rôle d'être humain et se demandait s'il y avait dans son sang quelque ensorcellement qui le rejetait, tel un étranger, hors du monde.

Il ne s'abandonna pas au désespoir sans combats répétés. Il s'efforça de s'approcher de son bureau par la résolution de quelque travail facile ; il n'essaierait pas de créer, mais il avait griffonné des notes dans son carnet et il se contenterait de travailler des ébauches déjà prêtes. Mais ce fut inutile, encore et encore inutile. Tandis qu'il relisait ses notes, assuré qu'il trouverait quelque élément qui pourrait rallumer le feu éteint, faire renaître la pure flamme de l'enthousiasme, il découvrit, désespéré, que la chance avait tourné. Il ne voyait ni lumière ni relief dans les lignes qu'il avait griffonnées de ses doigts avides et tremblants ; il se rappelait combien ces choses étaient belles lorsqu'il les avait écrites, mais maintenant elles n'avaient plus de sens, elles s'étaient affadies. Les quelques mots qu'il avait jetés sur le papier, grisé par la pensée des moments heureux qu'ils lui promettaient, étaient devenus pur bavardage, et quand il en comprit le sens, celui-ci lui parut absurde, terne, sans originalité. Enfin, il trouva une idée prometteuse et décida de faire au mieux pour qu'il en sortît quelque chose, mais le premier paragraphe le consterna ; un écolier attardé aurait pu l'écrire. Il déchira la feuille, ferma son bureau à clé, tandis qu'un lourd désespoir pesait sur lui comme du plomb. Pendant le reste de la journée, il demeura immobile sur son lit, fumant pipe après pipe dans l'espoir que la fumée du tabac agirait comme un stupéfiant. L'atmosphère de la chambre s'épaississait et devenait bleue ; il faisait un froid glacial, alors il s'enveloppa dans son manteau et tira sur lui la courtepointe. La nuit vint, la fenêtre s'assombrit et il s'endormit enfin.

De temps en temps, il renouvelait ses efforts, mais c'était pour s'enfoncer dans plus de désespoir encore. Il sentait approcher la folie et savait que son seul recours était de marcher jusqu'à l'épuisement du corps de manière à rentrer chez lui exténué, sur le point de s'évanouir et prêt à s'endormir dès l'instant où il se coucherait. Il passait ses matinées dans une espèce de torpeur, s'efforçant de ne penser à rien, occupant son esprit à contempler les motifs du papier, à lire les annonces à la fin d'un livre, dans l'étrange lumière grise qui, à travers la brume, luisait dans sa chambre, à écouter le bruit sourd des voix atténuées qui montaient parfois de la rue. Il essayait de découvrir le motif qui avait autrefois décoré le tapis défraîchi et s'interrogeait sur l'artiste disparu qui avait colorié son bureau au Japon. Il essayait d'imaginer ses pensées à l'instant où il incrustait la nacre irisée et peignait ces grands envols d'oiseaux lumineux qui inclinaient leurs ailes en s'envolant au-dessus des roseaux, ou comment il avait imaginé les dragons de laque d'un rouge doré et les maisons extravagantes dans le verger. Mais tôt ou tard son chagrin à nouveau l'oppressait, la barrière du jardin qui grinçait et cognait avec rage, la sonnette d'un cycliste qui passait, traversant le brouillard, le bruit de sa pipe tombant sur le sol le ramenaient à son désespoir. Il savait qu'il était temps de sortir ; il ne pouvait plus supporter de rester assis, immobile et malheureux. Tantôt il se coupait une tranche de pain qu'il mettait dans sa poche, tantôt il comptait sur la chance pour trouver une auberge où il pourrait manger un sandwich et boire un verre de bière. Toujours il s'éloignait des voies principales et se perdait dans le dédale des petites rues de banlieue, rêvant de s'engloutir dans la blancheur sans limites du brouillard.

Les routes s'étaient durcies en sillons d'apparence métallique, des cristaux de gel scintillaient aux clôtures et aux arbres, tout avait un aspect étrange et inaccoutumé. Lucian marchait sans fin dans l'enchevêtrement des rues, tantôt traversant un ensemble de villas obscures terribles comme celles enterrées d'Herculanum, tantôt s'enfonçant par des chemins en pleine campagne qui le conduisaient le long de grands ormes dont les blancs rameaux étaient figés, et de champs déserts et glacés là où la brume semblait se dissoudre en une obscurité blême. Tandis qu'il errait par ces chaussées hostiles et inconnues, il avait de plus en plus conscience de s'éloigner de l'humanité et se laissait aller à l'idée grotesque que dans son aspect extérieur quelque chose d'anormal était en train d'apparaître, et souvent, dans une horrible expectative, il regardait le visage de ceux qui passaient, craignant que ses sens ne l'abusent et qu'il ait réellement endossé une forme effrayante et abjecte. Etrangement, cette fantastique hallucination se trouva une ou deux fois largement confirmée, en partie par sa propre faute mais plus probablement par pure coïncidence. Un jour, il arriva sur une route écartée et déserte, chemin de campagne en mauvais état mais bordé encore d'ormes formant une allée qui conduisait à un vieux manoir. C'était désormais la voie reliant deux banlieues fort éloignées et qui, durant ces nuits d'hiver, s'étendait lugubre, ténébreuse et désolée comme un sentier de montagne. Peu de temps après que les gelées s'installent, un gentilhomme avait été agressé sur ce chemin entre l'endroit où le tram l'avait laissé et sa maison où le feu flambait dans la cheminée et où sa femme surveillait l'heure. Tandis qu'il avançait avec difficulté dans la nuit, se sentant un peu anxieux parce qu'il lui semblait marcher depuis longtemps et guettant avec inquiétude un lampadaire au bout de la rue, deux voleurs, sortant du brouillard, sautèrent sur lui. L'un le saisit par derrière, l'autre le frappa avec un épais gourdin, et tandis qu'il était étendu inconscient ils lui volèrent sa montre et son argent, et disparurent à travers champs. Le lendemain matin, ce n'était qu'un cri dans la banlieue; l'infortuné commerçant avait été gravement blessé et les épouses voyaient partir leur mari le matin avec une terrible appréhension, ne sachant ce qui pourrait arriver le soir venu. Bien entendu, Lucian ignorait tout de ces rumeurs et s'engageait sur les mornes petites routes sans se demander où il était ni où elles le conduiraient.

Ce jour-là, il avait été poussé dehors comme avec un fouet, car une autre tentative pour écrire avait échoué et l'avait désespéré, et la vie lui semblait intolérable. Comme il pénétrait dans l'ombre grandissante d'un épais brouillard, il se mit à gesticuler, presque inconsciemment. Il était en proie au désespoir et à l'humiliation et trouvait une pauvre consolation à s'enfoncer les ongles dans la paume des mains, à agiter les bras en titubant lourdement, trébuchant dans les ornières et contre les arêtes gelées de la route. Son impuissance était effroyable, se disait-il, et il maudissait sa personne et sa vie, éclatant en un juron sonore et tapant du pied. Soudain, un cri de terreur arriva jusqu'à ses oreilles ; levant les yeux, il aperçut l'espace d'un instant une femme qui l'observait à travers la brume, le visage défiguré et pétrifié par la terreur. Ses bras se convulsèrent vilainement comme en un geste d'invite, puis elle se retourna et courut à toutes jambes, hurlant comme une bête.

Lucian restait debout, immobile, sur la route, tandis que les cris de la femme s'éloignaient et cessaient. Son cœur se glaça quand lui devint claire la signification de cet étrange incident. Il avait tout oublié de ses gesticulations, il ne s'était pas aperçu qu'il avait juré à haute voix ou qu'il grinçait des dents de rage impuissante. Il ne songeait qu'à ces cris retentissants, à l'horrible peur se reflétant sur le visage blême, à la fuite effrénée de la femme loin de lui. Il tremblait et frissonnait et, au bout d'un instant, il se mit à tâter son visage, cherchant quelque signe repoussant, quelque stigmate du mal flétrissant son front. Il retourna chez lui, titubant, et lorsqu'il arriva dans Uxbridge Road, des gamins l'aperçurent et l'interpellèrent tandis que, vacillant, il se rattrapait au lampadaire. Quand il atteignit sa chambre, il commença par s'asseoir dans l'obscurité. Il n'osait pas allumer le gaz. La pièce était tout entière dans la pénombre, pourtant il ferma les yeux en passant devant la table de toilette et s'assit dans un coin, le visage tourné vers le mur. Lorsqu'enfin il reprit courage et que la flamme du gaz se dressa en sifflant, il se traîna lamentablement vers la glace devant laquelle il s'accroupit, misérable, baissant la tête et luttant contre l'effroi avant de pouvoir regarder sa propre image.

Par un effort le volonté, il tenta de se libérer des plus absurdes de ces fantasmes, il se persuada qu'il n'y avait rien de terrifiant dans son aspect, seulement de la tristesse, et que son visage était le visage des autres hommes. Pourtant, il ne pouvait oublier l'image qu'il avait vue dans les yeux de la femme qui, tels les plus sûrs des miroirs, lui avaient montré une terrible épouvante et jusqu'à son âme même défaillant et frissonnant devant l'horreur. Son cri ne cessait de résonner à ses oreilles; elle s'était enfuie loin de lui comme d'une fatalité plus tragique que la mort.

Il se regardait, se regardait sans cesse dans le miroir, en proie à une hideuse incertitude. Ses sens lui disaient qu'il n'y avait rien d'anormal, et pourtant une preuve lui avait été donnée; pourtant, comme il regardait avec plus d'attention, il y avait, lui semblait-il, quelque chose d'étrange et de pas tout à fait ordinaire dans l'expression du regard. Peut-être était-ce l'éclat tremblant du gaz ou peut-être un défaut dans la glace bon marché qui causait une légère distorsion de l'image. Il marcha résolument d'un bout à l'autre de la chambre, puis essaya avec indifférence de se regarder. Il s'interdisait d'être abusé par un mot. Quand il s'était jugé incapable d'humanité, il avait seulement voulu dire qu'il ne pouvait jouir des simples choses de la vie ordinaire. Un homme n'était pas nécessairement un monstre, entouré du halo sanglant de la malédiction, simplement parce qu'il n'appréciait pas les collations autour d'un thé, un petit bavardage au sujet des voisins et une bonne soirée animée avec les enfants. Mais alors, de quel message semblait-il porteur pour que le visage de la femme se figeât ainsi ? Ses mains s'étaient levées comme tirées frénétiquement par des fils; un instant, elle avait ressemblé à une horrible marionnette. Son hurlement était comme le signe d'un sabbat nocturne.

Il alluma une bougie et l'approcha de la glace jusqu'à ce que son visage blême lui sautât aux yeux et que le reflet de la chambre ne fût plus qu'une ombre floue. Il ne vit rien, que la flamme de la bougie et ses yeux à lui qui brillaient, et il avait la certitude que ce n'étaient pas les yeux d'un homme ordinaire. Tandis qu'il posait la bougie, une idée lui vint subitement à l'esprit et il sursauta, terrifié. Il se demandait s'il devait se réjouir ou trembler. Car ce qu'il s'était imaginé était ceci : c'est qu'il avait mal interprété les détails de cet événement et avait peut-être repoussé une sœur qui voulait l'inviter au sabbat ?

Il resta éveillé toute la nuit, ressassant l'une après l'autre des idées sombres et effrayantes, sommeillant à peine depuis quelques heures lorsque vint l'aube. Quand il se leva, il essaya un instant de réfléchir ; sachant que la vraie vie pour lui était dans son œuvre, il fit une tentative désespérée pour chasser de son esprit les fantômes et les apparitions hideuses. Persuadé que sa guérison était dans le travail, il sortit la clé de sa poche et s'apprêta à ouvrir le bureau. Mais l'écœurement au souvenir de ses faillites répétées et totales était trop absolu. Pendant des jours il erra à proximité de Manor Lane, espérant et redoutant à la fois une autre rencontre, et il se jurait qu'il ne se tromperait pas sur la nature du cri d'extase ni ne repousserait les bras ouverts dans une joie frénétique. Durant ces journées, il rêvait de quelque lieu ténébreux où pourrait se célébrer le mariage du sabbat suivant des rites qu'il avait osé imaginer.

C'est peut-être seulement l'émotion que lui procura une lettre de son père qui le sauva de ces approches manifestes de la folie. Mr Taylor écrivait combien il leur avait manqué à Noël et que les fermiers avaient demandé de ses nouvelles et tous les événements familiers de la maison qui lui rappelaient son enfance, la voix de sa mère, le coin du feu accueillant et les chères habitudes d'autrefois qui l'avaient nourri. Il se souvenait qu'il avait été, jadis, un jeune garçon adorant le cake, les puddings et le houx luisant, et toute la gaieté du XVIIe siècle qui flottait encore dans les vieilles fermes. Et revint à sa mémoire, plus pieux encore, le souvenir de la messe du matin de

Noël. Comme la terre, noire et gelée, sentait bon, tandis que, près de sa mère, il descendait les lacets du chemin; puis, de la barrière contre l'église, ils avaient vu le monde s'éveillant à l'aurore et le mouvement des lanternes qui avançaient à travers les champs. Ensuite, il était entré dans l'église et l'avait vue illuminée de cierges et décorée de houx. Son père revêtu du lin blanc du sacerdoce chantait à l'autel les airs nostalgiques de la liturgie et l'assistance lui répondait, lorsqu'aux sons graves du *Pater* le soleil se leva et une coulée rouge se glissa par le vitrail du chœur.

En retrouvant le souvenir de ces choses douces et sacrées, l'épouvante le quitta. Il rejeta loin de lui l'idée terrifiante que le hurlement qu'il avait entendu était un cri ce joie, que les bras jetés frénétiquement vers lui l'invitaient à l'étreinte. En vérité, le fait d'avoir désiré cette vision obscène, d'avoir évoqué cette bouche avide avec concupiscence, l'emplissait de dégoût. Il décida que ses sens l'avaient trompé, qu'il n'avait rien vu ni entendu d'autre que la réalisation passagère des rêves morbides issus de son sommeil. Il était peut-être nécessaire qu'il fût malheureux, que ses efforts ne fussent pas encouragés, mais il ne céderait pas totalement à la folie.

Pourtant, lorsqu'il sortait armé de si bonnes résolutions, il lui était difficile de résister à une influence qui semblait venir à la fois du dehors et du dedans. Il n'en était pas conscient, mais les gens ne parlaient de toute part que des grandes gelées, de l'épais brouillard qui s'étendait sur Londres et rendait les rues sombres et terribles, des oiseaux inconnus qui venaient voleter près des fenêtres sur les places silencieuses. La Tamise coulait dans l'ombre assiégeant les blocs de glace qui s'entrechoquaient avec bruit et, quand on regardait l'eau noire du haut des ponts, c'était comme une rivière de conte nordique. Pour Lucian, tout cela paraissait mythique, de la même essence que ses propres fantasmes. Il lisait rarement un journal et ne regardait pas quotidiennement le thermomètre, le compte rendu des foires sur les glaces, les voitures traversant la rivière à Hampton, le patinage dans les marais ; aussi, les routes verglacées, la chape de silence et le lourd manteau de brume faisaient-ils pour lui comme un étrange tableau, stupéfiant et porteur d'épouvante. Debout à sa fenêtre, la vision qui s'imposait à lui n'était pas celle d'une rue des faubourg populaires, morne sous le brouillard, ni celle de ses habitants lorsqu'ils étaient au travail ou qu'ils mangeaient des noix assis gaiement près du feu, mais celle d'une route grise qui s'évanouissait, de maisons indistinctes, désertées, et le silence lui semblait éternel. Et quand il sortait et allait de rue en rue, dans une solitude absolue, au long de maisons aux formes vagues qui apparaissaient un moment pour être aussitôt absorbées, il lui semblait qu'il s'était égaré dans une cité qui aurait subi une catastrophe impossible à imaginer et que lui seul désormais allait au hasard, là où des myriades d'êtres avaient vécu un jour. C'était une ville sublime comme Babylone, terrible comme Rome, merveilleuse comme l'Atlantide engloutie, établie au cœur d'une étendue lactescente, cernée de lieux abandonnés. Il lui était impossible de s'en échapper ; qu'il se dissimulât entre les haies et s'éloignât furtivement au-delà des étangs gelés, les rangs serrés de pierre lui faisaient front pareils à une armée et loin, très loin, disparaissaient dans la nuit pareils à une muraille de légende qui garde un empire dans l'Orient vaste et lointain. Ou bien, avec cette faculté de distorsion qu'avait la brume, changeant toute chose, il s'imaginait marchant dans une plaine infinie et désolée, depuis longtemps abandonnée, mais encerclée de tout côté par des dolmens et des menhirs qui se découpaient devant lui, gigantesques et terribles. Londres tout entier n'était qu'un seul temple gris aux rites affreux, anneaux concentriques de pierres sacrées entourant un lieu central, chaque cercle une initiation, chaque initiation une éternelle dépossession. Ou peut-être était-il égaré à jamais dans un monde de rocs blêmes. Il avait vu la lumière de la maison, le clignotement du feu sur les murs ; tout près, semblait-il, était la porte ouverte, et il avait entendu des voix amies qui le hélaient dans le soir, mais il venait de perdre son chemin. Les lampes disparurent, les voix s'amenuisèrent et se turent, et, pourtant, il savait que ceux de l'intérieur l'attendaient, qu'ils ne pouvaient se résoudre à refermer la porte, qu'ils attendaient, criant son nom, tandis qu'il s'égarait dans le désert vierge des rochers sombres. Fantastiques, hideux, ils le cernaient de partout, où qu'il se tournât, prenant la forme de tours maléfiques ou s'élevant comme le dôme estompé d'une forteresse féerique, démesurée et formidable. Et de même qu'un rêve se fond en un autre rêve, ces ultimes fantasmes furent peut-être les plus acharnés à le tourmenter. Les avenues rocailleuses devinrent le camp retranché de peuplades à peine humaines et hostiles, grouillant dans l'ombre et prêtes à l'emprisonner au cœur de leurs abominables citadelles. C'était horrible de penser que tous ses mouvements étaient épiés, qu'on le surveillait dans l'ombre, sans répit, et que chaque pas ne faisait que l'enfoncer de plus en plus profondément dans le labyrinthe.

Parfois, le soir, quand il se sentait en sécurité dans sa chambre, il s'appliquait de toutes ses forces à retrouver la raison. Ce n'était pas par choix délibéré qu'il laissait la terreur le dominer et il ne désirait rien d'autre qu'une vie douce et sans histoires, vouée au travail et à la lucidité d'esprit. Il savait que son imagination seule le trompait, qu'il avait marché dans les faubourgs de Londres et non dans le Pandémonium et que s'il ouvrait seulement son bureau, toutes ces formes repoussantes disparaîtraient dans la brume. Mais il était difficile de savoir si de telles réflexions le consolaient vraiment, car retrouver le sens commun signifiait également retrouver le choc brutal de la défaite. Cela le renvoyait à la question amère de sa propre inefficacité, à la pensée qu'il désirait une seule chose dans la vie et que celle-ci lui était refusée. Il voulait bien endurer la vie austère d'un moine dans un couvent rigoureux, souffrir du froid, avoir faim, être seul, sans amis, il voulait bien s'interdire la consolation d'une parole réconfortante et se réjouir de toutes ces épreuves, si seulement on lui permettait de travailler en paix à l'enluminure d'un manuscrit. Qu'il désirât avec tant de ferveur ce qu'il ne pourrait jamais obtenir lui apparaissait comme une insupportable et odieuse cruauté.

Il fut ramené à la même constatation : il vivait séparé des humains ; il était malheureux parce que, au milieu de ses concitoyens, il était un étranger, un égaré. Il lui semblait que cet enthousiasme pour la littérature, tel qu'il le ressentait, cette ardeur pour les beaux-arts portaient en eux quelque chose d'impitoyable qui éloignaient les initiés du reste du monde. Il était probable que le barbare suspectait tout cela et que, par quelque lent travail de réflexion, il en était arrivé à une haine enracinée et définitive à l'égard de tous les artistes. Ce n'était sans aucun doute qu'une impression vague et inconsciente, en aucune façon une conviction claire et raisonnée ; s'il était pressé de donner les raisons de son dédain, le Philistin moyen répondrait de façon inarticulée en balbutiant « pouah », ou alors il alléguerait quelque raison absurde et sans fondement telle que tous les « gens de plume » étaient pauvres, que les compositeurs ne coupaient jamais leurs cheveux, que les peintres allaient rarement au collège, que les sculpteurs ne chassaient pas à courre même pour sauver leur vie, mais naturellement ces sottises étaient paroles en l'air. L'homme ordinaire haïssait l'artiste par crainte profonde et instinctive de tout ce qui était mystérieux, bizarre, étranger à sa nature ; il baragouinait, proférait ses « pouah » en un cri bestial et renvoyait Keats à ses « pommades » pour les mêmes motifs qui poussent habituellement les sauvages d'Afrique à expédier le Blanc vers un plus long voyage.

Lucian ne se sentait pas particulièrement concerné par la haine du barbare à l'égard de l'auteur, sauf sur un point, celui qui le confortait dans l'idée que l'amour de l'art dissociait l'homme de ses semblables. Le plus petit don artistique vous rend étranger au monde entier et il n'est que trop certain que les souffrances de l'homme civilisé jeté parmi les sauvages sont causées moins par la crainte de leur férocité que par l'horreur de sa propre solitude. Il est plus effrayé par ses propres pensées que par leurs sagaies ; peut-être même irait-il jusqu'à sortir de sa cachette pour se livrer et périr de leurs mains. Car ainsi mourrait-il au moins entouré, entendant avant de mourir le son d'une voix. Et au plus profond de lui, Lucian pensait que pour ce qui le concernait la fatalité était double ; il était aussi esseulé que Keats et aussi imprécis que ses pourfendeurs. Le réconfort du travail lui avait manqué et il était suspendu dans le vide, entre deux univers.

Il était évident que la vision continue et menaçante qui l'avait assailli dans les rues des bas quartiers n'était due qu'aux effets conjugués de ses échecs, de son dénument intérieur et de sa vie solitaire. Il avait peut-être cédé à une tentation sans savoir qu'il avait été tenté et, à la manière de De Quincey, avait choisi l'artifice en échange de douleurs plus tangibles. Inconsciemment mais par libre choix, il avait préféré la splendeur triste d'une vision malfaisante aux malaises de son être, à la cruelle réalité de son impuissance. Il valait mieux se complaire dans une mélancolie vague, se perdre dans les rues abandonnées d'une cité de toute éternité condamnée, errer parmi des rochers de solitude plutôt que de s'éveiller aux morsures d'un tourment avilissant, s'avouer qu'une maison de commerce eût été plus à sa mesure et d'un meilleur rapport, et qu'il avait fait promesse de ce qu'il ne pouvait tenir. Alors même qu'il luttait pour chasser les fantasmagories de la brume et décidait qu'il ne ferait plus en sorte que les rues soient un théâtre d'apparitions, il ne comprenait pas ce qu'il avait fait et si les fantômes qu'il avait appelés allaient partir ou revenir à nouveau.

Il continuait ses interminables promenades, dans le but constant de créer en lui une lassitude du corps si totale qu'il pourrait dormir la nuit. Mais même lorsqu'il voyait dans leur réalité les avenues désertes noyées de brouillard et consentait à apercevoir la lueur pâle des lampes et la flamme dansante des cheminées, il ne pouvait se débarrasser de l'impression qu'il était loin de tout, qu'entre ces foyers et lui-même il y avait à jamais un gouffre immense. Tout en descendant le sentier, il voyait fréquemment, à travers les buissons pris par le froid, jusqu'à l'intérieur des pièces gaies et accueillantes. Parfois, tard dans la soirée, il jetait un rapide regard sur une famille prenant le thé, le père, la mère et les enfants riant et parlant tous ensemble, heureux d'être réunis. Parfois une épouse ou un enfant se tenaient près de la barrière du jardin, scrutant le brouillard avec anxiété; et il voyait tout cela, tous ces petits détails, les fauteuils laids mais confortables placés devant le feu, les rideaux d'un rouge marron bien tirés devant la nuit hostile, le feu qu'on ravivait pour accueillir le père et qui s'illuminait en une soudaine flambée; ces choses ordinaires et sans importance signifiaient beaucoup. Elles lui remettaient en mémoire l'image d'un enfant mort, lui-même. Elles lui rappelaient le « salon » défraîchi à la campagne avec ses vieux meubles fatigués, le tapis décoloré, et faisaient revivre une atmosphère de tendresse et de chaleureux confort. Sa mère venait jusqu'au bout de l'allée et le guettait lorsqu'il était en retard (il errait alors à travers les bois épais); les soirs d'hiver, elle faisait flamber le feu et mettait ses pantoufles à chauffer près de l'âtre, et il y avait sans doute des tartines beurrées « pour lui faire plaisir ». Son esprit s'attarda sur tous ces détails insignifiants, sur la douce chaleur et la lumière après les chemins boueux de l'hiver, sur la saveur du pain beurré et l'odeur du thé brûlant, sur les deux vieux chats endormis en rond devant le garde-feu, détails devenus des instruments de souffrance et d'exquise nostalgie. Chacune de ces maisons inconnues devant lesquelles il passait s'identifiait dans son esprit à son foyer disparu ; tout était en ordre comme dans les jours anciens, mais il était rejeté, jugé et condamné à errer dans la brume glaciale, les pieds las, triste et abandonné, et ceux qui sortiraient pour lui venir en aide ne le pourraient pas plus qu'il ne pourrait aller vers eux. Une fois de plus et pour la centième fois, il en revint au même jugement : il n'avait rien appris de l'art d'écrire et il avait perdu l'art d'être humain. Il mesura la vanité de toutes ses pensées ; il était un ascète dédaigneux de la chaleur, de la gaieté et des petits bonheurs de la vie, et pourtant il laissait son esprit rêver à ces choses. Si, par miracle, l'un de ces passants qui marchaient vite, impatients de rejoindre leur foyer, l'avait pris en pitié et l'avait invité à entrer, la chose eût été tout à fait inutile, et pourtant il rêvait de ces plaisirs qui lui étaient interdits. C'était comme s'il se trouvait dans un lieu de tourments, là où ceux qui ne peuvent boire implorent de l'eau, là où ceux qui ne sentent plus la chaleur frissonnent dans un froid éternel. Il était oppressé par l'idée poignante que, retenu par les remparts verdoyants du fort romain, c'est lui qui dormait encore au creux des buissons touffus. Il n'en était jamais ressorti et c'est un enfant perdu qui était descendu des collines et qui maintenant errait sur la terre.

Assailli par tant d'affabulations terrifiantes, il n'était pas étonnant que ses fantasmes fussent encouragés par des événements extérieurs et des incidents sans importance. Un jour qu'il avait réussi à s'échapper d'un entrelacs de rues, il tomba sur un étroit sentier escarpé qui descendait vers une petite vallée. Il se trouvait alors dans un meilleur état d'esprit ; le soleil de l'après-midi brillait à travers les volutes de brume et l'atmosphère s'éclaircit. Il vit des champs calmes et paisibles, une ancienne ferme en briques d'un rouge chaleureux d'où un bosquet descendait, épousant la pente douce du vallon. Le fermier menait lentement son troupeau de la colline vers sa maison et son appel sonore à l'adresse de son chien traversait la campagne en notes tendres et joyeuses. D'un autre côté, une voiture hésitante approchait d'un ensemble de granges, s'arrêtant pour reposer les lourds chevaux, puis repartait d'un mouvement paresseux. Au creux du vallon, une ligne sinueuse de buissons marquait le cours d'un torrent qui apparaissait et disparaissait à travers les prairies et, tandis que Lucian s'attardait debout sur le pont, un souffle léger et paresseux agita les branches d'un grand orme. Il se sentait apaisé, comme par une douce musique, et se demandait s'il ne serait pas préférable pour lui d'habiter dans un endroit aussi tranquille, à proximité des rues mais cependant éloigné d'elles. Il lui semblait un refuge pour de quiètes pensées ; il se voyait assis, en repos, sous l'if noir du jardin de la ferme, à la fin d'une journée d'été. Il avait presque décidé de frapper à la porte pour demander s'ils le prendraient en pension, lorsqu'il vit un enfant descendre en courant vers lui le long du chemin. C'était une petite fille dont les boucles claires flottaient autour du visage et, tandis qu'elle s'approchait, le soleil l'éclairait, illuminant sa robe d'un rouge brique et les boutons d'or de son chapeau. Elle courait les yeux baissés vers le sol, gazouillant et riant, et ne vit Lucian que lorsqu'elle fut tout près de lui. Elle sursauta, le regarda un instant droit dans les yeux et se mit à pleurer ; il lui tendit la main, mais elle s'éloigna en courant et en poussant des cris, effrayée sans aucun doute par ce qui était pour elle une étrange et brutale apparition. Il s'en retourna à Londres et le brouillard, de couleur noire ce soir-là, l'enveloppa dans sa nuit épaisse. C'est seulement au prix d'un effort de volonté qu'il réussissait à se préserver de ce poison distillé par les calmants mis à sa portée. C'est par une lutte pénible qu'il avait échappé à l'enchevêtrement des collines, à la voix des faunes, et maintenant encore le souvenir de ces anciens attraits l'attirait. Mais il sentait qu'ici, dans sa solitude, il était assailli par une magie toujours plus noire et guetté par un plus grand danger. Des fantasmes horribles et licencieux envahissaient son esprit; il n'était pas seulement prêt à croire que quelque chose dans son âme ternissait tout ce qui était simple et innocent, mais un samedi à la nuit il rentra tremblant et persuadé, ou persuadé à demi, qu'il communiait avec le mal. Il était passé à travers la foule bruyante et vulgaire de la grande rue où les boutiques, du haut de la colline, paraissent la proie des flammes et où la nuit noire s'éclaire du jet lumineux des becs de gaz et des lampes à pétrole, sifflant et vacillant dans le vent de février. Des voix rauques, des clameurs abominables s'échappaient des tavernes qui laissaient apparaître de la lumière toutes les fois que les portes s'ouvraient et au-dessus desquelles étaient d'affreux lumignons de cuivre jaune se balançant avec lenteur dans les violentes rafales, comme s'ils avaient été des encensoirs de l'enfer bénissant le peuple. Un homme proposait sa marchandise en une longue clameur qui semblait ne devoir jamais finir et, en réponse, une voix plus profonde et plus forte encore hurlait vers lui à travers la rue. Un Italien tournait la manivelle de son orgue de Barbarie avec fureur et une ronde de diablotins dansaient comme des fous autour de lui, en agitant leurs jambes, et certains quittant leurs haillons dansaient toujours. Dans un sifflement assourdi, un éclair de naphte éclaira un point du cercle et Lucian observa une fille maigre d'une quinzaine d'années qui tournoyait dans la lumière. Elle était complètement ivre et avait d'un coup de pied jeté au loin son jupon, tandis que la foule hurlait de rire et l'applaudissait. Ses cheveux noirs étaient dénoués et sautaient sur son corsage. Elle tournait autour du cercle en bondissant, riant dans une frénésie bachique et elle mena l'orgie jusqu'au triomphe. Les gens se croisaient en tous sens, se cognant les uns aux autres, s'agglutinant auprès de boutiques et d'éventaires en une masse sombre et dense qui frémissait et tendait des antennes comme si elle était un organisme en mouvement.

Un peu plus loin, un groupe de jeunes gens bras dessus, bras dessous descendaient la rue en chantant en chœur quelque refrain de music-hall qu'ils faisaient ressembler à du plain-chant. Un indescriptible tumulte, un vrombissement de voix querelleuses comme un essaim d'abeilles, les cris aigus de cinq ou six filles qui couraient çà et là en s'enfonçant dans des venelles sombres pour reparaître dans la foule, tout se mêlait, faisant vibrer ses oreilles. Un jeune homme jouait de l'accordéon et il appuyait sur les touches d'un doigté si ralenti que le son s'élevait comme la plainte d'un hymne solennel et funèbre ; mais il n'était rien d'aussi surprenant que les explosions de bruit qui surgissaient des tavernes quand les portes s'ouvraient.

Il marchait au milieu de tous ces gens, regardait leurs visages, regardait les enfants parmi eux. Il était sorti avec l'idée de voir la classe laborieuse anglaise, « la foule la plus polie et la mieux disposée du monde », profitant des plaisirs simples qu'offraient les achats du samedi soir. La mère achetait le rôti pour le repas du dimanche et parfois une paire de bottines pour le père ; celui-ci buvait un honnête verre de bière et l'on donnait aux enfants des paquets de bonbons ; ensuite, tous ces braves gens rentreraient sagement à la maison pour un repos bien gagné. En son temps, De Quincey avait aimé ce spectacle et avait noté la hausse et la baisse du prix des oignons et des pommes de terre. A la vérité, Lucian aurait souhaité partager ces humbles plaisirs comme un narcotique, pour oublier la pure agitation et le fantastique émoi de sa propre existence au milieu de choses ordinaires et de la joie authentique du repos après l'ouvrage. Pourtant, il éprouvait un sentiment de culpabilité à la vue de ces hommes qui luttaient bravement année après année contre la faim, qui ne savaient rien des chagrins compliqués et imaginaires, rien que la lassitude du labeur incessant, de la longue bataille pour leurs femmes et leurs enfants. Ce serait pathétique de les voir se satisfaire de si peu, joyeux dans l'attente d'un jour de repos et d'un bon repas, malgré l'obligation de compter chaque penny et d'en débourser seulement un demi pour amuser leurs enfants. Il se sentirait honteux devant tant de joie, ou alors une fois de plus frappé de son manque d'humanité qui l'empêchait de voir les choses simples de la vie. Pourtant, il s'obligea à sortir de lui-même, pour regarder un autre aspect du monde, pour oublier un instant, peut-être, ses propres misères.

Il fut fasciné par ce qu'il vit et ce qu'il entendit. Il se demandait si De Quincey lui aussi avait vu le même spectacle et avait dissimulé ses impressions par respect pour le lecteur moyen. Ici, ce n'était pas les joies simples des honnêtes travailleurs, mais des orgies spectaculaires dont l'horrible musique provoquait son âme. Au début, la violence du bruit et du spectacle le submergea, lumières flamboyantes dans la nuit venteuse, rangées de lampes à pétrole, ombres noires, hurlement des voix. La ronde près de l'orgue de Barbarie avait été la première manifestation d'un sens caché et le visage de la fille brune tournoyant sous la lumière l'avait troublé par son total et violent abandon. Et les chants qu'ils braillaient tout autour de lui et les mots terribles qui résonnaient ne faisaient que déclencher des éclats de rire. Dans les tavernes, les femmes d'ouvriers et de petits commerçants, décemment habillées de noir, buvaient jusqu'à ce que leurs visages s'enflamment et poussaient leurs maris à boire plus encore. De belles jeunes femmes, rieuses et empourprées, entouraient de leurs bras le cou des hommes, les embrassaient, puis portaient le verre à leurs lèvres. Dans les coins sombres, à l'entrée des rues écartées, les enfants parlaient entre eux, s'informaient les uns les autres, à voix basse, de ce qu'ils avaient vu ; un gamin de quinze ans versait à une enfant de douze ans des rasades de whisky, puis ils disparurent. Lucian passa près d'eux au moment où ils s'en allaient et tous deux le regardèrent. Le garçon riait et la fille souriait doucement. C'est principalement sur les visages qui l'entouraient qu'il voyait les choses les plus extraordinaires, la fureur bachique nue et sans honte. Il avait l'impression que ces débauchés le reconnaissaient comme l'un des leurs et lui souriaient ouvertement, supposant qu'il était dans leur secret. Tout sens de la religion, de la civilisation même, était annihilé ; ils se regardaient et ils le dévisageaient, absous de tout problème de conscience, enfants de la terre et rien de plus. De temps en temps, un couple se détachait de la foule et s'éloignait dans la nuit, répondant en s'en allant aux quolibets et aux rires de ses amis.

Au bord du trottoir, non loin d'où il se trouvait, Lucian remarqua une grande et ravissante jeune femme qui semblait seule. La flamme du pétrole l'éclairait toute entière et sa chevelure couleur de bronze, ses joues enflammées, brillaient tandis qu'elle observait cette orgie. Elle avait les yeux brun foncé et un air mystérieux sur son visage comme celui d'une gravure ancienne ; ses yeux luisaient d'un éclat argenté. Il voyait les noceurs se pousser du coude en la regardant et deux ou trois d'entre eux vinrent auprès d'elle pour lui demander de venir se promener. Elle secouait la tête et disait « non merci » sans relâche, et semblait attendre quelqu'un dans la foule.

« J'attends un ami », dit-elle enfin à un homme qui lui proposait un verre et ensuite une promenade ; et Lucian se demandait quelle sorte d'ami finirait par arriver. Soudain, comme il allait continuer son chemin, elle se tourna vers lui et dit à voix basse :

« J'irai me promener avec vous si vous voulez, continuez et j'arrive dans une minute. » Pendant un instant, il la regarda avec calme. Il sentit que son premier regard l'avait trompé ; son visage n'était pas échauffé par la boisson comme il l'avait pensé, il rayonnait de la plus exquise couleur, une flamme pourpre palpitait sur sa joue à chacune de ses paroles. Elle avait un noble port de tête, telle une statue, et sa chevelure de bronze laissait échapper de courtes boucles autour des oreilles. Elle souriait et attendait qu'il répondît.

Il marmonna qu'il était vraiment désolé et s'enfuit vers le bas de la colline, loin de l'orgie, loin des hurlements et du scintillement des grandes lampes qui se balançaient sous les rafales de vent. Il savait qu'il avait frôlé un désastre absolu ; c'est la mort qui était sur le visage de la femme et c'est au sabbat qu'elle l'avait assurément convié. Si dans l'instant il avait eu la force de refuser, en revanche il savait qu'en hésitant il se serait livré à elle, corps et âme. Il s'enferma dans sa chambre et s'allongea sur son lit, tremblant, se demandant si quelque subtil attrait l'avait désigné à la femme comme son compagnon idéal. Il se regarda dans la glace, ne s'attendant plus désormais à voir quelques manifestations extérieures, mais cherchant le sens de l'étrange éclat qui illuminait son regard. Ces derniers mois, il avait encore maigri et ses joues étaient creusées par la faim et le désespoir, mais il y avait encore sur ses traits quelque chose d'une grâce classique assez surprenante, telle une divinité champêtre échappée d'un vignoble ou d'une oliveraie. Il s'était enfui, mais il sentait maintenant autour de lui les mailles de ses rets et le désir qu'il avait d'elle comme un délire, comme si elle emprisonnait chaque nerf de son corps pour le tirer vers elle, vers son univers mystique, vers le rosier où les fleurs étaient des flammes.

Il rêva toute la nuit aux périls qu'il avait refusés et, au matin, le réveil lui fut comme un manque, comme un chagrin de revenir au monde. Le gel avait cédé, le brouillard s'en était allé et la rue grise était emplie d'une pâle lumière. Une fois encore, il regarda la longue file triste des maisons monotones, qu'un rideau de brume avaient cachées pendant des semaines. Une lourde pluie était tombée dans la nuit, les clôtures du jardin s'égouttaient encore, les toits étaient sombres et mouillés, et tout le long des façades les rideaux blancs défraîchis étaient baissés aux fenêtres de l'étage. Il n'y avait dans la rue âme qui vive, tous dormaient après les fatigues de la nuit précédente. Dans la grande rue également, quelques attardés passaient de temps à autre en pataugeant. A un moment, une femme dans un ulster marron, traînant les pieds, partit pour quelques courses, puis un homme en bras de chemise sortit la tête par la porte entrouverte et leva les yeux vers une fenêtre en face. Au bout de quelques minutes, il rentra furtivement et trois individus descendirent la rue en traînant en quête de quelque mauvais coup. Ils choisirent une maison qui semblait plus coquette que les autres et, excité par les jolis rideaux, le parterre de gazon avec ses arbustes nains, l'un des chenapans sortit un morceau de craie et écrivit quelques mots sur la porte d'entrée. Ses compagnons faisaient le guet pour lui et, l'aventure terminée, tous trois détalèrent en hurlant de rires obscènes. Puis une cloche se mit à sonner, ding, dang, dong, et ici et là des enfants apparurent en route pour l'école du dimanche et les catéchistes, l'air et le regard sévères, passaient, fronçant le sourcil devant le petit garçon qui criait « pipeau, pipeau ». Dans la rue principale, circulaient de nombreuses personnes respectables, les hommes rougeauds et mal habillés, les femmes horriblement accoutrées, se dirigeant vers le cauchemar, un monument élevé à la mémoire des Indépendantistes, une chose en stuc avec des colonnes doriques. Mais dans l'ensemble la vie était ralentie. Bientôt Lucian sentit l'horrible odeur du rosbif aux choux ; les lève-tôt étaient en train de préparer le repas de 13 heures, mais beaucoup étaient au lit et repoussaient le déjeuner jusqu'à 15 heures, de sorte que l'odeur des choux se prolongerait jusque tard dans l'après-midi. Une petit bruine se mit à tomber alors que les gens sortaient de la messe, et les mères des petits garçons habillés de velours et des petites filles en robes fantaisie se voyaient obligées de donner des gifles à leur progéniture ou de la menacer de la colère du père. Puis une torpeur, conséquence du bœuf, de la bière et du chou, s'abattit sur la rue ; dans certaines maisons on ronflait ou on lisait le *Magazine Paroissial*, dans d'autres on somnolait ou on lisait les faits divers et les infamies perpétrées durant la semaine. La seconde activité de l'après-midi fut une autre procession d'enfants bouffis et enflés par la nourriture, une nouvelle fois répondant à l'appel du ding, dang dong.

Dans la grande rue, les tramways, envahis de gens détestables, passaient et repassaient en grondant et des jeunes gens aux cravates bleu clair chantonnaient gaiement en fumant des cigares à un penny. Ils dérangeaient les gens respectables, cossus et pincés, non pas à cause de l'horrible odeur des cigares mais parce qu'ils s'amusaient un dimanche. Peu à peu, les enfants ayant écouté l'histoire de Moïse parmi les roseaux et de Daniel dans la fosse aux lions, rentraient chez eux en débandade, de très méchante humeur. Et toute la journée fut comme si, sur une étendue grise, des ombres passaient, vacillantes. Et dans le jardin des roses, chaque fleur était comme une flamme ! Pour lui tout n'était que symboles : il utilisait l'imagerie persane d'une cour obscure entourée d'un péristyle blanc et ornée de portiques de bronze. Les étoiles apparaissaient, le ciel s'allumait de mauve foncé, mais le mur de colonnades, fantastique treillis de pierre, réfléchissait davantage le blanc. C'était comme une haie fleurie en mai, comme un lys dans une coupe de lapis-lazuli, comme l'écume de la mer agitée par la houle à l'aurore. Sans cesse, ces blanches colonnes frémissaient au son du luth, inlassablement le jardin résonnait du bruit de la fontaine dont les eaux limpides s'élevaient et retombaient dans le crépuscule mystérieux. Et une voix chantait derrière les treillis blancs et les portes de bronze, voix douce à la gloire de l'Amant et de l'Aimée, du Clos des Vignes, de la Porte et de la Voie. Oh ! le langage était inconnu, mais la mélodie du refrain revenait, revenait sans cesse, s'élevant et frémissant au cœur des blancs grillages de l'atrium. Et dans l'air enténébré, chaque rose était une flamme.

L'atmosphère ombrée était remplie des parfums de l'Orient. On avait peut-être jeté dans la fontaine de l'essence de roses ; il semblait que le parfumé mouvait les narines comme faisaient aux oreilles la musique et les chants. Une étroite fumée montait d'un bel encensoir d'airain et flottait en volutes légères à travers les lauriers-roses en fleurs. Et l'on devinait dans l'air d'étranges drogues, parfums d'opium et d'asrar, inclinant à de profondes rêveries et au bonheur de longues méditations. Les murs blancs, le péristyle treillissé semblaient avancer et reculer, se colorer et pâlir, pendant que les étoiles s'illuminaient et s'agrandissaient au cœur des mondes argentés. L'ensemble des pierres du sanctuaire, divinement ouvragées, flottait, luisant sous la voûte céleste, encre comme la violette, brun comme le vin. La voix qui chantait se gonflait d'extase et de passion lorsque les paroles disaient le triomphe de l'Amant et de l'Aimée, et combien leurs âmes se mêlaient comme le jus des grappes lors des vendanges, et comment ils avaient trouvé la Porte et la Voie. Et toutes les floraisons dans l'air assombri, tous les bouquets au jardin, toutes les roses sur l'arbre, étaient comme des flambeaux.

Cette vie qu'il imaginait à travers ces symboles, on la lui avait offerte et il l'avait refusée ; et il était seul dans la rue grise, avec rien d'autre que les lampes brillant dans le morne crépuscule, et les échos de chants paillards qui résonnaient dans la grande rue. La parodie d'un hymne, joué par un harmonium, gémissait dans quelque salon. Il se demandait pourquoi il s'était détourné de cette femme qui connaissait tous les secrets et dont le regard livrait tous les mystères. Il ouvrit l'abattant de son bureau et fut confronté au désordre de ses papiers, tel qu'il l'avait laissé. Il savait que là était le motif de son refus. Il n'avait pas voulu abandonner tout espoir de travailler. La gloire et le tourment de ses ambitions brillaient au-dessus de lui tandis qu'il regardait son manuscrit ; cela semblait si triste qu'un désir tellement absolu restât inabouti. Il sentait que s'il choisissait à l'instant de s'asseoir à son bureau, il pourrait de quelque façon écrire avec facilité, imaginer une histoire dans une forme acceptable et qui trouverait certainement un accueil favorable. Elle ne serait pas, dans sa banalité totale, l'œuvre favorite et dénuée de talent des bibliothèques ambulantes ; elle se tiendrait au niveau où le réel est adroitement imité, parmi les livres qui apportent au lecteur une profusion d'émotions et qui pourtant réussissent, selon lui, à être talentueux, à être de « l'art ». Lucian avait souvent observé ces exemples de réussite et avait remarqué les acclamations qui ne faisaient jamais défaut à l'adroite imposture, au mensonge littéraire. *Romola*, par exemple, avait fait crier de satisfaction nombre de gens sérieux et rabat-joie, tandis que *The Cloister and the Hearth*, un vrai livre, était en comparaison un échec. Il savait qu'il pouvait écrire *Romola*, mais il pensait que fabriquer de fausses pièces d'une demi-couronne était moins méprisable que le misérable talent d'imiter la littérature. Il avait définitivement refusé d'entrer dans l'atelier du monsieur qui faisait plaisir à sa clientèle en copiant adroitement le grain du noyer ; et parce qu'il avait vu l'ancienne armoire de chêne remisée avec mépris dans la cour de ferme et servant peut-être aux besoins des poules et des porcs, il n'irait pas en apprentissage chez les maîtres de la copie. Il allait d'un bout à l'autre de sa chambre, relisant de temps en temps ses feuillets et se demandant s'il n'y avait plus d'espoir pour lui. Faire une grande œuvre, jamais il ne le pourrait, mais il avait rêvé d'écrire quelque chose de vrai, d'imaginer des pages sincères et authentiques. De nouveau, il fut remué par la fureur d'écrire en songeant à ce qui était advenu la soirée précédente, à tout ce qui avait traversé son esprit depuis l'aube mélancolique. L'image sinistre de cette rue en folie, les boutiques embrasées et les regards enflammés, tous ses prodiges et toutes ses monstruosités, animés par les éclats de naphte et par les esprits en délire, tout l'avait investi : et tous les bruits, la clameur, le chuchotis, la crécelle discordante de l'orgue de Barbarie, l'appel sans fin du boucher aux mains de sang, la litanie paillarde des chanteurs, tous ces bruits semblaient devenir une diabolique ouverture musicale gorgée de luxure et de mort. Pareil spectacle était cerné par la nuit noire, drame fantomatique joué sur cette estrade illuminée, sous ces hideuses lampes de cuivre, se balançant sous les rafales de vent. Tandis que cette profusion d'images et de bruits envahissait son cerveau en une impression lucide, il lui sembla qu'il avait été véritablement le témoin et l'acteur d'un drame, que toute la scène avait été préparée et décorée pour lui et que les chœurs qu'il avait entendus n'étaient qu'un prélude à quelque chose de plus grandiose. Car l'achèvement et la désolation totale résidaient en cette femme, et le théâtre tout entier attendait leur rencontre. Il lui parut qu'après cela, les voix et les lumières s'éteindraient, que la foule s'enfoncerait furtivement dans la nuit et que la rue se trouverait soudain dépouillée de ces grandes lumières et de tout ce terrible appareil scénique.

Il pensa que, de nouveau, le même mystère serait représenté devant lui ; par quelque nuit noire et mystérieuse, tandis qu'il irait seul sur une route déserte, le vent fuyant devant lui, un détour l'y amènerait soudain et une fois encore le drame antique serait rejoué sur la scène en délire. Il serait conduit au même endroit, pour trouver cette femme toujours là ; à nouveau, il observerait le rose irradiant sur sa joue frémissante, l'éclat éblouissant de ses yeux bruns, les boucles dorées encadrant la splendeur laiteuse de son cou. Et pour la seconde fois, elle viendrait s'offrir avec naturel. Il entendait la mélopée des chanteurs enflant jusqu'à la clameur, il voyait la forme sombre des danseurs tourbillonnant avec de plus en plus de frénésie et les éclairs de naphte teintés de rouge, tandis que la femme et lui s'enfuyaient dans la nuit vers l'intérieur du cloître, là où chaque fleur est une flamme, et d'où il ne reviendrait plus jamais. Sa seule sauvegarde était son bureau ; il pourrait être sauvé s'il pouvait encore plonger son cœur dans la multitude de ces papiers en désordre, être encore subjugué par la cadence d'une phrase. Il ouvrit grand sa fenêtre et contempla le monde obscur et les lumières ambrées qui miroitaient. Il résolut de se lever tôt le lendemain matin pour trouver à nouveau sa véritable vie dans le travail.

Mais une chose étrange se produisit. Il y avait sur la cheminée une petite bouteille, une bouteille en verre bleu foncé, et en la regardant il frissonna et se mit à trembler, comme si c'était un maléfice.

7

Il faisait très sombre dans la pièce. Il lui semblait que, par de lentes étapes, il s'éveillait d'une longue et lourde torpeur, d'un oubli absolu, et en levant les yeux il put à peine discerner la blancheur livide du papier qui était devant lui sur le bureau. Il se souvenait d'un certain après-midi d'hiver morose, de la pluie battante, du vent en rafales. Nul doute qu'il s'était endormi sur son travail et que la nuit était tombée.

Il se renversa sur sa chaise, se demandant s'il était tard ; ses yeux étaient entrouverts et il ne faisait pas l'effort de se lever. Il entendait le vent qui soufflait en bourrasques et le bruit lui rappelait des jours à demi oubliés. Il pensait à sa jeunesse, au vieux presbytère et aux grands ormes qui l'entouraient. Il y avait quelque chose de doux dans cet état oscillant entre rêve et réalité ; il savait qu'il pouvait se réveiller quand il le voudrait, mais en cet instant il s'amusait à prétendre qu'il était encore un petit garçon, fatigué par ses randonnées et l'air vif des collines. Il se rappelait comme il émergeait parfois du sommeil au cœur de la nuit et écoutait, à moitié endormi, pendant quelques instants, les assauts brusques du vent sifflant dans les ormes et entendait frapper contre les murs ; puis il plongeait à nouveau dans les rêves, heureux au creux de son lit douillet et chaud.

Le vent prit de la force et les fenêtres cognèrent. Il ouvrit les yeux à demi, les referma, décidé à se bercer encore de cette sensation du temps passé. Il se sentait las et lourd de sommeil ; il pensait être épuisé par quelque effort ; peut-être avait-il écrit avec fureur, sans repos. Sur le moment, il n'arrivait pas à se souvenir de ce qu'avait été ce travail ; ce serait merveilleux d'en lire les pages quand il se déciderait à bouger.

Ce qu'il entendait, sans nul doute, c'était le bruit des branches secouées et malmenées par le vent. Il se souvint d'une nuit à la maison familiale alors qu'un bruit semblable l'avait sorti soudain d'un bon et profond sommeil. Il y avait dans l'air comme un furieux battement d'ailes et un bruit sourd et lugubre, comme le grondement du tonnerre loin sur la montagne. Sortant de son lit, il avait soulevé le rideau pour regarder dehors. Il se rappelait l'étrange spectacle qu'il avait vu et il était persuadé que ce serait exactement la même chose s'il se donnait la peine de répéter son geste maintenant. De sombres nuages fuyaient devant la lune et une lueur pâle rendait le paysage familier bizarre et terrifiant. Le vent hurlait en terribles rafales et les arbres s'agitaient, se courbaient, palpitants. Les bois étaient comme flagellés avec frénésie et, dans cette confusion tumultueuse et ces voix pareilles à celles d'une multitude, la nuit devenait épouvante. Venu de l'ouest, un énorme nuage noir roulait dans le firmament et vint cacher la lune tandis que se déversaient des torrents de pluie.

Tandis qu'il restait assis sur sa chaise, répugnant à se lever, il revoyait toutes ces images avec précision. A l'instant même où il laissait vagabonder son esprit vers cette nuit des années passées, la pluie fouetta violemment les carreaux de la fenêtre et, bien qu'il n'y eût aucun arbre dans la rue sombre du faubourg, il entendit distinctement le fracas des branches. Il errait à tâtons dans ses pensées, en quête de souvenirs perdus, tel un homme allant d'une porte à l'autre dans l'obscurité d'une pièce inconnue. Mais il était certain que, s'il regardait dehors, la scène tout entière serait, par quelque magie, déployée devant lui. Il ne verrait pas la courbe monotone des maisons à deux étages, avec çà et là un rideau blanc, une tache de lumière, des ombres apparaissant et disparaissant, ni la pluie frappant la rue boueuse, ni la couleur ambrée du bec de gaz en face, seulement l'éclat lointain de la lune s'épandant sur le pays qui lui était si cher. Au loin, il apercevait le cercle enténébré des collines et des bois, et sous ses yeux les arbres secoués près de la pelouse et les bosquets gonflés par le vent furieux. Perdu dans ses méditations paresseuses, il souriait en lui-même de voir combien tout paraissait réel tout en étant si éloigné, décor d'un spectacle ancien depuis longtemps terminé et oublié. Il était étrange qu'après tant d'années de soucis, de travail et de changements, il fût encore la même personne que le petit garçon à demi effrayé qui guettait au-dehors de la fenêtre du presbytère. C'est comme si, en regardant dans le miroir, on voyait un étranger tout en sachant que l'image reflétait la vérité ancienne. Le souvenir de la vieille maison lui rappela son père et sa mère, et il se demanda si sa mère viendrait au cas où, subitement, il se mettrait à crier. Une nuit, par un temps pareil à celui-ci, tandis qu'une forte tempête soufflait de la montagne, un arbre était tombé avec un grand bruit et une branche avait heurté le toit ; il s'était réveillé, apeuré, appelant sa mère. Elle était venue et l'avait réconforté, l'aidant à se rendormir, et à cet instant il ferma les yeux et vit son visage éclairé par la flamme incertaine de la bougie, tandis qu'elle se penchait sur son lit. Il ne voulait pas croire qu'elle était morte ; ce souvenir n'était que l'un des mauvais rêves qui l'avaient envahi plus tard.

Il se disait qu'il s'était endormi, devenant la proie de cauchemars angoissants, et qu'il fallait oublier toutes ces choses affligeantes. Il retournerait vers les jours heureux, vers le pays bien-aimé, vers les chers sentiers familiers, à travers champs. Son papier devant lui était blanc, et quand il déciderait de bouger, il aurait la joie de lire ce qu'il avait écrit. Il ne se souvenait pas très bien de quoi il s'agissait mais il était pourtant persuadé qu'il avait réussi et avait achevé avec bonheur un long travail. Dans un instant, il allumerait le gaz et jouirait de la satisfaction que seul le travail pouvait lui apporter ; mais pour le moment, il préférait s'attarder dans l'obscurité et s'imaginer errant d'une barrière à l'autre à travers les prairies parfumées et écoutant le torrent qui chantait pour les aulnes.

C'était l'hiver maintenant, car il entendait la pluie et le vent et les arbres qui se balançaient, mais durant ces jours anciens comme l'été avait été doux ! Le grand buisson d'aubépines en fleurs, tel un nuage blanc sur la terre, lui était apparu au crépuscule et il avait flâné dans le creux du vallon pour entendre le rossignol, voix sortant de l'ombre chaude et des arbres qui poussaient autour de la source. Par-delà les années, le parfum de la reine des prés revenait et avec lui le rêve, l'espoir, l'attente et les dernières lueurs rouges dans le ciel et l'émerveillement de la terre. Il y avait une paisible promenade qu'il connaissait bien : on montait à partir d'un étroit sentier verdoyant, longeant un petit ruisseau sans nom, large d'un pied à peine, mais qui serpentait néanmoins comme une rivière, sautillant avec bruit par-dessus les cailloux, et qu'ombrageaient des buissons nains. On allait en enjambant le cours d'eau à travers les herbes vert tendre de la prairie jusqu'au bois de mélèzes qui poussaient sur les collines et lançaient vers le ciel empourpré leurs flèches indécises et odorantes. Le sentier serpentait à travers le bois, tournait, descendait, et les aiguilles brunes tombées l'an passé faisaient un tapis doux et épais tandis que les cônes résineux exhalaient leur odeur à mesure que la nuit tiède avançait et que l'ombre s'épaississait. Tout était paisible. Il restait là, et le léger clapotis du ruisseau ressemblait à l'écho d'une rivière au-delà des montagnes. Comme il était étrange de plonger le regard dans les bois, de voir les troncs hauts et droits se dresser tels des piliers ; puis venaient la pénombre incertaine et enfin l'obscurité. Alors il s'éloignait du bois de mélèzes, de cette étendue verte, de la nuit confuse, pour rejoindre le plus cher des abris, fermé sur un côté par les arbres et sur le devant par d'immenses murailles de verdure, pareilles aux pentes d'un fort se découpant, sombre et précis, contre le ciel crépusculaire, avec, au sommet, un étrange buisson d'épines qui s'élargissait, mystérieux, sous l'étoile du berger.

Et il se remémorait ses errances dans les profonds sentiers d'antan qui partaient de la route communale et s'en allaient vers l'inconnu, grimpant les collines abruptes, pénétrant l'ombre des bois, plongeant dans des vallons qui semblaient vierges, inexplorés, que les pas de l'homme ignoraient. Il empruntait ces chemins sans savoir où ils le mèneraient, espérant qu'il avait trouvé le royaume des fées dans ces bois au-delà du monde, vers ce domaine incertain qui hante tous les rêves d'un adolescent. Il n'aurait pu dire où il se trouvait, car les hauts talus montaient à pic et les haies formaient une voûte élevée et verdoyante au-dessus de lui. De merveilleuses fougères, luxuriantes, poussaient dans la terre rouge sombre, nouant leurs racines aux souches des noisetiers, des hêtres et des érables, s'emmêlant comme aux chapiteaux ouvragés d'un pilier de cathédrale. En bas, de même qu'au fond d'un puits sombre, le sentier s'enfonçait au creux des collines et arrivait au milieu des roches calcaires. Enfin, il grimpait sur le talus et regardait vers la campagne, qui lui semblait un instant la terre qu'il recherchait, le mystérieux royaume des collines et des vallées inconnues, des belles plaines toutes dorées et des blanches maisons radieuses dans le couchant.

Et il évoquait les flancs abrupts des collines où les taillis ressemblaient à des bois, les endroits dénudés où le vent d'ouest chantait dans les ajoncs d'or, les cercles tranquilles au milieu de l'eau, l'if vénéneux au cœur des bois, perdant ses baies rouges sur la terre humide. Et puis il flânait près de certaines mares sombres entourées d'ormes blancs obliques et d'aulnes aux troncs noirs, regardant les petites vagues s'élargir jusqu'aux rives lorsqu'une feuille ou une brindille tombait des arbres.

Et revint à sa mémoire l'atmosphère tout entière et son émerveillement pour la forêt antique. Il avait trouvé son chemin jusqu'à la vallée et la rivière, longue et charmante anfractuosité entre les collines, puis il avait grimpé sans cesse, sous les feuillages, dans le chaud silence du plein été, regardant parfois en arrière, vers les vallées verdoyantes, vers la rivière au-dessous qui déroulait ses « s » mystiques, longeant de secrètes ravines qui recevaient les ruisseaux dévalant les pentes glacées au sortir des rochers, dépassant les tumulus immémoriaux, les tombes où les légionnaires attendaient le son de la trompette, les fermes grises d'où s'échappaient les volutes bleues des feux de bois dans l'air tranquille. Il montait, toujours plus haut, pour emprunter enfin le long passage de la voie romaine et de là la crête, puis il arrivait au toit de la forêt, d'où il voyait les vagues de verdure comme une houle plongeant vers les marécages en dessous et le miroitement lumineux de la mer. Il regardait la haute forêt et songeait à la lointaine cité désertée, réduite à un modeste village, aux murs qui l'entouraient, se fondant dans les herbes, aux vestiges d'un temple plus ancien encore et que la terre avait englouti.

C'était l'hiver désormais, car il entendait la plainte du vent et des rafales brutales de pluie qui frappaient les vitres, mais il pensait au chant de l'abeille dans le trèfle, à la digitale en pleine floraison, à la fleur d'églantier, délicate enchanteresse, balançant sa longue tige par-dessus la haie.

Il s'était trouvé dans des lieux étranges, il avait connu le chagrin et la désolation, il était devenu triste et las de l'effort littéraire, mais de nouveau il vivait dans le bien-être, dans l'air vif et léger des petits matins quand le ciel de juin était bleu, quand la brume se déroulait comme une mer blanche au fond de la vallée. Il se mit à rire lorsqu'il se remémora cette époque où il avait cru être malheureux, ce temps où il pouvait être heureux parce que le soleil brillait, parce que le vent frais soufflait sur les montagnes. Durant ces jours insouciants, il s'était réjoui en regardant les nuages s'enfuir, rapides, par-dessus les collines et il était allé encore plus haut, jusqu'au large dôme de la montagne, sentant la joie courir devant lui.

Il se souvenait combien, enfant, il avait rêvé de l'amour, d'un mystère ineffable et sacré qui transcendait l'impatience et le désir. Le moment était venu où tout l'émerveillement devant la terre semblait préfigurer uniquement cela, où il trouva le symbole de la bien-aimée dans les collines, les bois et les ruisseaux, et que chaque fleur et chaque étang sombre lui parlèrent d'extase divine. Lorsqu'il s'éveilla un matin juste avant l'aurore et qu'il sentit pour la première fois le frisson aigu de la passion : ce n'était que le désir du désir, l'amour de l'amour qui survenaient en lui.

Il essayait en vain d'énoncer pour lui-même les joies exquises du désir innocent. Maintenant encore, après des années difficiles, en dépit du voile sombre qui obscurcissait le fond de ses pensées, la douceur des plaisirs inventés de l'adolescent revenait comme un parfum dans sa rêverie. Ce n'était pas l'amour pour une femme, mais le désir de la féminité, l'Eros face à l'inconnu qui fait tressaillir le cœur. Il ne croyait guère qu'un tel amour pût être jamais satisfait, que la soif de la beauté pût être étanchée. Il répugnait à tout contact avec la réalité, ne s'aventurant même pas à imaginer le lieu secret, le sanctuaire de ces mystères. Il lui suffisait de se prosterner dans la cour extérieure, de savoir qu'à l'intérieur, dans l'ombre harmonieuse, se trouvaient l'apparition et l'extase, l'autel et le sacrifice. Il se souvenait, de manière imprécise, de longues et lourdes années écoulées depuis cette époque d'espérance et d'ardeur, mais peut-être cette ombre vague s'en irait-elle et il pourrait renouer avec ses rêveries d'enfant, ses fantasmes informes qui appartenaient aux beaux jours passés près des églantiers dans les haies. Tout le reste serait écarté, et après cette nuit d'hiver, il ne laisserait plus rien le troubler. Il était conscient que, depuis toujours, il avait laissé son imagination l'égarer, créer un monde fantastique dans lequel il était triste, transformant des silhouettes innocentes en épouvantables frayeurs. Il revoyait avec netteté la couronne sombre des chênes, poussant en un cercle décharné par-dessus les remparts du fort romain. Au-dehors, le bruit de la tempête se renforçait et il songeait que le vent remontait la vallée avec un hurlement, qu'un grand arbre entrechoquait ses branches, frémissant sous les rafales violentes. Comme si, dans l'instant même, il était sur le chemin et voyait, claires et distinctes, les pentes abruptes monter de la vallée et le cercle noir des chênes se découpant dans le ciel embrasé, contre une flambée de lumière incandescente, comme si les portes d'un grand four étaient ouvertes. Il voyait le feu se jeter contre les bastions, contre les tumulus qui gardaient le fort, et les branches sauvagement nouées semblaient se tordre dans les flammes en fureur qui descendaient du ciel. Etrangement, au spectacle du fort embrasé se mêlait l'impression d'une forme blanche et vague se glissant vers lui dans l'ombre du chemin, et il vit, par-delà l'abîme des années, le visage d'une jeune fille, apparition d'un instant qui s'éclaira et disparut au loin.

Puis revint à sa mémoire un autre jour. Lors d'un été brûlant, les murs blancs d'une ferme étincelaient au soleil, et il entendait l'appel lointain des moissonneurs dans les champs de blé. Il avait escaladé seul la pente raide et pénétré dans les buissons épais pour s'étendre, dans la chaleur, sur le gazon tendre qui poussait dans le fort. Il y avait en lui une ombre de folie, une mêlée de rêves confus dépourvus de signification et de clé si ce n'est celle d'une indéfinissable et horrible souillure. Il s'était endormi tandis qu'il contemplait les branches bizarrement emmêlées d'un hallier chétif tout proche, et quand il s'éveilla il s'enfuit de peur qu'« ils » le poursuivent. Il ignorait qui « ils » étaient mais il lui semblait qu'un visage de femme l'observait depuis les branches entrelacées et qu'elle appelait à ses côtés d'affreux comparses qui, au long des âges, n'avaient jamais vieilli.

Il se figurait un visage souriant qui se penchait vers lui, tandis qu'il était assis dans l'ombre fraîche de la vieille ferme, et se demandait pourquoi la douceur de ces lèvres rouges et la gentillesse du regard se mêlaient au cauchemar du fort, à l'horrible sabbat dont il avait rêvé tandis qu'il dormait sur le chaud et doux gazon. Il avait permis à ces fantasmes troublants, à toutes ces tortures, toutes ces hontes qu'il avait entretenues dans son esprit, de le tourmenter pendant trop longtemps ; dans un instant, il allumerait la chambre et laisserait derrière lui toutes les ténèbres anciennes de sa vie pour s'en aller désormais vers le jour.

Il distinguait encore, bien que d'une manière très vague, la pile de feuilles devant lui, et il se souvenait maintenant qu'il avait achevé un long travail dans l'après-midi, avant de s'endormir. Il n'était pas à même de se rappeler la nature exacte de ce qu'il avait écrit, mais il était certain d'avoir réussi ; dans quelques minutes peut-être, il frotterait une allumette et lirait le titre, se moquant de son peu de mémoire. Mais la vue des papiers rangés en ordre lui rappela ses débuts, ses premières tentatives infructueuses, si absurdes et désespérées. Il se revit penché sur la table de la chambre familière, écrivant avec frénésie, puis reposant son porte-plume, attristé par les piètres résultats sur la page. La nuit était avancée, son père couché depuis longtemps et la maison tranquille. Le feu était presque éteint, avec seulement une faible lueur ici et là parmi les tisons, et la pièce se refroidissait. Il quittait enfin son travail pour regarder au-dehors la terre indistincte et le ciel nuageux et obscur.

Nuit après nuit, il avait besogné, persévérant dans ses efforts, même au cœur d'un désespoir glacé, alors que chaque ligne, aussitôt écrite, était condamnée. Avec la connaissance qu'il avait maintenant des difficultés de l'écriture et les années de réflexion et de pratique qui lui avaient apporté le sens du langage, il trouvait ces efforts passés à la fois pathétiques et surprenants. Il ne comprenait pas comment il avait continué avec tant d'entêtement, comment il avait eu le courage de commencer une nouvelle page alors que tant de feuillets surchargés de ratures gisaient déchirés, moqués, absurdes dans leur naufrage absolu. Il lui apparaissait que c'était peut-être un miracle ou une diablerie, ou quelque espèce de folie, qui l'avaient poussé à continuer, tantôt découragé, tantôt plein d'espoir.

Et pourtant, il y avait dans ces illusions un bon côté. Il était réconfortant de penser au temps où tout était possible, où le plus magnifique des projets semblait une affaire de quelques semaines ; pour l'instant, dénué d'inspiration, il payait, au prix d'une rude épreuve et d'innombrables heures chagrines, la découverte de ses limites et l'abîme qui sépare l'idée de son accomplissement. Maintenant, il était arrivé à des certitudes ; pour ce qui le concernait, il pensait qu'aucun livre n'était véritablement accompli avant que soit écrite la dernière ligne ; alors il avait appris la patience, l'art de soupirer en mettant de côté dans l'alvéole de son bureau le beau projet qui n'aboutirait pas. Mais penser à ces jours d'autrefois ! Quand il pouvait imaginer un livre qui serait plus original que Rabelais, jeter sur la feuille les grandes lignes d'un roman qui surpasserait Cervantès, fabriquer des tragédies et des recueils de contes de la Renaissance et des comédies de la Restauration. Tout était à faire encore et l'œuvre majeure était comme le Graal, toujours devant lui, inaccessible.

Il mit la main sur le manuscrit du bureau et le contact des pages lui remit en mémoire toutes celles qu'il avait déchirées longtemps auparavant. L'atmosphère de la pièce silencieuse revenait, la lumière tamisée de la chandelle tombait sur les feuilles délaissées. Celles-ci avaient été conçues dans la peine tandis que déferlait une tempête de neige couvrant les chemins et la pelouse ; celles-ci au cours d'une nuit d'été, celles-là sous la lune de septembre s'élevant tel un brasier sur la colline. Comme il se rappelait bien cette demi-douzaine de pages dont il avait été si fier autrefois ; il en avait imaginé les phrases un soir alors que, penché sur la passerelle, il regardait le torrent traverser la route. Chaque mot fleurait la reine des prés qui poussait abondamment sur ses rives ; et tandis que revenaient la cadence et la tournure de la phrase, il revoyait les fougères sous les racines arquées du hêtre et la lueur du ver luisant dans la haie.

Vers l'ouest, les montagnes s'élevaient en un grand dôme et sur celui-ci il y avait un tumulus, mémorial de quelque race oubliée et qui, lorsque le soleil se couchait, devenait sombre et grandiose contre le ciel cramoisi. Il avait erré en bas, au cœur de sa solitude, parmi les vents, le soir, loin de chez lui. Oh ! que de peines, de vains efforts pour traduire en prose la forme et la terrible grandeur de tout cela, pour décrire le silence de la vaste colline, la tristesse du monde d'en bas s'enfonçant dans la nuit et le mystère, l'évocation du tertre arrondi, immense sous la magie du ciel.

Il avait tenté de chanter avec des mots l'air que murmurait le torrent, le son du vent d'octobre bruissant dans les halliers roussis de la colline. Combien de pages avait-il noircies pour s'efforcer de montrer le monde blanc de l'hiver, le soleil sans chaleur dans le ciel bleu gris, les nombreux champs et toute cette étendue blanche et étincelante d'où émergeait un col couronné de pins noirs dans la douceur de l'air mauve et la quiétude d'un après-midi.

Saisir le secret des mots, faire une phrase qui parlerait de l'été et de l'abeille, convoquer le vent en une ligne, évoquer l'odeur de la nuit dans l'élan, la chute, l'harmonie de quelques mots ; telle était l'histoire de ses longues soirées, de la flamme du bougeoir qui irradiait d'une lumière blanche la feuille et la plume impatiente.

Il se rappelait avoir vu dans un livre curieux une portée ou deux de musique avec au-dessous une inscription disant que c'était là l'hymne musicale de l'abbaye de Westminster. Ses tentatives adolescentes étaient aussi ambitieuses, mais il ne croyait plus désormais que le langage pouvait traduire la voix, la grandeur et le charme de la terre. Il avait compris depuis longtemps qu'il devrait se contenter d'une lointaine approche, de quelques notes maladroites qui peut-être pourraient suggérer le chant éternel et souverain de la montagne et des rivières.

Mais en ces jours anciens, l'impossible faisait partie du merveilleux qui s'étendait devant lui, cette partie du monde au-delà de la forêt et de la montagne. Il allait tout conquérir, il allait tout réussir ; il lui suffisait d'entreprendre le voyage et il découvrirait le pays de l'or et l'or des mots et il entendrait les chants des sirènes. Il toucha le manuscrit : il n'était pas le résultat d'un grand élan d'espoir mais celui d'un labeur difficile, de déceptions, de corrections incessantes, de durs moments. Cela pourrait être bien dans une certaine mesure ; mais ensuite, pendant quelque temps, il n'écrirait plus. Il retournerait dans l'univers heureux des chefs-d'œuvre, dans les rêves de livres parfaits et célèbres, conçus dans l'extase.

Tel un nuage sombre venu de la mer, le souvenir de la tentative qu'il avait faite, de la malheureuse et pitoyable histoire qui avait un jour assombri sa vie lui revint. Il soupira et dit hélas ! déplorant sa folie, ces heures où il était la proie d'une vaine et misérable fureur. A Londres, un imbécile avait rendu son manuscrit plus commercial et l'avait vendu sans lui rendre compte des profits et pour cela il avait été bien près de maudire l'humanité. Tel le souvenir d'un jour d'orage, l'indignation noire et effrayante revenait à son esprit, et il se couvrit les yeux, s'efforçant d'accuser encore l'image de terreur et de haine qui flambait devant lui. Il essaya de chasser tout cela de ses pensées, vexé au souvenir de ces sottises ; le méchant tour de l'éditeur, la suffisance et la malveillance des provinciaux, la cruauté du jeune villageois l'avaient mis au comble de la fureur. Son cœur avait brûlé de rage, et lorsqu'il leva les yeux le ciel était éclaboussé de rouge comme s'il pleuvait du sang.

En vérité, il avait presque cru qu'il pleuvait du sang sur lui, du sang glacé venu d'un sacrifice céleste ; son visage trempé et froid ruisselait, et pour s'en rendre compte il avait passé la main sur son front. Un nuage rouge semblait envahir la colline, grandir et s'approcher de lui ; il échappa de justesse à une folie meurtrière.

Il en était presque arrivé là. Le souffle du nuage cramoisi avait passé, le touchant presque. Il était étrange qu'il se sentît si profondément troublé par de si petites choses, étrange comme après tant d'années il se souvenait encore de l'angoisse, de la fureur et de la haine qui, telle une tempête spirituelle, secouèrent son âme.

Le souvenir de cette soirée n'était que frénésie et confusion ; il résolut que celui-ci ne le troublerait plus, que c'était désormais la dernière fois qu'il se laissait tourmenter par le passé. Dans quelques minutes, il oublierait toutes les tempêtes affrontées pour aller vers une vie nouvelle.

Etrangement, chaque détail était clair et distinct dans son cerveau. La silhouette du docteur rentrant chez lui et le son des quelques mots qu'il lui avait adressés lui revenaient dans l'obscurité, mêlés au bruit de la tempête et au fouettement de la pluie. Alors il était resté sur la crête de la colline et avait vu dans le calme du soir la fumée qui montait des toits de Caermaen ; il écouta les voix qui s'élevaient, ténues et cristallines, sur un ton mystérieux, comme si un peuple barbare parlait dans une langue inconnue de choses abominables.

Il vit l'obscurité qui grandissait, le mystère du crépuscule transformant le misérable village accroupi en une cité de l'au-delà, en quelque terrible Atlantide, peuplée d'une race déchue. Se dessinaient devant lui la brume qui tombait vite, l'ombre qui semblait sortir des abîmes noirs de la forêt et avancer, de manière palpable, vers les remparts ; et au-dessous, tel un serpent, la rivière coulait autour de la ville, allant vers la marée et luisant, dans ses mares immobiles, comme du cuivre fondu. Et tandis que l'eau reflétait les lueurs du couchant et poussait des ondes et des taches sanglantes jusqu'aux roseaux frissonnants, soudain arriva le perçant appel de la trompette, lourd, répété, qui montait et descendait, qui appelait, appelait encore, en écho à travers la vallée tout entière, implorant les morts tandis que résonnait la note finale. Il appelait la légion romaine venant de la rivière, venant des tombes et du champ de bataille, multitude surgissant de la mer, pullulement de centuries autour des enseignes, toutes en rangs pour la dernière grande bataille, derrière l'assaut de la brume.

Il se revoyait toujours errant à travers le pays sombre, inconnu, terrible, fixant apeuré les collines, les bois qui semblaient avoir revêtu une forme étrangère au monde, trébuchant parmi les bruyères qui entravaient ses pas. Il perdit son chemin dans une contrée sauvage, et la lumière rouge qui s'échappait de la fournaise sur la montagne ne montrait rien d'autre qu'une terre mystérieuse dans laquelle il s'égarait, éperdu, la certitude du malheur pesant sur lui. La rumeur sèche des arbres, le bruit d'un torrent invisible lui faisaient peur, comme si la terre parlait de sa faute ; alors il s'enfuyait au cœur d'un bois sombre et désolé, où une lumière pâle s'élevait des souches vermoulues, songe de lumière répandant un rayonnement fantomatique. Et de nouveau le sommet obscur du fort romain, la pente abrupte et noire s'élevant au-dessus de la vallée et l'éclat de la lune inondant le cercle des chênes, luisant autour des bastions de verdure qui gardaient le bosquet et l'espace intérieur.

La pièce dans laquelle il était assis lui apparaissait telle l'image tourmentée du vent, et la pluie au-dehors n'était qu'illusion, bruit des vagues dans un coquillage. La passion, les larmes et l'adoration, la gloire des nuits d'été revenaient, le doux et calme visage de la femme apparaissait, et il frémissait au léger contact de la main sur sa chair.

Elle resplendissait comme si elle était descendue sur le chemin, venue de la lune qui courait derrière l'écran des nuages au-dessus de la couronne des chênes. Elle l'avait emmené loin de toute terreur, de tout désespoir et de toute haine et s'était donnée à lui dans l'extase, lui manifestant de l'amour, chassant ses larmes avec des baisers, offrant à sa joue la rondeur de son sein.

Ses lèvres s'attardaient sur ses lèvres, sa bouche sur le souffle de sa bouche, ses bras le serraient contre elle et, oh ! elle l'envoûtait avec sa voix, avec des mots tendres et affectueux comme si elle s'offrait en sacrifice. Et sa chevelure odorante se répandait sur les yeux du jeune homme, et là haut se trouvait une flamme merveilleuse qu'on nomme la lune, tandis que ses lèvres s'embrasaient et que ses yeux brillaient comme une lumière sur les collines.

La féminité tout entière était venue à lui sur le sentier, dans toute sa beauté. L'amour l'avait touché à la nuit tombée et s'en était allé, mais il avait vu splendeur et gloire, et ses yeux avaient subi l'ensorceleuse lumière.

Les mots anciens résonnaient à ses oreilles comme le finale d'un chant et il entendit s'arrêter la musique. Une fois seulement dans sa triste vie sans joie la vie s'était ouverte devant lui et il l'avait connue, la chère, chère Annie, symbole de toute mystique féminine.

Une langueur pesante continuait à l'oppresser, le retenant parmi ses souvenirs d'antan, de sorte qu'il ne pouvait bouger de sa place. Etrangement, il semblait qu'il y eût quelque chose d'inaccoutumé dans l'obscurité de la pièce, comme si les ombres qu'il avait évoquées avaient changé l'apparence des murs. Il avait conscience que durant cette nuit il n'était pas tout à fait lui-même ; la fatigue, la lourdeur de son sommeil et le rêve éveillé l'avaient intrigué. Il se souvenait qu'une fois ou deux, alors qu'il était enfant, il avait ouvert les yeux en pleine nuit, réveillé par un mauvais rêve, et il avait regardé fixement, effrayé, dans le noir, ne sachant où il était, tout tremblant et haletant, jusqu'à ce qu'il touche le bord de son lit, car alors les contours du miroir et du chiffonnier avaient commencé à émerger de l'ombre. C'est pourquoi il saisit la pile manuscrite et le bureau sur lequel il avait travaillé si longtemps et se sentit rassuré, bien qu'il se moquât de lui-même à ressentir la vieille peur enfantine, le désir d'appeler afin que quelqu'un apportât une chandelle et lui montrât qu'il était bien dans sa chambre. Il leva les yeux un instant, espérant peut-être voir l'éclat du bec de gaz en cuivre qui était fixé au mur tout près de son bureau, mais il faisait trop noir et il n'arrivait pas à sortir de sa torpeur et à faire l'effort qui chasserait au loin les ombres et le murmure de ses pensées. De nouveau il se rejeta en arrière sur son siège, imaginant la rue mouillée au-dehors, la pluie chassant contre le lampadaire une écume de fontaine, le hurlement du vent sur les terrains vagues au nord. Il était étrange que dans ce désert de brique et de stuc, où il n'y avait pas d'arbres, il imaginât sans cesse le bruit des branches malmenées, des branches qui se heurtaient les unes aux autres en crépitant. Une grande tempête dévastait ces parties désertes de Londres et le tumulte de la pluie et du vent l'empêchait d'entendre le murmure discordant des trams et le grincement déplaisant des grilles du jardin qui s'ouvraient et se refermaient. Mais il imaginait sa rue désolée, battue par la pluie, s'incurvant en direction du nord et, par-delà les rues vides des faubourgs, les fenêtres éclairées des maisons, les champs abandonnés, les chemins dévastés, puis d'autres faubourgs encore, un bec de gaz solitaire éclairant un coin de rue et que le platane fouettait de ses branches, jetant des paquets d'eau sur les vitres.

Penser à tout cela était merveilleux. Car, lorsque ces routes éloignées se terminaient, on descendait la colline vers la rase campagne, au cœur du monde secret qui s'étendait par-delà la lueur des foyers amis. Ce soir, comme elles étaient vastes ces routes mouillées, bordées de leurs maisons en brique rouge, avec leurs arbustes pressés les uns contre les autres, pressés contre la clôture et le mur par le vent cinglant. Là-bas, le vent courbait les grands ormes dispersés sur le trottoir, restes d'anciens et majestueux domaines et sous chacun desquels on voyait une mare, car une pluie de gouttelettes en tombait à chaque rafale. Puis on allait par les avenues couleur brique, longeant, peut-être, un petit lotissement de boutiques éclairées, pour ensuite dépasser, dernière sentinelle, le réverbère vacillant ; ensuite, la route devenait un chemin raboteux et la tempête hurlait à travers les haies, en route vers les champs sans limites. Et plus loin encore, on atteignait des avant-postes reculés de Londres, île au milieu de l'obscurité, cernée de son palis de lumières clignotantes ainsi que d'étoiles. Il se souvenait de ses errances dans ces postes avancés de la ville et songeait combien leurs chemins devaient être solitaires cette nuit-là. Ils étaient abandonnés à la pluie et au vent, et on y voyait seulement quelques rares passants se hâtant à petits pas pressés, courbant la tête pour se garder de l'averse. A l'intérieur des villas, derrière les rideaux bien tirés, ils s'approchaient du feu, frappés par la violence de la tempête, écoutant les grandes rafales qui au loin rassemblaient leurs forces, secouaient les arbres et enfin surgissaient en un choc effrayant à l'assaut de leurs murs, comme le ferait la mer. Il se revoyait marchant comme il l'avait fait souvent d'un lampadaire à l'autre par des nuits semblables, chérissant ses pensées solitaires, méditant sur la lourde tâche qui l'attendait chez lui. Souvent, le soir, après une longue journée de travail, recru de lassitude, sentant qu'il ne pouvait plus lutter avec les mots et les idées, il avait jeté sa plume et s'en était allé dans la pluie cinglante et la nuit, cherchant le mot de l'énigme tandis qu'il avançait lourdement sous les fortifications de Londres.

Ou bien, par quelque gris après-midi de mars ou de novembre, las jusqu'au dégoût de la triste monotonie, de l'inactivité qu'il voyait de sa fenêtre, il avait emporté le plan de son livre vers des lieux tranquilles, s'arrêtant de temps en temps près d'une barrière, faisant une pause à l'abri d'une haie à travers laquelle frémissait le vent triste, tandis que, peut-être, il rêvait de la Sicile ou du soleil sur les oliviers de Provence. Souvent, tandis qu'il errait solitaire des rues jusqu'aux champs et passait devant le figuier de Syrie exilé en Grande-Bretagne, fixé contre un mur inhospitalier, la solution du problème devenait évidente et il se mettait à rire, se pressant de revenir, impatient de faire parler la page, de noter le chant qu'il avait entendu sur son chemin.

Il avait parfois passé des heures à cheminer sur ces frontières de Londres, tantôt égaré dans les champs obscurs, observant les buissons secoués par le vent, tantôt plongeant le regard des hauteurs d'où il pouvait voir les ondulations imprécises de la ville, un château d'eau incongru s'élevant de la colline et le nuage de fumée couleur tabac que les rues semblaient envoyer vers le ciel.

Il existait certains chemins, certains lieux qu'il avait chéris ; il aimait une immense et ancienne lande qui se trouvait sur les hauteurs, cachée par de vieilles demeures spacieuses, en briques rouges, avec leurs jardins plantés de cèdres. Et sur une route conduisant à cette lande, on voyait un espace de terre défoncée avec une mare et un chêne tordu ; là, en automne, il était souvent resté à regarder, par-delà la vallée brumeuse, le grand spectacle du couchant, quand un nuage rouge, tel un chevalier au galop, étincelait et terrassait la forme pourpre d'un dragon tandis que des lances dorées resplendissaient sur l'étendue verdoyante et magique.

Ou, parfois, lorsque la perspective ordonnée et sans fin de rues nouvelles et monotones le lassait, il avait trouvé un immense délassement dans la découverte d'un village oublié, au creux d'un vallon, alors que le nouveau Londres tout entier surgissait, envahissant et menaçant ce qui restait des toits rouges de sa croissance vulgaire. Ces petites maisons paisibles, nichées toutes ensemble à l'abri des arbres, avec leurs vitraux en avancée et leurs toits de guingois, lui rendaient en quelque sorte le sentiment de la campagne, de même que l'apaisait la pensée des anciennes fermes blanches ou grises, des foyers paisibles, havres de paix où nul tourment peut-être ne pénétrait jamais.

Car, instinctivement, il avait compris qu'il n'y avait ni repos ni bien-être dans l'immensité nue des rues qui l'entouraient. On aurait dit que dans ces tristes rangées d'habitations, dans les nouvelles villas bien entretenues, aux rouges et blancs voyants, il devait y avoir un levain qui transformait tout en vulgarité déplacée. Sous les ardoises ternes et maussades, derrière les portes à la peinture cloquée, l'amour devenait intrigue sordide, la gaieté vociférations d'ivrogne et le mystère de la vie une chose ordinaire ; on recherchait la religion dans la piété mielleuse et l'éloquence boursouflée de l'église indépendante, dans les horribles colonnes doriques en stuc. Rien de beau, rien d'exceptionnel, rien d'exquis, semblait-il, ne pouvait exister dans le désordre de la marée suburbaine, dans l'habitat qui était sorti de la puanteur et de la boue des briqueteries. C'était comme si les émanations écœurantes qui montaient de la cuisson des briques avaient fait apparaître un sublimé de maisons et ceux qui vivaient dans ces endroits sans joie pouvaient aussi revendiquer une parenté avec la boue en putréfaction.

C'est pourquoi il s'était délecté des quelques restes du passé qu'il voyait survivre encore à la frange des faubourgs, dans les vieilles et sévères maisons qui se tenaient à l'écart de la rue, dans les tavernes délabrées du XVIIIe siècle, dans les hameaux repliés sur eux-mêmes qui n'avaient gardé que l'éclat de tous les soleils qui avaient passé au-dessus d'eux. Il lui semblait que la vulgarité, l'hypocrisie, la misère étaient venues comme un déluge, que le meilleur comme le pire au cœur de l'homme étaient devenus ordinaires et repoussants, qu'une écume sordide se mêlait à toutes les sources de la mort comme de la vie. Il serait tout aussi vain de rechercher parmi ces misérables demeures à deux étages le sublime chez un pécheur ou chez un bienheureux ; même les vices de ces gens sentaient le bouillon de chou et les vomissures de bistrots.

Alors il s'était souvent enfui loin du dédale serré qui l'encerclait, à la recherche de l'Ancien, des origines, de la tradition, ainsi qu'un antiquaire le ferait des fragments d'un temple romain parmi des boutiques modernes. Les rafales de vent et la pluie qui frappait ses vitres cette nuit-là lui rappelaient d'une certaine façon une vieille maison qui avait souvent, de manière étrange et indéfinissable, éveillé sa curiosité. Il l'avait découverte par une triste et morne journée de mars, alors qu'il était parti sous un ciel de plomb, se recroquevillant contre la bise glacée qui charriait avec elle les ténèbres et engloutissait les lointaines et tristes plaines sibériennes. Ce jour-là, plus que jamais, le faubourg l'avait accablé ; vain, détestable, repoussant pour le corps et l'esprit, c'était le seul enfer qu'un âge vulgaire pût concevoir ou fabriquer, un lieu infernal créé non par Dante mais par un constructeur de maisons à bon marché. Il s'en était allé vers le nord et, lorsqu'il leva les yeux, il s'aperçut qu'il était arrivé par hasard dans un petit chemin égaré parmi les champs défoncés. Il ne l'avait jamais emprunté auparavant, car au début il était trop dégradé et repoussant, jonché de métaux rouillés, de vaisselle brisée et clôturé de bouts de fil de fer, de bois pourri, de rails cintrés hors d'usage. Mais ce jour-là, par un heureux hasard, il avait quitté la grand-route par la première trouée qui se présentait et n'avait plus à chercher son chemin parmi les déchets obscènes, écœuré par les corps gonflés de chiens morts et les odeurs fétides de putréfaction, le passage difficile étant devenu un paisible sentier sinueux avec, sous les talus, un abri tiède contre le vent lugubre. Il avait marché tranquillement pendant un mille, puis un tournant du chemin avait fait apparaître une petite dépression, une ravine arrosée par un minuscule ruisseau tel qu'il en connaissait dans les bois de son pays, avec au-delà, hélas ! l'avant-garde voyante d'un « nouveau lotissement » ; villas jumelles rouge sang, suivies d'une rangée de boutiques misérables.

Mais tandis qu'il était sur le point de s'en retourner, dans l'espoir de trouver une autre sortie, son attention fut attirée par une charmante petite maison située un peu en retrait de la route sur sa droite. Il y avait eu une barrière blanche, mais la peinture était depuis longtemps devenue d'un gris noir, le bois s'effritait sous la main et seule la mousse montrait encore le dessin de l'allée. La bordure de fer autour du jardin était tombée et les pauvres massifs de fleurs étaient envahis par les gramens et les herbes folles et desséchées. Mais çà et là un rosier apparaissait parmi les surgeons grossiers sortis de la racine et de chaque côté de la porte d'entrée on voyait des buis non taillés, en broussailles mais encore verts. Le toit d'ardoise était livide et tout taché, gonflé par l'eau qui tombait d'un grand orme au coin de la pelouse abandonnée, et des traces d'humidité et de moisissure s'accumulaient sur les murs rugueux qui, de nombreuses années auparavant, avaient été peints en jaune. Il y avait sous le porche devant la porte un treillage que Lucian avait vu se balancer dans le vent, vacillant comme si chaque rafale allait le faire tomber. Et deux fenêtres au rez-de-chaussée, une de chaque côté de la porte, et deux au-dessus avec un espace aveugle, car on avait condamné la fenêtre centrale.

Cette pauvre maison abandonnée l'avait fasciné. Ancienne, dégradée, de triste apparence, défigurée par le toit d'ardoise et le badigeon jaune qui avaient remplacé les douces tuiles anciennes inclinées et le rouge chaleureux des murs, et défigurée encore plus par les taches et les croûtes de moisissures, il apparaissait que c'en était fini à jamais de ses jours heureux. Elle frappait Lucian d'un sentiment d'effroi et de malheur ; les noirs sillons qui couraient sur les murs, la traînée verte sur le toit n'apparaissaient pas tant comme la conséquence d'un air malsain et de branches humides que comme les signes extérieurs de maléfices œuvrant et rampant dans la destinée de ceux qui vivaient là.

La scène lui semblait apprêtée pour un destin funeste, peinte des symboles de la tragédie ; et tout en regardant, il essayait de savoir si quelqu'un était assez malheureux pour vivre encore là. Il y avait aux fenêtres des stores détériorés, et il s'était demandé qui pouvait être assez brave pour s'asseoir dans cette pièce, assombrie par le buis triste, pour écouter, les nuits d'hiver, la pluie contre la vitre et la plainte du vent à travers les branches agitées qui heurtaient le toit.

Il n'imaginait pas qu'une seule chambre dans une pareille demeure fût habitable. Là, les morts avaient reposé ; à travers le rideau blanc, une faible lumière avait filtré jusqu'au corps rigide, le sol devait encore être humide de pleurs et le grand orme bercé résonner encore des gémissements et des sanglots de ceux qui veillèrent. Nul doute que l'humidité s'infiltrait, que l'odeur de la terre remplissait la maison et faisait reculer ceux qui entraient, entrevoyant l'heure de la mort.

Souvent, la pensée de cette ancienne demeure inconnue l'avait hanté ; il avait imaginé les pièces vides où l'épais papier se détachait des murs et pendait en sombres lambeaux ; et il ne pouvait croire qu'une lumière eût jamais brillé par ces fenêtres, qui regardaient fixement, noires et lumineuses, vers la pelouse oubliée. Mais cette nuit, la pluie et la tempête, curieusement, paraissaient faire revivre devant lui l'image de ce lieu, et tandis que soufflait le vent il pensait qu'ils devaient être bien tristes, s'ils existaient, ceux qui se tenaient dans les chambres à l'odeur de moisi, auprès d'une lumière vacillante, écoutant l'orme se lamenter, se cogner et pleurer contre les murs.

Et cette nuit était celle d'un samedi ; il y avait dans cette phrase comme un murmure évoquant la cellule du condamné, l'agonie du mourant. A ses yeux, abominable était la pensée de quelqu'un assis à droite de la porte, derrière le grand buis, là où le mur était fendu au-dessus de la fenêtre et souillé d'une tache noire de forme repoussante. Il savait combien il avait été extravagant de se préoccuper de choses aussi vaines qu'une lugubre chaumière en dehors de Londres. Et il était plus extravagant encore de penser maintenant à ces choses, rêveries, faux-semblants, résultant uniquement d'une méchante humeur et d'une triste journée de printemps. Car, bientôt, dans quelques instants, il allait s'élancer vers une vie nouvelle. Il ne faisait que le bilan de son passé, mais quand viendrait le jour, il faudrait qu'il ne songe plus au chagrin et au fardeau de terreurs réelles ou imaginaires. Il était resté trop longtemps à Londres ; alors une fois encore, il aspirerait au souffle des collines et contemplerait la rivière serpentant dans l'étroite et charmante vallée. Ah ! il retournerait chez lui.

Une sorte de frisson, un frisson de peur, l'étreignit quand il se souvint qu'il n'avait plus de maison. C'était l'hiver, une année et demie après son arrivée en ville, qu'il avait perdu son père. Pendant des jours il était demeuré prostré, submergé par le chagrin et sachant que désormais il était vraiment seul au monde. Miss Deacon devait aller habiter avec un autre cousin dans le Yorkshire : c'en était fait, à tout jamais, de la vieille demeure. Il s'en voulait de ne pas avoir écrit plus souvent à son père. Dans les lettres de sa cousine, certains passages l'avaient atteint au cœur. « Ton pauvre père attendait sans cesse de tes nouvelles, écrivait-elle, elles lui faisaient tant de bien. Il a failli pleurer quand tu lui as envoyé cet argent à Noël dernier ; il s'était mis dans la tête que tu te privais pour lui. Il espérait tellement que tu serais venu pour ce Noël-ci et ne cessait de me parler du pudding depuis des mois. »

Ce n'était pas son père seulement qui était mort, mais avec lui le dernier lien d'affection s'était brisé et la vie d'autrefois, les jours de sa jeunesse devenaient imprécis comme un rêve. Avec son père, c'est sa mère qui mourait une seconde fois, et mouraient de longues années, le temps de l'innocence, la mémoire de la tendresse. Il était peiné que ses lettres n'aient pas plus souvent atteint son foyer ; il avait mal quand il imaginait son père guetter au-dehors le facteur qui passait le matin et bien triste parce qu'il n'y avait rien. Mais il n'avait jamais pensé que son père pût attacher de l'importance aux quelques lignes qu'il écrivait et à la vérité il était souvent difficile de savoir que dire. Il aurait été vain de parler de ces nuits de tourments où la plume lui semblait un instrument embarrassant et incongru, où tous ses efforts s'achevaient en honteuse défaite, ou encore des heures lumineuses où enfin le miracle se produisait et le texte resplendissait, généreux, exalté. Pour le pauvre Mr Taylor, de pareilles histoires n'auraient été que de médiocres écrits à propos de l'Orient, les contes bizarres d'un pays où les gens ont du temps pour des faits qui semblent sans importance et peuvent, avec le plus grand sérieux, faire une science de la composition de bouquets ou provoquer des discussions ardentes à propos de parfums plutôt que de politique. Il aurait été vain d'écrire au presbytère au sujet de son unique passion, aussi écrivait-il peu.

Et ensuite il avait été malheureux parce qu'il n'aurait plus jamais à écrire et qu'il ne verrait plus jamais sa maison. Il s'était demandé s'il ne serait pas allé là-bas à Noël si son père avait vécu. Il est curieux de voir combien les choses quotidiennes suscitent les chagrins les plus amers, et l'anxiété de son père à propos de la réussite du pudding de Noël confectionné à son intention avait fait venir des larmes à ses yeux. Il l'entendait dire de sa voix inquiète mais qui voulait être gaie : « Je pense que vous allez bientôt songer au pudding de Noël, Jane ; vous vous souvenez combien Lucian l'aimait. J'espère que nous le verrons ce mois de décembre. » Sans aucun doute Miss Deacon pâlissait de colère à l'idée de faire un pudding de Noël en juillet et répliquait vertement ; mais c'était si pathétique. Le vent hurlait et la pluie fouettait et frappait sans cesse et sans cesse la fenêtre. Il s'imagina que toutes ses pensées au sujet de son foyer, du vieux presbytère parmi les ormes, avaient fait naître en son esprit le bruit de la tempête dans les arbres, car, cette nuit, il entendait très clairement le craquement des branches, le bruit qu'elles faisaient en se plaignant, en frappant, en gémissant contre les murs, et même un crépitement d'eau sur la terre détrempée comme s'il y avait un arbuste près de la fenêtre secouant ses branches mouillées sous les rafales.

Cet émoi, comme un frisson de peur, le traversa de nouveau, mais il ne savait pas ce qui l'avait effrayé. Il y avait dans son esprit un voile sombre qui l'attristait, comme l'aurait fait le souvenir incertain de jours tragiques, nuage tendu au-dessus de lui, indéfinissable, la dernière trace peut-être, déchirée et menaçante, du lais abandonné aux rivages de sa destinée et des années d'antan. Il frissonna et tenta de se redresser pour éloigner le sentiment de crainte et de honte qui paraissait si réel et si terrible et qu'il n'arrivait cependant pas à comprendre. La torpeur du sommeil, le poids de la tâche qu'il avait achevée depuis quelques heures pesaient encore sur ses membres et sur ses pensées. Il pouvait à peine croire qu'il avait travaillé à son bureau peu de temps auparavant et que, juste avant que baissât la clarté de ce jour d'hiver et qu'il se mît à pleuvoir, il avait reposé son porte-plume avec un soupir de soulagement et s'était endormi dans son fauteuil. Il s'était plutôt assoupi lourdement, miné par un mal semblable au ver qui ronge les morts, au cœur d'une longue et pesante nuit traversée d'une affreuse apparition de ténèbres et de feu. Mais il ne s'appesantirait plus sur les pensées de la nuit ; il repensa à ses premières journées à Londres quand il avait dit adieu aux collines, aux mares et s'était mis au travail dans la petite chambre de la rue triste.

Comme il avait travaillé, peiné à ce bureau devant lui ! Il avait écarté les frénétiques espoirs d'autrefois d'un chef-d'œuvre conçu et exécuté dans une inspiration véhémente, façonné dans l'incandescence heureuse de la création ; mais à force de longue persévérance, tendu vers un but unique, il réussirait bien enfin, dans la peine, la douleur, le désespoir, après échecs et déceptions, efforts constamment renouvelés, à élaborer quelque chose dont il n'aurait pas à être honteux. Il s'était remis à l'étude et avait, en serrant les dents et avec la patience dont il disposait, peiné sur les premiers rudiments, résolu une bonne fois pour toutes à arracher le secret du mystère. Ces nuits-là étaient bonnes à évoquer ; il aimait à penser à la vilaine petite chambre, avec son papier peint ridicule et ses meubles d'érable, éclairée à la fois par le lampadaire vacillant et l'étoile du matin, tandis qu'il était assis à son bureau et écrivait sans cesse dans le froid silencieux des matins londoniens. C'était un interminable labeur qu'il savait depuis toujours aussi vain que l'alchimie. L'or, le lumineux Grand Œuvre jamais ne brillerait dans les cendres mortes et les fumées expérimentales du creuset, mais au cours de sa vie, entre les échecs, peut-être pourrait-il découvrir de curieuses choses.

C'était là d'heureuses nuits sur lesquelles il pouvait se retourner sans crainte ni honte, quand il se sentait bien, se contentait de pain, de thé et de tabac, et pouvait entendre quelque ineptie pour la cent millième fois et rire de bon cœur, si seulement cette dernière page était bien venue, si les phrases écrites aux heures silencieuses sonnaient juste lorsqu'il les lisait au matin. Il se rappelait les plaisanteries et les bizarreries que la bonne Miss Deacon lui écrivait et combien il avait souri à ses reproches, ses admonestations et ses conseils. Elle avait un jour poussé le fils Dolly à lui rendre visite et ce jeune pilier de la respectabilité avait parlé de la course extraordinaire de Bolter à l'épreuve hippique de Scurragh en Irlande ; puis, jetant un coup d'œil sur les livres de Lucian, il lui avait demandé si quelques-uns ne contiendraient pas des « passages salés ». Il avait été gentil, quoique condescendant, et semblait évoluer à l'aise dans la très brillante société de Stoke Newington. Il n'avait pas été capable de donner des renseignements sur la condition actuelle de l'ancienne école d'Edgar Allan Poe*. Par ailleurs, il apparut que la relation qu'il fit à sa famille ne semblait pas très favorable, car aucune invitation à une collation ne suivit sa visite, ainsi que l'avait espéré Miss Deacon. Les Dolly connaissaient beaucoup de gens bien, fortunés, et la cousine de Lucian, comme elle le dit plus tard, avait fait « de son mieux pour le pré-

* E.A. Poe avait fréquenté une école à Stoke Newington.

senter au *beau monde** » de ces faubourgs du nord. Mais après la visite du jeune Dolly, avec quel bonheur il était retourné aux trésors qu'il avait cachés aux yeux profanes. Il avait regardé au-dehors et vu son visiteur monter dans le tram au coin de la rue et il avait ri très fort en fermant sa porte à clé. Il y avait eu des moments où il se sentait seul et souhaitait entendre encore le son d'une conversation amicale, mais après cette irruption de la futilité des banlieues, il éprouvait un vif bonheur à se sentir à l'abri dans sa tour, à pouvoir se plonger dans sa tâche admirable en sécurité et en paix, autant qu'au milieu d'un désert.

Mais il était une période qu'il n'osait pas revivre; il ne pouvait supporter la pensée de ces semaines de désolation et de terreur durant l'hiver qui avait suivi son arrivée à Londres. Son esprit était tout engourdi et il ne se rappelait plus très bien combien d'années avaient passé depuis cette terrible expérience; cela ressemblait à une très vieille histoire, cependant encore très vivace, banderole aveuglante de terreur dont il détournait les yeux. Une scène horrible brillait dans sa mémoire; il n'arrivait pas à oublier la vision d'une orgie, de silhouettes sombres en ronde virevoltante, d'éclats blafards de pétrole illuminant l'obscurité, de grandes lanternes étincelantes, comme des encensoirs de l'enfer, oscillant dans les violentes rafales. Et il y avait quelque chose d'autre, qu'il n'arrivait pas à se rappeler mais qui le remplissait de terreur, quelque chose qui se glissait dans les recoins de son âme comme une bête sauvage tapie dans les profondeurs d'une caverne.

Une fois encore et sans raison, il se figura la vieille demeure en ruine dans le champ. Avec quelle interminable clameur devait se lamenter le vent tout autour, durant cette effrayante nuit; comme le grand orme devait se balancer et craquer dans la tempête, la pluie se jeter en crépitant contre les fenêtres et près de la

* En français dans le texte.

porte ruisseler les arbustes ballottés sur la terre inondée.

Mal à l'aise, il bougea sur sa chaise, luttant pour chasser la vision de ses pensées ; mais en dépit de lui-même il voyait les murs maculés et raboteux, la sinistre tache de moisi au-dessus de la fenêtre, et peut-être qu'une faible lueur filtrait à travers la jalousie et qu'un être désespéré et perdu à jamais se tenait assis dans la lugubre pièce. Ou bien toutes les fenêtres étaient noires, sans un soupçon d'espoir, et celui qui était enfermé dans l'obscurité épaisse entendait le vent et la pluie ainsi que l'orme gémissant, cognant, pleurant contre les murs.

Malgré tous ses efforts, cette impression ne le quittait pas et, tandis qu'il était assis devant son bureau, regardant l'obscurité vague, il voyait presque cette chambre qu'il avait si souvent imaginée ; le plafond bas blanchi à la chaux, soutenu par une grosse poutre, les traces de fumée et d'usure, les fendillements et les fissures du plâtre. De vieux meubles, usés, détériorés, lamentables, se trouvaient dans la pièce ; il y avait un sofa branlant recouvert d'une étoffe de crin, un triste papier peint, à motifs rouge livide et noirâtre, défraîchi près du sol, qui se détachait et pendait en lambeaux aux murs humides. Et il régnait cette odeur de pourriture, ces émanations fétides de bois pourrissants, miasme qui gênait la respiration et alourdissait le cœur d'effroi et de mélancolie.

A nouveau, Lucian frissonna dans un accès de terreur ; il avait peur de s'être surmené et de souffrir des premiers symptômes de quelque maladie grave. Son esprit s'arrêtait sur des souvenirs confus et terribles et, avec une ingéniosité insensée, donnait forme et substance à des fantômes ; en cet instant, il aspira profondément, tout prêt à croire que l'air de sa chambre était lourd et méphitique, qu'il envahissait ses sens en apportant la corruption des tombeaux. Et son corps restait alangui ; alors, bien qu'il fît le geste de se lever à demi, il ne put trouver assez d'énergie et se renversa une fois encore sur sa chaise. Du moins ne penserait-il plus à cette triste maison dans le champ ; il retournerait en pensée à ces longs affrontements avec la littérature, aux nuits heureuses où il avait connu des victoires.

Il se souvenait encore de sa fuite devant la désolation et de la désolation plus grande encore qui l'avait accablé lors du premier hiver à Londres. Il s'était retrouvé en liberté un triste matin de février et, après ces lugubres et terribles semaines, le bureau avec son amoncellement de papiers en désordre l'avait une fois de plus absorbé comme un gouffre. Et l'été qui suivit, alors qu'il était éveillé dans son lit écoutant des oiseaux de nuit, des images chatoyantes et voluptueuses vinrent à lui. Pendant une heure, tandis que l'aube se levait, il avait senti la présence du passé, la résurgence d'une vie que les champs verdoyants avaient dissimulée, et son cœur avait frémi de joie quand il sut qu'il était le détenteur de toute cette beauté depuis longtemps retournée en poussière. Il pouvait à peine s'endormir tant ses pensées bouillonnaient d'impatience et, aussitôt son petit déjeuner terminé, il sortit pour acheter du papier et des plumes chez un certain papetier chinois de Notting Hill. La rue n'avait pas changé. Il allait et venait pour faire ses achats. Les voitures se pressaient, par intervalles, avec fracas ; parfois, un cab arrivait de Londres à vive allure et résonnait du même bruit de ferraille que les tramways sur leurs rails ; quelques personnes, anonymes, sans caractéristiques ni singularité, allaient désœuvrées de l'est à l'ouest et de l'ouest à l'est, ou lentement s'échappaient par les petites rues pour partir vers les terres mornes du nord ou peut-être s'égarer vers le réseau de sentiers qui s'étend du côté de la rivière. En passant, il considéra attentivement ces rues écartées et s'étonna, comme toujours, de leur aspect déserté et mystérieux. Certaines étaient totalement vides, calmes rangées de demeures à l'aspect sinistre, bien entretenues et protégées comme pour un siège, et bordaient la rue éclatante de blancheur ; et pas une âme n'était dehors, pas un son ne brisait le silence. C'était l'image de la désespérance de la nuit, vide et désolée comme les heures si impénétrables et si solennelles d'avant le jour. D'autres petites artères, de création plus ancienne, étaient encadrées par des maisons plus importantes, construites loin des trottoirs, chacune dans un bosquet de verdure, si bien qu'on les apercevait à travers une forêt et l'on distinguait une allée unie, bordée de murets, et dont le silence du sous-bois trahissait le manque de fréquentation. Çà et là, dans certaines rues au pavé sonore, une silhouette avançait nonchalamment au loin, s'arrêtant parfois, hésitante, comme perdue dans un labyrinthe. Il était difficile de savoir quelles étaient les plus tristes, des rues désertes s'éloignant vers la droite et la gauche ou de la grande rue accablée de stupeur morne. Car celle-ci apparaissait si longue, si interminable, si grise, et ceux qui l'empruntaient étaient si peu réels, des corps à peine vivants, qu'ils ressemblaient aux formes incertaines et vaporeuses qu'on voit aller et venir dans le désert des contes orientaux, où les hommes, tous silencieux, sans un appel, sans un salut, les yeux fixés sur le sable, ne lèvent la tête que pour voir la caravane passer. Ainsi se croisaient-ils et se recroisaient-ils sur ces pavés, apparaissant, disparaissant, tous repliés sur leur secret, enveloppés de mystère. Les gens étaient indifférents les uns aux autres, se rencontrant et se bousculant tels des fantômes bien que leur regard, attentif, fût celui des vivants. Ils allaient deux par deux, leurs pas martelant le pavé tel le battement d'une averse, et marmonnaient en jetant derrière eux des regards soupçonneux, comme s'ils craignaient que le monde leur soit hostile. La vie sous ses apparences et ses représentations étranges se rencontrait le long de la rue, car parfois les villas disparaissaient pour faire place à des boutiques en rangs monotones, à l'aspect si décourageant qu'on se demandait qui pouvait y être client. On voyait des femmes s'agitant sans grâce chez les épiciers, des créatures défraîchies vêtues de noir roussi tâtant sans arrêt des abats de viande rouges qu'un boucher mal rasé leur présentait, et déjà parmi les badaudes montait un bruit confus de voix qui fusaient comme la modulation d'un chant juif, mouvement vain de marionnettes agitées en un simulacre de gaieté. Ensuite, en traversant une rue écartée qui évoquait un hiver aussi rude que la pierre, il passa d'un monde à l'autre, car une vieille maison en ruine se dressait dans un jardin à l'angle opposé. Les lauriers étaient devenus des squelettes noirs, marqués de traînées vertes, les chênes-verts pleuraient au-dessus du porche, le cèdre avait flétri les parterres de fleurs. Des lierres sombres envahissaient l'orme et une végétation brune et fongueuse assaillait la pelouse en lourdes masses, découvrant les racines pourrissantes des arbres morts. La véranda bleue, le balcon bleu au-dessus de la porte étaient devenus gris et le stuc avait été affreusement boursouflé par les intempéries, tandis qu'une odeur désagréable de moisissure, cette émanation de la terre grasse en décomposition dans les jardins abandonnés des villes, se répandait lourdement. C'était la même rue, terrible, dont il avait si souvent arpenté les pavés, là où la lumière du soleil n'est qu'un vulgaire éclairage, où la fumée de cuisson des briques traîne toujours dans le ciel. Durant les sombres nuits d'hiver, il avait vu les rares lumières scintillant à travers la pluie se rapprocher les unes des autres, tandis que la route morne s'éloignait en une longue perspective. Peut-être ce moment-là était-il le plus approprié, quand ne demeuraient des villas souriantes et des boutiques chétives que les taches lumineuses de leurs fenêtres, quand la vieille demeure perdue dans ses bosquets pourrissants n'était qu'une masse sombre et que les routes du nord et du sud ressemblaient à des étendues d'étoiles dans la noirceur de l'infini. Toujours, à la lumière du jour, l'endroit avait été détestable et repoussant à ses yeux, et ses maisons grises et leurs alentours semblaient des excroissances fongueuses, abominable efflorescence de pourriture.

Mais par ce clair matin, ni la rue sinistre ni ceux qui s'y trouvaient ne le rebutèrent. Il retourna plein d'entrain jusqu'à son antre et disposa cérémonieusement le papier sur son bureau. Le monde qui l'environnait n'était qu'une ombre grise sur un mur étincelant; ses bruits étaient atténués comme le froissement des branches dans un bois éloigné. Les formes admirables et exquises de celles qui étaient au service de la Vénus d'Ambre étaient ses visions les plus apparentes, les plus précises, les plus lumineuses, et son cœur s'émut d'adoration amoureuse pour l'une d'elles qui venait vers lui dans l'éclat de sa chevelure de bronze. Elle était celle qui se tenait en avant des autres et qui tomba, prosternée, devant la forme resplendissante faite d'ambre, détachant ses fibules d'un or étrange, ses broches d'émail luisant, et déversant d'une boîte d'argent le trésor de tous ses joyaux et pierres précieuses, le chrysobéryl et la sardoine, l'opale et le diamant, la topaze et la perle. Ensuite elle se dépouilla de ses tuniques précieuses et se tint devant la déesse sous le voile éblouissant de sa chevelure, implorant, elle qui avait tout donné et venait nue devant l'autel, que lui soient donnés l'amour et la grâce de Vénus. Et quand enfin, après d'étranges aventures, sa prière fut exaucée, que vint de la mer la douce lumière et que son amant apparut à l'aube devant cette beauté de bronze, il vit près de lui une petite statuette d'ambre. Et dans le reliquaire, loin en Grande-Bretagne où les pluies tachent le marbre de noir, ils trouvèrent la splendide et somptueuse statue de la Vénus d'Or, la belle et ultime tunique de soie que la dame avait donnée en hommage, qui avait glissé de ses mains, avec les joyaux répandus à ses pieds. Et son visage était celui de la dame quand le soleil l'avait éclairé au jour de l'oblation. Le voile mordoré de ses cheveux longs et soyeux scintillait devant les yeux de Lucian et il lui semblait qu'ils frôlaient son front, ses lèvres et ses mains. L'exhalaison des fours à briques, l'odeur forte du bouillon de choux n'arrivaient pas à ses narines, pleines du parfum des onguents rares et du souffle des eaux violettes de la mer d'Italie. Son plaisir était une ivresse, une extase qui anéantissait d'un trait de lumière blanche les viles bourgades des populaces, les avenues de boue, et tout au long des heures de cette journée il demeura enivré, délaissant l'effort patient de quelque histoire pour s'abîmer dans un autre temps et se griser de l'éclat argenté brillant dans les yeux de sa dame.

The Amber Statuette, un petit conte, avait enfin paru dans une modeste maison d'édition, au printemps qui suivit la mort de son père. L'auteur était totalement inconnu, mais le Murray de l'auteur était un papetier en gros et un imprimeur en train de se développer, aussi Lucian fut-il étonné de voir le livre rencontrer un certain succès. Les critiques avaient été consternés et, maintenant encore, il se souvenait avec joie d'un article dans un quotidien influent qui titrait plaisamment : « Mais où sont les désinfectants ? »

Ensuite, tous les mois qui suivirent semblèrent incertains et il n'avait que des visions en miettes de moments de labeur recommencé et de nuits blêmes où il avait vu le clair de lune diminuer et le lampadaire pâlir à l'approche de l'aube.

Il tendit l'oreille. Certainement, c'était le bruit de la pluie qu'il entendait, le son lourd des gouttes d'eau gonflées tombant des feuilles mouillées sur le sol détrempé rythmé par les rafales de vent ; et de nouveau la torsion des branches se fit entendre dans le tumulte de l'atmosphère ; on entendait un bruit lugubre comme si la tempête secouait les mâts d'un bateau. Mais il lui suffirait de se lever et de regarder par la fenêtre ; alors il verrait la rue déserte, sans un arbre, et la pluie sous le lampadaire à gaz faire des étoiles dans les flaques ; mais il attendrait encore un peu.

Il essaya de comprendre pourquoi, en dépit de toutes ses résolutions, une sombre terreur semblait peu à peu investir son esprit tout entier. Combien de fois il s'était assis pour travailler par des nuits semblables à celle-ci, satisfait de voir les mots en ordre bien que le vent se lamentât, bien que l'air fût noirci de pluie. A propos même du petit livre qu'il avait écrit il lui restait quelques souvenirs vacillants et flétris qui revenaient à lui à travers le gouffre de l'oubli. Cependant, la mémoire de l'offrande à Vénus, des phrases qu'il avait créées avec tant d'amour, ramenait de nouveau les silhouettes vagues qui dansaient durant l'orgie sous les lanternes de cuivre qui rutilaient ; et de nouveau les flammes de naphte montraient la route vers la maison délaissée et l'éclat rougeoyant allumait les murs en décomposition et la noire usure des fenêtres. Il respirait avec peine, comme s'il inhalait un air lourd qui sentait la pourriture et la corruption, et dans ses narines il y avait l'odeur de l'argile.

Ce nuage inconnu qui avait assombri ses pensées devint plus noir encore et l'anéantit ; le désespoir pesa sur lui, une crainte horrible, le cœur lui manqua. Dans un instant, lui semblait-il, un rideau allait être tiré et d'affreuses choses apparaîtraient.

Il s'efforça de se lever de sa chaise, d'appeler, mais il n'y réussit pas. Noire, de plus en plus noire, l'obscurité l'engloutissait et l'ouragan s'éloignait de lui. Le fort romain se dressa, terrifiant, et il vit, en cercle, les branches qui se tordaient et derrière elles l'incandescence et la chaleur du feu. Dans le bosquet des chênes grouillaient des formes hideuses ; elles l'appelaient, lui faisaient signe et s'élevaient dans les airs jusqu'aux flammes qui, du ciel, descendaient vers les murailles. Et dans ces flammes était la forme de la bien-aimée, mais des langues de feu sortaient de ses seins et près d'elle était une hideuse vieille femme nue ; et elles aussi l'entraînaient vers le sommet de la colline.

Il entendit le Dr Burrows chuchoter à propos de choses curieuses qui avaient été découvertes dans la chaumière de la vieille Mrs Gibbon, images obscènes et ustensiles inconnus. C'était une sorcière, disait-il, et la maîtresse des sorcières.

Il luttait contre le cauchemar, contre ces apparitions qui l'épouvantaient. Il se disait que sa vie entière avait été un mauvais rêve et qu'il avait habillé le quotidien d'un habit rouge sans réalité qui brûlait son regard. La réalité et le fantasme étaient si mêlés que désormais il ne pouvait plus les séparer l'un de l'autre. Au pied de la colline, une nuit de pleine lune, il avait laissé Annie puiser à son âme, mais reine du sabbat il ne l'avait sûrement pas vue en transes, au milieu des flammes. Il se rappelait vaguement le Dr Burrows venant le voir à Londres, mais n'avait-il pas imaginé tout le reste ?

Une fois encore, il se trouva sur le chemin obscur tandis qu'Annie descendait de la lune, au-dessus de la colline, jusqu'à lui. Une fois encore, il laissa reposer sa tête sur son sein, mais, hélas ! celui-ci était en feu. Et il baissa les yeux et vit que c'était sa propre chair qui était en feu, et il sut que jamais celui-ci ne faiblirait.

Il sentait une grande lourdeur dans sa tête, ses pieds étaient cloués au sol et ses bras immobilisés contre lui. Il avait l'impression d'être dans une grande fureur et de se débattre avec la force d'un dément ; mais sa main ne faisait que remuer légèrement, frémissante, sur son bureau.

A nouveau, il s'égarait dans la brume, errant au cœur des avenues désertées de la ville en ruine depuis une éternité. Elle avait été majestueuse comme Rome, terrible comme Babylone, mais l'obscurité l'avait à jamais recouverte, et au cœur de la plaine abandonnée elle serait à jamais maudite. Et de plus en plus loin, les sentiers mornes s'étendaient dans la nuit, dans les champs glacés, dans les lieux d'éternelles ténèbres.

Cercle après cercle, le temple redoutable se refermait sur lui ; sphères innombrables de pierres énormes, sphères dans d'autres sphères, sphères égarées au cours des âges. A l'intérieur était le sanctuaire des rites infernaux et il se sentait porté jusque-là dans les tourbillons d'un gouffre pour consommer sa perte, pour célébrer le mariage du sabbat. Il leva les bras et battit l'air, résistant de toutes ses forces avec des gestes capables de mettre à bas des montagnes ; et cette fois son petit doigt frémit un instant et son pied s'agita sur le plancher.

Et soudain, une rue illuminée apparut devant lui. Tout était sombre alentour, mais elle flambait sous des jets brûlants qui sifflaient, sous des éclairs de naphte, tandis que de grands lampadaires étincelants se balançaient sous de violentes rafales. Une horrible musique et le vacarme de voix discordantes envahissaient ses oreilles et il voyait une foule indistincte et déchaînée de silhouettes sombres qui dansaient en cercle devant lui. On entendait un bruit comme une mélopée d'âmes perdues et alors, au milieu de cette orgie, apparut sous une flamme couleur de sang la silhouette d'une femme. Sa chevelure de bronze et ses joues empourprées resplendissaient, une lueur argentée brillait dans ses yeux, et avec un sourire qui lui glaça le cœur ses lèvres s'ouvrirent pour lui parler. La foule en délire s'éloigna, s'abîmant dans un trou noir, et alors elle ôta de ses cheveux des épingles d'un or étrange et des broches en émail, et vida de ses bijoux une boîte d'argent ; ensuite elle dépouilla son corps de ses tuniques précieuses et se dressa sous le voile lumineux de sa chevelure, en tendant vers lui ses bras. Mais il leva les yeux et vit l'usure et le pourrissement envahissant les murs d'une chambre, tandis qu'un papier peint sombre pendait sur le plancher pourrissant. Une odeur de tombeau pénétrait ses narines et il poussa un long hurlement ; mais ce ne fut qu'un bruit indistinct et sourd dans le fond de sa gorge.

Au bout d'un moment, la femme s'enfuit loin de lui

et il la poursuivit. Elle fuyait devant lui dans la campagne enténébrée et il la suivait, la cherchant de bosquet en bosquet, de vallon en vallon. Il la captura enfin et s'empara d'elle dans de viles caresses, et ils s'en allèrent célébrer le mariage du sabbat. Ils étaient au creux du hallier enchevêtré et ils se tordaient dans les flammes, inassouvis à jamais. Ils étaient torturés et se torturaient l'un l'autre sous les yeux des milliers de personnes qui s'amassaient autour d'eux, et leur désir s'élevait comme une fumée d'encre.

Au-dehors, la tempête s'amplifia comme la houle furieuse de l'océan, le vent devint une immense plainte aiguë, l'orme éclata et se fendit sous un coup de tonnerre. Pour Lucian, le tumulte et la secousse ne furent qu'un doux murmure, comme si des broussailles remuaient dans une soudaine brise d'été. Puis un immense silence l'ensevelit. Quelques minutes plus tard, on entendit un bruit de pas dans le couloir et la porte s'ouvrit doucement. Une femme entra, tenant une lampe, et elle examina avec curiosité la forme assise sur la chaise du bureau, dans une immobilité totale. La femme était à demi vêtue et elle avait laissé sa splendide chevelure de bronze tomber sur ses épaules ; ses joues étaient enflammées et, tandis qu'elle avançait dans la pauvre chambre, la lampe qu'elle tenait jetait des ombres mouvantes sur le papier moisi, taché par les marques humides qui l'envahissaient et qui pendait en lambeaux au mur suintant d'eau. Le rideau n'avait pas été tiré, mais pas la moindre lumière ne filtrait par la fenêtre, car un grand buis mal taillé qui fouettait les vitres de ses branches mouillées rendait la nuit plus opaque. La femme approcha doucement et, tandis qu'elle se penchait vers Lucian, une lueur argentée brilla dans ses yeux bruns et les petites boucles près de son cou étaient comme un motif d'or sur du marbre. Elle mit la main sur son cœur, leva les yeux et fit signe à quelqu'un qui attendait près de la porte.

« Viens ici, Joe, dit-elle. C'est exactement ce que je prévoyais : mort accidentelle. – Et elle saisit un petit flacon vide en verre bleu qui était sur le bureau. – Il en prenait et j'ai toujours su qu'un jour il en prendrait une goutte de trop.

– Qu'est-ce que c'est que tous ces papiers qu'il a là ?

– Je ne t'ai pas dit ? C'était cruel de le voir. Il s'était mis dans la tête qu'il pouvait écrire un livre ; il était en train d'y travailler depuis six mois. R'garde. »

Elle étala la pile bien rangée de feuilles manuscrites sur le bureau et en prit une au hasard. Elle était entièrement couverte de griffonnages totalement illisibles ; parfois cependant, çà et là, il était possible de reconnaître un mot.

« Eh bien, personne ne pourrait le lire, s'i on voulait.

– Tout est comme ça. Il trouvait que c'était beau. J'l'entendais causer tout seul là-dessus ; de sacrées bêtises qu'il disait. J'le sermonnais, mais ça servait à rien.

– Il devait être un peu piqué. Il t'laisse tout.

– Oui.

– Il faut qu'tu vois pour l'enterrement.

– Avant, il y aura une enquête et tout ça.

– Tu as la preuve qu'il l'a avalé, c'liquide ?

– Bien sûr que j'l'ai. Le docteur lui avait dit que pour sûr i's'tuerait ; on l'a trouvé deux ou trois fois tout à fait bizarre dans les rues. On a dû le sortir d'une maison dans Halden Road. Il était comme fou, secouant la grille et criant que c'était sa maison et qu'on voulait pas l'laisser entrer. J'ai entendu le Dr Manning, dans cette pièce, lui dire qu'un d'ces jours il s'tuerait ! Joe, t'as pas honte. J'te dis que t'es un mal poli ; et c'est presque dimanche en plus. Apporte la lumière ici, tu veux ? »

L'homme apporta la lampe à pétrole tout allumée et la posa sur le bureau, auprès de la pile éparpillée du terrible manuscrit. La lumière éclatante se reflétait depuis les yeux absents jusqu'au cerveau à l'agonie, et l'on voyait à travers eux une lueur comme si les portes d'un grand four étaient ouvertes.

BIBLIOTHÈQUE DE L'INSOLITE
Collection dirigée
par François Guérif
et Joëlle Losfeld

Titres déjà parus dans la collection :

JOHN FRANKLIN BARDIN
Qui veut la peau de Philip Banter ?
Traduit de l'américain par Richard Matas
La Mort en gros sabots
Traduit de l'américain par Jean Benoit
Le Diable prend la mouche
Traduit de l'américain par Richard Matas

MICHAEL BLODGETT
Captain Blood
Traduit de l'américain par Jean-Paul Gratias

ROBIN COOK
Vices privés vertus publiques
Traduit de l'anglais par Jean-Paul Gratias

MILDRED DAVIS
Crime et chuchotements
Traduit de l'américain par Gérard de Chergé
Passé décomposé
Traduit de l'américain par Gérard de Chergé

WALTER DE LA MARE
Miniature ou les mémoires de Miss M.
Traduit de l'anglais par Christiane Guillois et Florence Lévy-Paoloni
Le Retour
Traduit de l'anglais par Monique Lebailly

PHILIP K. DICK
Humpty Dumpty à Oakland
Traduit de l'américain par Jean-Paul Naudon
L'Homme qui avait les dents toutes exactement semblables
Traduit de l'américain par Jean-Paul Gratias

Jacques Futrelle
Treize enquêtes de la Machine à Penser
Traduit de l'américain par Carole Gratias et Danièle Crivel

Roland Lacourbe
Vingt mystères de chambres closes
Les Détectives de l'impossible
Anthologies

Robert Marasco
Jeux de l'amour et de la mort
Traduit de l'américain par Gérard de Chergé

Robert Nathan
Le Portrait de Jennie
Traduit de l'américain par Germaine Delamain

Michel Quint
Sanctus

Pierre Véry
L'Inconnue du terrain vague

Edith Wharton
Le Triomphe de la nuit
Traduit de l'américain par Florence Lévy-Paoloni
Grain de grenade
Traduit de l'américain par Florence Lévy-Paoloni

Charles Williams
La Guerre du Graal
Traduit de l'anglais par Francis Ledoux

Cet ouvrage
a été composé
et achevé d'imprimer
par Fotek à St Niklaas
en Belgique
en octobre 1991
pour le compte des éditions
Terrain vague

N° d'édition : 51
DL 91